싱그리드

시야 로맨스 판타지 장편소설
ROMANCE FANTASY

fioret

시그리드 2

초판 1쇄 발행 2016년 12월 14일
초판 3쇄 발행 2018년 9월 21일

지은이 시야
발행인 오영배
기획 박성인
책임편집 편집부
표지 · 본문 디자인 공간42
제작 조하늬

펴낸곳 (주)삼양출판사 · 피오렛
주소 서울시 강북구 도봉로 173
대표 전화 02-980-2112 **팩스** / 02-983-0660
편집부 전화 02-980-2116 **팩스** / 02-983-8201
블로그 blog.naver.com/dan_gul
출판등록 1999년 3월 11일 제9-00046호

ISBN 979-11-283-9011-1 (04810) / 979-11-283-9009-8 (세트)

fioret 은 (주)삼양출판사의 로맨스 판타지 문학 브랜드입니다.

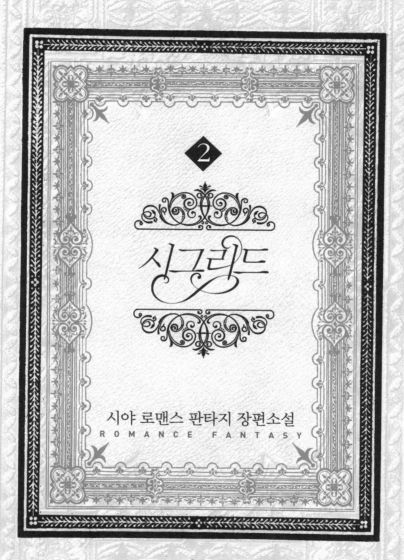

2

싱그리드

시야 로맨스 판타지 장편소설
ROMANCE FANTASY

fio
ret

신그리드

Contents

························

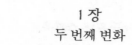

1 장
두 번째 변화

시그리드는 방에 앉아서 종이에 차근히 자신이 과거에 봤던 일을 적어 내려갔다.

 1. 알케르토의 죽음
 2. 황태자비 전하의 죽음
 3. 두다인 지방에 거대 마수 출현. 경계령.
 4.

'분명히 또 무슨 일이 있었는데.'
기억이 잘 나지 않아서 시그리드는 일단 넘어가기로 했다.

5. 모리스가 기사단 탈퇴함.

6. 오러 코어 발현—6근위대 스카우트.

7. 마법사 아르카나가 궁정마법사가 됨.

8. 폐하께서 날 자신의 기사로 삼으심.

8번을 적고, 시그리드는 그 번호를 한참 들여다보았다. 그날은 정말로 온 세상을 가진 날이었다. 그보다 더 기뻤던 적은 없었다.

평생 이분을 분골쇄신해서 모시겠다고, 몇 번이나 생각하고 또 생각했다.

'하지만 실패했어.'

그녀는 천천히 펜으로 주욱 8번에 금을 그었다. 한 번 긋고, 그녀는 두 번, 세 번, 네 번, 다섯 번— 완전히 8번이 보이지 않을 때까지 펜으로 죽죽 그어 버렸다.

로웬그린이 그랬다.

—황제 폐하와 황태자 전하 사이에서 선택해야 할 날이 올 거
야.

시그리드는 입술을 깨물었다.

자신을 버리는 패로 쓴 사람에게 '다시 인정을 받아서 후회하게 만들어 주고 싶다.'라는 생각은 자신의 생각일 뿐이다. 어차피 지금의 폐하는 자신을 모른다. 게다가—

'그 이상 열심히 할 방법도 떠오르지 않는걸.'

자신은 정말로 최선을 다했다고, 그 이상의 충성으로 폐하를 섬길 수 없다고 장담할 수 있었다.

"후우——"

시그리드는 크게 숨을 들이마셨다.

9. 서부 귀족 연합의 반란

9번을 적고 시그리드는 툭툭 펜으로 종이를 두들겼다. 잉크가 방울방울 떨어졌다.

'두 번 싸우고 싶지 않은 상대가 있는데 말이지.'

그녀는 싸우고 싶지 않다고 중얼거리면서도 웃었다.

사람들은 서열 세우기를 좋아한다. 하지만 어떤 사람의 말이냐에 따라서 순위는 뒤죽박죽 바뀌는 것이다. 자신의 동향 사람을 편들고, 마음에 드는 무용담을 가진 기사를 편들기 마련이니까.

그런 상황에서 제국의 세 손가락은 이견이 없었다.

물론, 그 세 손가락의 우열을 가리라고 하면 정말로 싸움이 날지도 모르지만 말이다.

흑기사 베라무드 루나틸
버서커 우툴루 미하스
방랑자 카서스 리안

제국의 세 손가락이라면 딱 이 세 명이 나왔다. 시그리드는 슬그머니 그 밑에 자신의 이름도 적어 보았다.

시그리드 앙케르트나.

미하스 경은 전장에서 만났다.

서부 귀족 연합의 기사인 그는 거대한 대검을 다뤘는데, 시그리드는 그 검의 무게가 자신의 몸무게와 비슷할지도 모른다는 생각이 들었다.

그걸 오러의 힘으로 나뭇가지처럼 휘두르니 병사들은 대번에 기가 질리고 말았다.

'나도 키 크고 싶다.'

시그리드는 작은 소망을 떠올렸다. 요즘 조금씩 키가 자라고 있는 것 같은데, 이대로 쑥쑥 자라면 좋겠는데.

'키가 이 미터쯤 되고 몸무게는 백 킬로그램쯤 됐으면……. 그리고 좀 더 근육이 잔뜩 붙기를.'

그녀는 마음속으로 작게 소원을 빌고 다시 종이를 바라보았다.

10. 빈민굴 철거

'그리고 베라무드가 날 죽이려고 했고.'

철저하게 혼자가 되었다. 그래도 상관없었다. 폐하께 인정받는 게 더 먼저였고, 더 좋았으니까.

11. 황태자 사망

시그리드는 거기까지 적고 나서, 종이를 들어 초에 가져다 댔다. 종이는 순식간에 타올랐다. 그녀는 셔츠를 슬쩍 잡아당겨 오러 코어가 있는 것을 확인했다.

그때의 그 고통과 허탈감은 생생했다. 생각하는 것만으로도 손끝이 떨릴 정도로.

'괜찮아, 괜찮아, 괜찮아, 시그리드.'

속으로 몇 번이나 자신을 달래고 그녀는 자리에서 벌떡 일어났다. 방 안을 빙글빙글 돌면서 그녀는 마음속으로 물었다.

'누가 황태자 전하를 해쳤을까? 정말로 이 황자님이? 아니면 정말로…….'

폐하께서?

시그리드는 눈을 질끈 감았다.

'그렇지 않으면, 나에게 죽으라고 하시지 않았겠지.'

시그리드는 창가로 다가가 창밖을 내다보았다. 슬슬 장미 봉우리들이 맺히고 있는 정원이 보였다. 자신이 잡초만 제거했던 그 정원이라고는 믿어지지가 않는 모습이었다.

지금까지 정말로 열심히 바꾸려고 노력했다.

'하지만 많이 바뀌었냐고 하면…….'

삶은 더 풍성해지고 달콤해졌다. 사람들과 어울리는 게 즐겁다는 것도 처음 알았다. 그렇지만 아직 부족하다.

'멀리 갈 수도 있지만.'

아주 멀리, 제국을 떠나서 다른 소국으로 가는 거다. 그러면 절대로 과거에 겪었던 일을 겪지 않겠지. 하지만 아직도 꿈은 버릴 수 없었다.

그리고 새로 생긴 친구들도.

'게다가.'

시그리드는 자신의 손을 바라보았다. 주홍색의 불꽃같은 오러가 희미하게 반짝이며 손가락을 감싸고 흘렀다. 그녀는 주먹을 꽉 쥐었다.

'기사는 도망가지 않는 법이지.'

폭풍의 가운데에 뛰어들 각오는 되었다.

'그래도…….'

시그리드는 책상을 열어서 마리쉐즈에게 선물 받은 머리핀을 꺼내 보았다.

'조금만 더 친구들과 있어도 괜찮겠지.'

중간 크기의 흑진주가 달린 은세공 머리핀이었다.

'남대양 흑진주, 이 정도의 크기라면 파티용으로는 초라함. 평상복용. 승마용으로 쓴다면 부를 과시하는 것. 왜냐하면 승마 시에는 잃어버릴 가능성이 높아서.'

줄줄 마리쉐즈에게 배운 것을 무의식적으로 암기하고 시그리드는 픽 웃었다. 자신의 사교계 기초(?) 실력이 늘어나는 만큼 마리쉐즈의 실력 역시 늘고 있었다.

아니, 굳이 말하자면 실력이라기보다는 체력.

시그리드는 한계까지 아슬아슬하게 사람을 굴리는 데에 재능이 있었고, 마리쉐즈는 의외로 우는소리 없이 그걸 따라왔다.

워낙 기초 체력이 빈약했던지라, 초반의 성장은 눈부셨고 이대로 기술만 좀 더 가르친다면 어찌어찌 자신의 일 합을 받아 낼 수 있을 것이다.

'일 합은 본래 간 보는 거니까.'

첫 합부터 일격 필살로 가지는 않으니까.

시그리드는 그렇게 생각하며 머리핀을 도로 책상 서랍에 넣었다. 문제는 그게 아니었다.

'마리쉐즈랑 알케르토가 큰일이네.'

한 달 내내 얼굴을 마주 보면 사이가 풀리지 않을까 했던 예상은 틀렸다. 알케르토는 결코 마리쉐즈를 용서하지 않을 듯했다. 마리쉐즈가 몇 번이나 말을 걸었지만 알케르토는 무시로 일관했다.

그녀가 아예 없는 것처럼 하는 행동에 시그리드가 안절부절못할 정도였다. 그런 자신에 비해 모리스와 로웬그린이 너무 태연해 보여서 시그리드는 답답했다.

'아냐, 둘마저 우왕좌왕했으면 정말로 못 견뎠을 거야.'

시그리드는 생각을 고쳤다.

'그리고……'

모리스.

시그리드는 한 달 동안 그를 보면서 한 가지 의문점이 생겼다.

'어째서 그 실력으로 제2황실 기사단에 있는 거지?'

그의 실력이면 제1황실 기사단에도 너끈히 들어갔을 것이다. 게다가 그는 딱히 신분적인 제약도 없다. 평소에 실력을 줄여서 보이고 있다는 것이다.

'나야 절대로 내 검술을 보여 주고 싶지 않았으니까 그랬던 거지만, 모리스는 그런 사람도 아닌데.'

어째서일까?

그녀는 나중에 모리스에게 물어봐야겠다고 생각했다. 시그리드는 거울 앞에 서서 셔츠 단추를 풀었다. 드러난 속옷 사이로 짙은 주홍색의 오러 코어가 보였다.

이미 경험이 있어서 그런 걸까?

오러가 모이는 속도는 빨랐다. 시그리드는 여러 가지 개발하던 능력을 시험해 보고 싶다고 생각했다. 예를 들어 오러를 압축해서 날리는 것, 그건 그녀의 오리지널 기술이었다.

죽기 전에도 몇 가지 더 기술을 개발하고 있었는데…….

시그리드는 크게 숨을 들이마시고 셔츠 단추를 잠갔다. 이번에는 더 연구해 볼 수 있겠지.

계획에 없이 죽지 말아야지.

'그리고 내가 왜 기사가 되고 싶었는지 기억해내야겠어.'

꿍 하고 시그리드는 팔짱을 꼈다. 분명히 임팩트 있는 일이었을 텐데, 어째서 기억이 나지 않는 걸까?

마치 지갑을 어디다가 뒀는지 잊어버리고 아무리 기억하려고 애써도 기억나지 않는 것처럼, 머릿속이 새하얗게 비어 있었다.

왜 기사가 되었는지 안다면, 훌륭한 기사가 무엇인지도 알 수 있을 것 같았다. 주군의 명령을 무조건 따르면 그게 좋은 기사라고 생각했지만 아니었다.

개.

시그리드는 숨을 들이마셨다. 베라무드는 자신을 그렇게 불렀다.

자신은 주인을 잘못 골랐기 때문에 실패한 것일까?

'그건 아니야.'

시그리드는 고개를 저었다. 황제에게 기사는 시그리드 하나만 있는 게 아니었다. 자신이 버리는 패였다면, 그 많은 기사들 중에 자신이 선택된 이유도 있겠지.

그 이유 중의 하나를 지금의 시그리드는 알 수 있었다.

'뒷배가 없어.'

기사에게는 실력이 가장 중요하고, 가문이나 인맥은 필요 없다. 그렇게 생각했었다. 하지만 지금은 그게 그렇게 단순한 문제가 아니라는 것을 안다.

어떤 사람에게는 그것이 '이 사람은 함부로 해도 된다.'라는 것과 동의어로 들리는 것이다. 폐하가 그렇게 생각했다는 것이 슬프기는 하지만, 분명 그것도 자신을 고른 이유 중 하나였겠지.

그녀는 습관처럼 검집을 쓰다듬었다. 가죽으로 만든 매끄러운 검집을 손끝으로 슬며시 쓰다듬으며 시그리드는 고개를 들어 거울을 보았다.

"시그리드 앙케르트나, 좀 더 노력하자!"

씩씩하게 목소리를 내서 그녀는 불안감을 떨쳐 냈다. 그리고 그녀는 옷장에서 푸른색 망토를 꺼내서 걸쳤다.

아래층으로 내려가니 촛대를 살피던 세리아가 얼른 사다리에서 내려왔다. 시그리드가 물었다.

"내가 봐줄까? 치마 입고 사다리 올라가려면 불편하지 않아?"

"아니에요! 괜찮습니다!"

세리아가 획획 고개를 저었지만 시그리드는 아무래도 불안했다. 자신이 드레스를 입은 채 사다리를 올라간다고 생각만 해도 식은땀이 났다. 만류하는 세리아를 밀어내고 시그리드는 사다리를 올라 촛대를 살폈다.

"아, 여기 나사가 좀 풀렸네. 어디— 됐다. 이제 괜찮아."

시그리드가 손을 털고 풀쩍 사다리에서 뛰어내렸다. 세리아는 반짝이는 눈으로 시그리드를 보았다. 처음 보았을 때부터 그녀는 자신의 영웅이나 다름없었다.

"저기, 아가씨."

"그냥 시그리드라고 불러. 아르카나 동생인걸."

웃으며 시그리드가 말하자 세리아가 "그럼 시그리드 님." 하고 정정하고 말했다.

"저 좀 더 열심히 할게요."

"음? 이미 열심히 잘하고 있는 것 같은데?"

시그리드가 의아해져서 묻자 세리아가 고개를 저었다. 하녀들과 일하면서 느낀 건데, 자신은 아직 프로 하녀가 아니다.

"그리고 꼭 요리사가 되고 싶어요."

그녀의 말에 시그리드는 "요리사?" 하고 갸웃했다가 고개를 끄덕였다. 식료품은 중요하다. 취사병이라고 하면 놀림감이라는 이야기도 있지만, 시그리드는 보급만큼 전쟁에서 중요한 게 없다는 걸 잘 알았다. 먹는 것은 사기를 좌지우지한다.

"그거 굉장한데. 내가 뭐 도와줄 일이 있을까?"

"에? 아니에요. 들어주신 것만으로도 기뻐요."

"……?"

시그리드는 다시 갸웃했다가 "열심히 해." 하고 세리아의 어깨를 가볍게 두들기고 저택을 나섰다. 에코에게 안장을 올리면서 그녀는 '책이라도 사다 줘야 하나?' 하고 생각했다.

아르카나의 동생이 하고 싶은 일이라면 적극적으로 협조할 용의가 있었다.

시그리드는 에코에 올라타 가볍게 옆구리를 걷어찼다. 경쾌하게 돌길을 달려 시그리드는 가게에 들렀다.

'선물을 들고 가면 마음이 좀 풀린다고 했었지.'

'뭘 선물하는 게 좋을까?' 하고 시그리드는 가게들을 쭉 둘러보다가 과일 가게에 시선을 고정했다. 반짝이는 색색의 과일들이 먹음직스럽게 쌓아 올려져 있었다. 그 앞에는 선물용으로 포장된 과일 바구니 샘플이 몇 개 나와 있었다.

'과일이라……. 좋지.'

자신도 예전에는 과일을 사 먹는 건 꿈도 못 꿨다. 물러 터진 떨이 과일을 사 먹는 것이 그나마 과일을 먹는 날이었다. 게다가 과일은 빨리 상하니까 더더욱 사치처럼 느껴졌다.

'알케르토도 혼자 사니까 과일은 잘 못 먹겠지.'

그녀는 오래 보관 가능한 과일을 물어본 후에, 그것 위주로 바구니를 구성했다. 품에 안아 들자 달짝지근한 향기가 기분 좋게 풍겼다. 커다란 리본까지 매서 아름답게 포장을 하고, 그에 맞는 값을 치른 뒤 시그리드는 알케르토의 집에 도착했다.

마리쉐즈에 대한 이야기를 하러 온 것이다.

알케르토가 화를 낼지도 모르지만, 그렇다고 이야기를 한 번도 안 꺼낼 수는 없었다. 시그리드는 바구니를 든 손에 힘을 주고 문을 두들겼다.

똑똑똑—

침묵.

잠시 기다리다가 다시 노크해야 하나 하고 그녀가 손을 드는데 찰카닥하고 문이 열렸다. 시그리드를 본 알케르토는 놀란 얼굴을 했다.

"시그?"

그의 금색 곱슬머리가 사방으로 펼쳐져 있는 것을 바라보며 시그리드는 가볍게 인사했다.

"안녕, 알케르토."

"너 지금 시간이— 아니, 잠깐만."

문을 쾅 하고 닫더니 안에서 뭔가 챙강챙강 요란한 소리가 났다. 시그리드는 슬쩍 하늘을 바라보았다. 아침 식사 후 연습까지 끝내고 온 건데?

정오는 아니었지만 그래도 그에 가까운 시간이었다. 점심시간에 찾아가는 것도 애매하니 좀 더 일찍 찾아온 것인데.

시그리드가 문밖에서 착실하게 기다리는 사이 알케르토는 집안을 치웠다. 아니, 치웠다기보다는 짐을 여기저기 안 보이는 곳에다가 쑤셔 박았다는 편이 옳으리라. 그러고 나서 재빠르게 세수를 하고 손에 물을 묻혀 머리를 쓱쓱 넘겼다. 거울을 확인하고 나서 알케르토는 다시 문을 열었다.

"들어와."

"응, 미리 연락도 없이 와서 미안해."

"아냐."

알케르토는 어깨를 으쓱했다. 시그리드가 바구니를 내밀자 알케르토는 "왜 이런 거 가져왔어?" 하면서 받아 들었다.

시그리드는 "음——" 하고 길게 소리를 끈 다음 말했다.

"부탁할 게 있어서."

그 말에 알케르토가 바구니를 보았다가 웃음을 터트렸다. 시그리드는 당황했다.

"왜 웃는 거야?"

"아니, 진짜 너 많이 변했구나 생각돼서."

예전 같으면 뭔가 부탁한다고 '선물을 사 온다'라는 건 생각도 못 했을 것 아닌가?

"나 많이 변했어?"

시그리드가 되묻자 알케르토가 고개를 깊게 끄덕였다. 그 말에 시그리드는 활짝 웃었다.

"그렇구나, 변했구나."

'그거 다행이다.' 하고 시그리드는 슥 방 안을 둘러보았다. 그
때 침대 밑으로 채 숨기지 못한 술병이 보였다. 그녀가 알케르토
를 보고 눈을 찌푸리며 말했다.

"어제 술 마셨―"

잔소리가 튀어나오려는 걸 시그리드는 눌러 참았다. 방금 변
했다고 이야기를 들은 판인데, 또 예전 습관이 나오려고 한다.

"체력에 술은 좋지 않아."

대신 그녀는 객관적인 사실을 알렸다. 알케르토가 멋쩍게 머
리를 긁적이며 테이블을 가리켰다.

"앉아."

시그리드가 허리를 쭉 편 꼿꼿한 자세로 테이블에 앉자 알케
르토가 화로에 불을 붙이며 변명했다.

"오랜만에 파티에 간 거라서 조금 마신 거야. 집에 와서도 그
기분에 한잔 더 한 거고."

주전자에 물이 끓기를 기다리며 알케르토가 차 통을 열었다.

차 통이 텅 비어 있었다.

"어……. 시그리드, 잠깐만 기다릴래?"

"무슨 일이야?"

"아니, 차가 다 떨어져서. 금방 사 올게."

"그럼 그냥 뜨거운 물을 줘. 그걸로 괜찮아."

"아냐, 얼른 갔다 올게."

"괜찮아."

시그리드가 단호하게 말했다. 알케르토는 신음을 내뱉었다. 평소에 차를 잘 마시지 않으니 떨어진 것도 몰랐다.

'차 살 돈도 없다고 생각하려나?'

힐끗 시그리드를 보니 그녀가 의아한 표정을 돌려주었다. 알케르토는 픽 웃었다. 시그리드가 그런 생각을 할 리가 없지. 한다고 해도 그러려니 할 것이다.

그는 끓인 물을 컵에 담고, 그녀가 사 온 과일을 꺼내어 테이블에 놓았다.

"부탁할 게 뭐야? 뭔지 알 것 같지만."

"마리쉐즈 말이야."

알케르토가 얼굴을 굳히고 깍지를 끼며 상체를 기댔다.

"잉글렛 경이 뭐?"

"이야기를 한 번 들어 줄 수는 없을까?"

"이야기를?"

"응."

알케르토의 청록색 눈이 살짝 일그러졌다. '사과를 받아 줬으면 좋겠다.' 혹은 '용서해 줬으면 좋겠다.'라고 했다면 단칼에 거절했을 것이다.

하지만 이야기를 한 번 들어 달라는 부탁은 미묘한 것이었다. 시그리드는 자신에게 검을 가르쳐 주고 있고, 얻기 힘든 진짜배기 친구다.

"알았어. 시그의 부탁이면 얘기야 한 번 들어 줄 수 있지."

"정말?"

"그래."

알케르토가 고개를 끄덕여서 시그리드는 안도하며 한숨을 내쉬었다. 알케르토가 못 박았다.

"얘기만 듣는 거야. 용서하거나 그런 거 아니야."

"응, 그런 걸 강제로 시킬 수는 없잖아."

시그리드의 말에 알케르토는 끓인 맹물을 마시고 말했다.

"시그는?"

"음?"

"너도 잉글렛 경에게 이런저런 소리 많이 들었잖아. 왜 계속 친구를 하는 거야? 그 사람은 같은 귀족이 아닌 사람은 눈에도 안 찰걸."

마지막 말은 빈정거림에 가까웠다.

"그랬다면 처음부터 나와 친구하지도 않았겠지."

시그리드의 말에 알케르토는 침묵했다. 시그리드가 이어 말했다.

"그리고 사람은 누구나 다 실수할 수 있다고 생각해. 내가 실수했을 때 그 애가 용서해 줄 수도 있는 거고, 그 애가 실수하면 내가 용서할 수도 있는 거지."

"그러니까 용서하라고?"

"아니, 그게 아니라. 음— 난 마리쉐즈가 좋은 사람이라는 걸 아니까. 그녀는 자기가 생각하기에 최선의 것을 나에게 주려 하거든. 사교계의 기초라든가…… 옷 입는 법 같은……."

웅얼거리면서 시그리드는 어깨를 움츠렸다가 폈다.

"로웬그린이 말하기를 서로 다르니까 그 다름을 존중하면 뭔가 놀라운 친구 관계가 될 수 있다고 했어."

"……너무 다르면 오히려 틀어지겠지."

"그럴 수도?"

시그리드는 갸웃했다. 알케르토가 한숨을 내쉬고 말했다.

"알았어, 일단 얘기는 들어 볼게."

"고마워."

"별말씀을. 가르침을 받고 있는 내가 고맙지."

알케르토가 씩 웃으며 말하다가 순간 진지한 얼굴이 되어 물었다.

"시그리드."

"음?"

"솔직하게 대답해 줬으면 하는데— 아니, 네가 솔직하게 대답하지 않을 거라고 생각하지 않지만."

"뭔데?"

알케르토가 숨을 크게 들이마셨다. 그러고도 잠시 멈칫거리다가 간신히 그가 물었다.

"나 말이야, 검에 재능이 있는 것 같아?"

"재능?"

"그래, 좀 더 하면 어느 정도 경지에 오르겠다든가—"

"경지?"

"어, 물론 너처럼 오러 사용자가 되는 거야 생각하지 않지만……"

"어째서?"

"될 것 같아?"

"그건 나도 모르지."

"그것 봐."

"왜 그게 그렇게 되는 거야?"

"너처럼 재능 있는 사람은 모를걸."

"알케르토는 나처럼 해 보지도 않았잖아?"

"그걸 할 수 있는 것 자체가 재능이라는 거야."

"시도도 안 해 보고서?"

"해서 안 되면?"

그 말에 시그리드는 살짝 입을 벌렸다.

"알케르토에게는 다른 선택지가 있는 거구나."

"어?"

"난 없어."

"……."

"난 다른 선택지가 없어. 검이 아니면 안 돼. 그러니까 재능이 있거나 없거나를 논하지 않아. 왜냐면 있든 없든 내가 해야 할 건 이거니까. 하지만 알케르토는 안 된다고 하면 갈 수 있는 다른 길이 있는 거야?"

알케르토는 "아니." 하고 작게 대답했다. 시그리드는 고개를 끄덕였다.

"그러면 재능이 있고 없고를 논하기 전에 그냥 할 수 있는 최선을 다하면 되지 않을까? 적어도 재능이 없는 건 아니니까."

"그래? 재능이 없는 건 아냐?"

그의 귀가 쫑긋해졌다. 시그리드가 고개를 끄덕였다.

"최소한 보통은 된다고 생각해."

체력도, 순발력도, 동체 시력도, 관절 유연성 같은 것들을 봐도 딱히 남보다 떨어지지 않는다. 그렇다면 그 뒤는 자신이 쌓아나갈 뿐이다. 알케르토는 크게 숨을 들이마시고 눈을 감았다가 떴다.

"알았어. 내가 잘할 수 있을지는 모르겠지만."

멋쩍게 웃으며 그가 덧붙였다.

시그리드는 잠시 알케르토의 얼굴을 바라보았다. 생각해 보면 그는 이미 죽었어야 한다. 그러니까 그는 인생의 두 번째 기회를 살고 있는 셈이다.

되돌아온 자신과 마찬가지로.

그걸 본인이 모를 뿐이지. 그가 앞으로 어떻게 될지는 아무도 모른다.

"잘할 수 있어."

시그리드의 말에 알케르토는 "그럴까?" 하고 되물었고 그녀는 고개를 깊게 끄덕였다. 예의상, 끓인 물이라고 해도 잔을 깨끗이 비우고 시그리드는 자리에서 일어났다.

"그럼 이만 가 볼게."

"벌써?"

"할 이야기는 다 했으니까."

더 할 말 있어? 하고 그를 보자 알케르토는 고개를 저었다.

"그래, 나중에 보자."

"그래."

시그리드는 알케르토의 집을 나섰다.

'다음으로 들를 곳은……'

그녀는 베라무드의 집으로 향했다. 시종에게 안내를 받아 응접실로 들어간 그녀는 좀 더 자세하게 집 내부를 살펴볼 수 있었다. 전에 왔을 때는 그런 정신이 아니었던 것이다.

'아, 공작가 저택과 비슷한가? 하지만 그보다 더 단순하네.'

공작가는 단순한 듯하면서도 '이런 곳까지 장식이?' 하는 섬세함이 살짝 엿보였다면 베라무드의 집은 단순 그 자체였다.

어째서 그 커다란 저택을 두고, 따로 나와서 생활하고 있는 걸까? 모리스처럼 형제간의 사이가 좋지 않나?

그런 생각을 하는데 베라무드가 젖은 머리를 한 채, 응접실로 내려왔다.

"제가 시간을 잘못 선택했나요?"

시그리드의 물음에 그가 젖은 머리카락을 쓸어 올리며 말했다.

"아냐, 막 씻은 참이니까 딱 좋은 타이밍이지."

그가 엄지로 뒤쪽을 가리켰다.

"여기 말고 밖으로 나갈까? 테라스가 더 시원한데."

"좋습니다."

베라무드의 뒤를 따라 테라스로 나간 시그리드는 그의 정원이 황량하다는 것에 놀랐다. 아니, 잔디가 깔리기는 했다. 하지만 그것뿐이었고, 자신의 정원처럼 장미나 관목이 없었다.

'내 정원이 훨씬 예쁜데?'

약간의 우월감을 느끼며 그녀는 테이블에 앉았다.

"차? 주스?"

베라무드의 물음에 시그리드는 후자를 선택했다. 아무래도 신선한 과일은 비싸서 잘 안 먹게 되니 말이다. 잠시 후 얼음을 넣은 레모네이드가 그녀의 앞에 놓여졌다. 시그리드는 눈을 휘둥그레 뜨고 얼음을 바라보았다.

"얼음이네요."

"어, 차가운 거 안 좋아해?"

자기 몫의 아이스티를 들며 베라무드가 되물었다.

"다른 걸로 할래?"

"아뇨, 그게 아니라. 이 계절에 얼음을 먹는 건 처음이라."

"아."

"얼음 가게가 있는 건 알고 있었지만요."

그녀는 빤히 컵 속의 얼음을 세 보았다.

'이게 다 얼마나 할까?'

100케르브, 200케르브―

"바라만 보면 다 녹는다."

베라무드의 말에 그녀는 얼른 컵을 붙잡았다. 레모네이드는 적당히 새콤달콤했고 속 시원하게 차가웠다. 이제 여름의 시작인데도 벌써부터 낮 온도는 꽤 올라가기 시작했다.

"베라무드."

"응?"

시그리드는 어깨를 쭉 펴고 그를 똑바로 보았다.

"근위대에 들어가고 싶습니다."

"진짜?"

"네, 하지만 당장은 아니고 기간을 가을로 해도 될까요?"

"그야— 친목 도모는 겨울이 되어야 하니까 상관없기는 한데, 올 거면 좀 빨리 오는 게 좋지 않아?"

"아뇨, 여러 가지 여기서 마무리하고 싶은 일이 있어서요. 양해를 구하고 싶습니다."

"상관없어."

"감사합니다. 그리고 루나틸 경."

"갑자기 또 왜 딱딱해?"

"절 보호해 주실 필요 없습니다."

"……."

베라무드가 슥 눈썹을 추켜올렸다. 시그리드는 말을 고르려고 애썼다. 이런 말재주는 자신보다 마리쉐즈가 그리고 로웬그린이 훨씬 낫다.

"물론 호의인 것은 압니다—"

"하지만? 그냥 얘기해. 항상 사람들이 이야기할 때는 '하지만' 뒤가 본론이던데."

"루나틸 경이 절 보호한다면, 사람들은 절 황태자 전하 측근으로 생각하겠죠. 하지만 전 그런 오해를 사고 싶지 않습니다."

"아."

베라무드가 이마를 짚었다. 아니, 보호하고 있는 건 그쪽이 아닌데. 아니기는 한데.

그는 고개를 들고 픽 웃었다.

"그사이 누구에게 배웠어?"

"조금이요."

로웬그린의 특강을 듣고 있다.

"걱정하지 마. 그렇게 생각할 사람 없으니까. 그러면 제1근위대는 전부 다 세리오스 편이라고 생각하게? 그놈들도 내 부하니까, 내가 책임자라고?"

'어라?'

듣고 보니 또 그렇다.

괜한 걱정을 했나 싶어 시그리드는 어깨를 축 늘어트렸다. 어렵게 이야기를 꺼낸 것인데 삽질이었다니. 그래도 다행이다 싶었다. 남은 레모네이드를 마저 마시고 시그리드는 얼른 얼음 한 알을 입에 넣었다.

'아깝잖아.'

돈이 녹아 없어지는 것 같다. 얼음을 우물거리는 시그리드를 보고 베라무드는 픽 웃었다. 그가 물었다.

"그래서? 섬기고 싶은 주군은 아직 정하지 않은 거야?"

"네."

얼음 사이로 발음이 새어 나왔다. 시그리드는 대화를 위해서 얼음을 어떻게 해야 하나 하다가 얼른 이로 부쉈다. 와작와작 얼음 먹는 소리가 나고 나서 그녀가 얼른 물었다.

"왜 베라무드는 전하를 주군으로 정하셨습니까?"

"아닌데?"

"예?"

"세리오스는 내 주군이 아닌데~"

웃으며 하는 말에 놀리는 건가 하고 시그리드가 눈을 가늘게 떴다. 베라무드가 말했다.

"난 세리오스가 내 마음에 안 드는 짓을 하면 반대해."

"?!"

시그리드의 눈이 동그래졌다.

반대한다고? 주군의 뜻인데?

"내가 세리오스의 편에 있는 건 그의 생각이, 사상이 마음에 들었기 때문이야. 시리, 네가 말하는 건 일방적인 관계인 거잖아? 난 그런 게 아니야."

베라무드가 은근슬쩍 애칭으로 불렀지만 시그리드는 생각에 빠져 그것도 알지 못했다. 시그리드 자신이 예전에 황제 폐하를 주군으로 섬겼던 것은, 그가 황실의 최고 지위자였기 때문이었다.

기사는 황가를 섬기는 게 당연하고, 황가의 최고 수장인 폐하를 섬기는 게 기사가 누릴 수 있는 최고의 위치라고 생각했다.

그러니 폐하를 섬기게 되지 못한 지금은 그다음 위치인 전하를 섬기는 게 당연한 걸지도 모른다.

그러나 그렇게 하고 싶지 않았다.

폐하를 섬기지 못하게 되고, 황태자 전하에게 충성을 바치지 않기로 하자 누구를, 어떤 기준으로 주군을 골라야 할지도 알 수 없었다. 그런데 지금 베라무드가 새로운 길을 제시한 것이다.

'생각이 마음에 드는 사람…….'

시그리드는 고개를 들었다.

"고맙습니다."

"뭐가?"

"생각이 조금 정리되었어요."

"다행이네. 그리고 말이야, 솔직히 주군을 정하지 않아도 괜찮지 않아? 너무 빡빡하게 살지 마라, 인생."

다시 한 번 반복하는 말에 시그리드는 희미하게 웃고 고개를 끄덕이며 말했다.

"노력해 보겠습니다."

평생의 몸에 밴 걸 고치는 건 어려웠다. 생활을 바꾸는 것보다 사고방식을 고치고, 새로운 시야를 가지는 것이 몇 배 더 어려웠다.

'그래도 그나마 삶의 습관을 바꾸면서 친구가 생겨서 다행이지.'

타인과의 연결을 통해서 사고방식이 바뀌고 있으니까. 그중에서도 이 '기사'라는 근간을 바꾸는 것에는 아직 거부감이 느껴졌다.

'힘내자.'

다시 다짐하고 시그리드는 또다시 얼음을 입 안에 넣었다. 아까보다도 훨씬 더 작아져 있었다. 마리쉐즈가 봤다면 당장에 '그만둬!' 하고 외칠 만한 모습이었지만 베라무드는 별말 하지 않았다. 그는 아이스티를 느긋하게 마시면서 시그리드가 얼음을 전부 먹을 때까지 기다렸다. 문득 시그리드는 떠오른 물음을 던졌다.

"그런데 베라무드."

"음?"

"왜 집에서 나와서 따로 사는 건가요?"

"잔소리가 심해서."

"잔소리요?"

"어렸을 때부터 보던 시종들이라서 아직도 날 도련님인 줄 안다니까."

"아—"

그러고 보니 하녀가 그를 도련님이라고 지칭했었지. 시그리드는 그를 빤히 보았다. 아무리 봐도 '도련님'이라는 단어는 위화감이 느껴진다.

'아닌가? 역시 귀족 도련님은 도련님인 걸까?'

그가 걸치고 있는 옷은 비싼 옷이었다. 예전에는 몰랐지만 마리쉐즈의 가르침을 받은 지금은 알 수 있다. 저 매끄럽고 독특한 광택은 사론 왕국 특산품…….

시그리드는 저절로 견적이 나오려는 것을 휙휙 고개를 저어 떨쳐 냈다.

"왜 그래?"

베라무드의 물음에 시그리드는 "아닙니다." 하고 대답했다.

"저로서는 알 수가 없는 감각이기는 하네요."

그녀의 말에 베라무드가 한숨과 함께 말했다.

"시그리드도 우리 집 식구가 되면 알게 될걸."

"그렇습니까."

시그리드는 픽 웃었다. 공작가의 식구라니, 상상조차 되지 않는다. 마지막 얼음이 혀끝에서 녹아내리는 걸 끝으로 시그리드는 자리에서 일어났다.

"점심 먹고 가."

베라무드가 그녀를 붙잡았다.

"아뇨, 들를 곳이 있어서 가 보겠습니다. 권유는 감사합니다."

"어쩔 수 없네." 하고 베라무드가 그녀를 배웅했다.

시그리드는 어려운 일을 끝내서 홀가분해진 마음으로 서점에 들렀다. 그녀는 서점에서 요리 서적을 몇 개 골라 계산하고 얼음 가게 앞을 기웃거리다가 결국 사지는 못하고 집으로 돌아왔다.

"세리아?"

집으로 돌아온 시그리드는 세리아를 불렀다. 부엌에서 손의 물기를 닦으며 세리아가 종종걸음으로 나왔다.

"네, 부르셨어요?"

"이거 선물이야."

시그리드가 책 묶음을 세리아에게 건네자 그녀는 눈을 휘둥그레 떴다.

"유명한 요리책들이라고 하던데. 식재료로 연습해도 괜찮으니까."

"시그리드 님……."

그녀의 목소리가 떨렸다.

"마음에 들면 좋겠다."

"너무 마음에 들어요!"

그녀가 책을 꼭 안으며 말했다. 시그리드는 "다행이다." 하고 툭툭 세리아의 어깨를 두들겨 준 후에 자신의 방으로 들어갔다.

외출복을 조심스럽게 벗고, 편한 옷으로 갈아입고 나자 시그리드의 마음도 느긋해졌다.

'근위대로 간다는 걸 모두에게 이야기해야겠지.'

시그리드는 맨 먼저 모리스에게 이야기해야겠다고 생각했다.

*　　*　　*

언제나처럼 로웬그린의 뒤뜰을 빌려 검 연습이 끝났다. 시그리드는 마리쉐즈에게 눈짓했다. 마리쉐즈는 머뭇거리며 알케르토에게 말을 걸었다.

"저기."

"왜?"

퉁명스러웠지만 대답은 확실하게 돌아왔다. 마리쉐즈의 얼굴이 팟 하고 밝아졌다.

"잠깐 이야기 좀 할 수 있을까?"

"그래."

알케르토가 대답하자 그녀는 크게 가슴을 들썩였다. 로웬그린이 말했다.

"우리는 먼저 씻고 있을게."

"이야기 끝나면 들어와."

모리스도 이어서 말했다. 시그리드는 '힘내!' 하는 표정을 지어 보이고 로웬그린을 따라서 저택 안으로 들어갔다.

"잘될까?"

시그리드의 걱정스러운 물음에 로웬그린은 고개를 기울였다.

"글쎄—"

"안 될까?"

"두 사람에게 달렸지. 고생했어."

모리스의 말에 시그리드는 고개를 저었다.

"아냐, 그렇게 어렵지 않았어."

"중간에서 중재하는 게 얼마나 힘든데. 고생했어."

그가 웃으며 시그리드의 머리를 가볍게 쓰다듬었다. 시그리드는 얌전히 그 손길을 받았다. 누군가가 자신의 머리를 쓰다듬는 걸 그렇게 좋아하지는 않지만, 모리스라면 괜찮다.

"참, 나 모리스에게 할 이야기 있어."

"나?"

"응."

그 말에 로웬그린이 양손을 들어 복도 안쪽을 가리키며 말했다.

"그럼 난 먼저 씻고 있을게."

"응, 금방 끝나는 이야기니까."

"알았어."

로웬그린이 모리스에게 싱긋 웃어 보이고 자리를 떴다. 모리스는 괜히 목 안쪽이 마르는 기분이 들어서 몇 번 헛기침을 하고 말했다.

"무슨 일인데?"

"잠깐만 이쪽으로."

시그리드는 구석진 자리를 골랐다. 그녀가 끄는 대로 순순히 끌려온 모리스가 다시 물었다.

"무슨 일 있어?"

"음, 그게―"

시그리드는 잠시 머뭇거리다가 셔츠 단추를 풀기 시작했다.

맨 위에서부터, 하나, 둘, 셋, 넷, 다섯―

가슴골이 드러났다.

"시그?!"

멍하니 그걸 보다가 모리스는 당황해 그녀의 셔츠 앞을 꽉 잡았다. 얼굴이 화끈거렸다.

"뭐하는 짓이야?"

"아니, 그게―"

속으로 '오러 코어를 보여 주려고…….' 하고 시그리드는 눈을 깜박였다.

"모리스? 괜찮으니까 잠깐 손 좀. 아니, 모리스―"

모리스가 다시 단추를 잠그기 시작했다. 이놈의 은 단추는 왜 이렇게 매끄러운가? 자꾸 손가락이 헛도는 것 같다.

"모리스, 그게 아니라."

"뭐가 아니야?"

그가 목 끝까지 단추를 채우고 나서도 한참 셔츠를 잡고 있다가 놓아주었다. 시그리드는 어깨를 늘어트렸다.

"보여 줄 게 있어서 그랬던 건데."

"뭘 보여 줘?"

대체 뭘?

황망하기까지 한 그의 목소리에 시그리드가 "어……." 하고 잠시 그를 올려다보다가 대답했다.

"오러 코어?"

"아무리 그래도 그렇— 뭐?"

"오러 코어."

어깨를 움츠리며 시그리드가 다시 대답했다. 모리스의 눈이 휘둥그레졌다.

"오러?!"

"응."

"보여 줄 수 있어?"

"그러니까 아까 보여 주려고 한 건데." 하고 시그리드가 다시 단추를 풀자 모리스가 다시 셔츠를 붙잡았다.

"아니, 아니, 아니, 알았어. 거기에 있구나. 어, 그래."

그가 이번에는 좀 더 차분히 단추를 채웠다. 아직도 심장이 두근거렸다.

"그런 거 함부로 보여 주는 거 아니야."

"응, 나도 아무나에게 보여 주지 않아."

"나니까?"

"응."

깊게 고개를 끄덕이는 시그리드가 괜히 얄미워 모리스는 그녀의 양 뺨을 잡아당겼다.

"머히흐?"

'모리스?' 하고 놀라 눈을 크게 뜨는 그녀를 보니 통쾌했다. 모리스가 손을 놓고 말했다.

"축하해. 굉장한걸, 시그리드."

시그리드가 양 뺨을 문지르며 불만스럽게 말했다.

"왜 꼬집는 거야?"

"나니까."

모리스의 말에 시그리드는 눈을 찌푸렸다. 그녀가 말했다.

"왜 모리스는—"

"나는?"

"실력을 다 발휘하지 않아?"

그녀의 물음에 그는 잠시 말문이 막혔다. 시그리드가 말했다.

"여자라서 봐주는 거라면 필요 없어."

"그런 거 아니야."

"응, 그런 것 같아. 그럼 왜?"

"난—"

모리스는 짧게 숨을 들이마셨다.

"견제받고 싶지 않거든."

"그게 무슨 말이야?"

"경쟁이 싫어. 그걸 즐기는 사람도 있겠지만 난 그게 싫어. 참을 수가 없어."

"하지만 최선을 다하지 않는 건 상대에 대한 모욕이 아닐까."

시그리드의 말에 모리스가 웃고 말했다.

"난 그 링에 서고 싶지도 않아. 그런데 상대는 날 자꾸 거기에 세우려고 하지. 그러니까."

그가 어깨를 으쓱했다.

"링에 설 실력이 안 되는 척하는 것뿐이야."

"하지만 난 싫어."

"어?"

"모리스가 실력 이하로 평가받는 게 싫어. 경쟁이 싫다는 것도 사실은 이해하지 못하겠어. 원래 기사라는 건 실력이 중요한 거 잖아. 그걸 정당히 평가받는 게 왜 경쟁이야?"

"단순히 기사단만의 문제가 아니거든."

그 말에 시그리드가 눈을 깜박이더니 물었다.

"그 형님이라는 사람 때문이야?"

그녀의 목소리에 날이 섰다. 모리스의 적이라면 자신의 적이다. 모리스는 움찔했다.

"모를 줄 알았는데—"

"결국 네 귀에도 들어갔구나." 하고 모리스는 한숨을 내쉬었다. 시그리드가 고개를 저었다.

"나도 자세한 건 잘 몰라. 모리스가 형님과 사이가 나쁘다는 정도⋯⋯."

"그런 거지."

머뭇하다가 모리스가 말했다.

"다음에 자세하게 이야기해 줄게. 어디서 잘못된 이야기를 듣는 것보다는 내가 이야기해 주는 게 나을 것 같아."

"응."

시그리드는 고개를 끄덕였다. 모리스가 웃으며 그녀의 어깨를 툭 쳤다.

"그래서 오러 사용자라고? 시그 굉장한데? 아무래도 실제로 보는 건 드무니까 말이야."

"아, 응. 그래서 근위대에 스카우트 받았어."

그 말을 듣자 모리스는 놀랐다. 잠시 침묵하다가 그가 입을 열었다.

"어, 생각해 보니 당연하기는 하네. 오러 사용자라면 그렇지. 그래서 받아들인 거야? 그럼 엄청난 승진이네."

"고민했는데 가기로 했어. 바로 당장은 아니고 가을쯤에. 맨 처음 모리스에게 말해 주고 싶어서."

"그래, 가기 전에 축하연이라도 열어야겠는데."

"저기."

시그리드가 손을 뻗어 그의 소맷부리를 잡았다. 모리스가 의아한 얼굴로 그녀를 보았다.

"내가 근위대에 가도 계속 친구인 거지?"

"당연하지."

무슨 말을 하냐는 듯 그가 가볍게 그녀의 이마를 툭 쳤다. 시그리드는 이마를 문지르고 씩 웃었다. 그러면 괜찮다.

"내가 맨 처음인 거지? 얘기한 거."

"응."

"그러면 마리쉐즈도 로웬그린도 깜짝 놀라겠는걸. 알케르토도."

"알케르토는 알고 있어."

"안다고?"

"전에 마수를 쓰러트렸을 때—"

"그때부터 오러 사용자였단 말이야? 그런데 왜 말 안 했어?"

"그냥. 속이려는 건 아니었고 나도 고민할 시간이 좀 필요했어."

"시그리드……."

"응?"

'너 진짜 변했어.'라는 말을 모리스는 속으로 삼켰다.

대체 그날 밤에 무슨 일이 있었던 걸까?

모리스는 궁금해졌다. 완전히 넋이 나간 표정으로 밤에 경비소에 있던 그녀는 무슨 일을 겪었던 걸까?

"너 시그리드 맞지?"

"당연하지?"

"그래, 그럼 얘기는 다 끝난 거지?"

"응."

"그럼 가서 씻자."

시그리드는 고개를 끄덕이고 걷기 시작했다.

씻고 나서 응접실로 나간 시그리드는 로웬그린에게도 사실을 털어놓았다. 로웬그린도 이 이야기에는 놀랄 수밖에 없었다.

"오러?!"

경악해서 외치자 시그리드는 고개를 끄덕였다.

"세상에……. 오러 코어 사용자……. 잠깐, 지금 너밖에 없잖아? 여자는."

제국의 알려진 오러 코어 사용자는 모두 열여섯 명. 그리고 전부 남자였다. 시그리드가 고개를 끄덕였다.

"그렇지?"

"세상에."

로웬그린이 다시 중얼거리며 멍하니 천장을 올려다보았다.

"오러 코어라고……. 맙소사."

그러다 갑자기 그녀가 킥킥 웃기 시작했다. 모리스도 시그리드도 당황해 로웬그린을 보았다. 그녀가 웃음을 참으며 말했다.

"마리 말이야, 전에 시그리드에게 대련에서 져 달라고 한 적 있거든. 그런데 진짜로 시리가 그걸 받아 줬다고 해 봐."

모리스는 눈을 굴렸고 로웬그린은 다시 웃었다.

"진짜 웃기는 얘기가 되잖아? 세상에, 오러 코어 사용자가 일반 기사에게 지다니."

쿡쿡거리며 웃는데 발걸음 소리가 들렸다.

"무슨 얘기가 그렇게 웃겨?"

"어머? 요정도 아니고."

자기 이야기를 하는 곳에 요정이 꼭 나타난다는 속담을 들먹이고 로웬그린이 고개를 저었다.

"아니, 아무것도 아니야. 이야기는 잘 끝났어?"

마리쉐즈는 한숨을 내쉬는 걸로 대답을 대신했다. 시그리드의 얼굴이 어두워졌다. 모리스가 자리에서 일어나며 말했다.

"알케르토는?"

"연습 더 한다고……."

"알았어, 내가 가 볼게."

모리스가 지나가며 위로하듯 가볍게 마리쉐즈의 어깨를 두들기고 나갔다. 마리쉐즈는 축 늘어져 모리스가 앉았던 자리에 털썩 앉았다. 로웬그린이 물었다.

"어떻게 된 건데?"

"사과했어. 했는데…… 알케르토는 아직 잘 모르겠다고 그러더라."

"그래? 그래도 그 정도면 괜찮네. 희망은 있는 거잖아."

로웬그린의 말에 마리쉐즈가 상체를 일으키며 말했다.

"그런 걸까?"

"응, 알케르토에게 좀 더 시간을 줘 봐."

로웬그린의 말에 마리쉐즈의 얼굴이 좀 밝아졌다. 로웬그린이 시그리드에게 말했다.

"얼른 마리에게도 말해 줘."

"아, 응."

"뭔데? 무슨 일인데?"

마리쉐즈의 눈이 금방 호기심으로 빛났다. 시그리드가 헛기침을 하고 말했다.

"나 사실 오러 사용자야."

삼 초간의 침묵 후 마리쉐즈가 경악성을 내질렀다.

"오러?! 진짜?! 진짜로?! 보여 줘!"

"이렇게?"

시그리드의 흰 손가락에 마치 안개나 연기, 혹은 불꽃처럼 주홍색 오러가 흔들렸다. 로웬그린도 마리쉐즈도 그걸 뚫어져라 바라보았다. 마리쉐즈가 조심스럽게 손을 뻗었다.

"만져 봐도?"

"응."

마리쉐즈는 오러를 만져 보았다.

"아무런 느낌도 안나."

"아직 아무런 성질도 부여하지 않았으니까."

"성질?"

"날카로워진다거나 단단해진다거나."

"그렇구나……. 신기하다……. 내 친구가 오러 사용자라니……."

마리쉐즈는 감탄사를 내뱉었다.

"그래서 근위대에 스카우트 제의를 받았어."

"아! 그래서 루나틸 경이!"

마리쉐즈가 무릎을 쳤다. 로웬그린도 그제야 납득한 듯 고개를 끄덕였다.

"갑자기 왜 그럴까 했더니, 그렇구나. 그런 사연이 있는 거였군. 그럼 꽤 오래된 거네?"

"응? 어어⋯⋯. 그때 마수를 잡았을 때부터."

시그리드의 시인에 마리쉐즈가 눈을 샐쭉하게 떴다.

"왜 말 안 한 거야? 나 그때 진짜 걱정했단 말이야."

"아직 밝히고 싶지 않았어⋯⋯."

"그럼 지금 밝힌 건? 근위대로 가기로 한 거야?"

로웬그린의 물음에 시그리드는 고개를 끄덕였다. 마리쉐즈가 놀라 눈을 휘둥그레 떴다.

"가는 거야?!"

"응, 바로 가는 건 아니고 가을쯤에."

"너무해, 가다니⋯⋯."

마리쉐즈는 금세 눈물을 글썽거리기 시작했다. 시그리드가 말했다.

"근위대로 간다고 해도, 어쨌든 계속 얼굴 볼 거잖아. 응? 친구니까."

"그거야 그렇지만⋯⋯. 그래도 섭섭한 건 섭섭한 거야."

"시리가 죽으러 가는 것도 아닌데 뭘 울고 그래."

로웬그린이 냉정하게 말해서 마리쉐즈가 입을 비죽 내밀었다.

"로위는 정이 없어."

"하지만 진짜 멀리 떠나는 것도 아니고, 근무처가 바뀌는 것뿐이야."

"하지만 그런 걸로도 금방 멀어질 수 있단 말이야."

마리쉐즈의 말에 시그리드는 고개를 저었다.

"아냐, 절대 그렇지 않을 거야. 마리쉐즈는 그럴 거야?"

"아니, 나도 안 그래."

"그러면 우리는 계속 친구인 거네."

시그리드의 말에 마리쉐즈는 눈물이 차오른 눈가를 찍어 내고 한숨을 내쉬었다.

"그래도 바로 가는 게 아니라서 다행이야. 근위대라니, 오러 사용자라니. 참, 그러면 진짜로 오러 코어라는 게 있어? 보여 줄 수 있어?"

"응."

시그리드는 셔츠 단추를 풀기 시작했고 마리쉐즈가 그녀의 손을 잡아 저지했다.

"잠깐 뭐하는 거야?"

"오러 코어 보여 달라면서? 난 가슴 사이에 있거든."

"그러면 적어도 방에 가서 보자고 해! 왜 응접실에서—"

마리쉐즈가 이리저리 주변을 둘러보았다. 로웬그린이 웃으며 말했다.

"방으로 옮길까?"

"응."

마리쉐즈가 깊게 고개를 끄덕였고 시그리드는 그 둘을 따라갔다. 아무도 없는 방 안에서 또 파티션을 치고서야 시그리드는 셔츠 단추를 풀 수 있었다.

속옷 사이로 솟은 주홍빛 마름모꼴 코어를 보고 마리쉐즈는 감탄했다.

"이게 코어구나……. 예뻐. 살아 있는 것 같아. 만져 봐도 괜찮아?"

"만지는 건 좀…….""

"그렇구나."

로웬그린은 한 번 힐끗 보고 "신기하다." 하고 말했고 마리쉐즈는 한참 뚫어져라 코어를 바라본 후 한숨을 내쉬었다.

"진짜 예쁘다."

마리쉐즈가 직접 그녀의 옷 단추를 채워 주었다. 동시에 잔소리도 잊지 않았다.

"절대로, 절대로 함부로 단추를 푸는 거 아니야. 우리끼리라도."

"알았어."

시그리드는 순순히 대답했다.

"좋아."

마리쉐즈는 허리에 양손을 올리고 고개를 끄덕였다. 로웬그린이 물었다.

"가을이면, 가을 언제쯤?"

"나도 정확하게는……. 시월 말쯤일까?"

두루뭉술하게 시그리드가 대답했다.

"겨울 지나고 신년회 때 가면 좋을걸. 송년회도 같이 하고."

마리쉐즈가 아쉬워하며 말했다.

"송년회?"

"아, 시리는 한 번도 온 적 없지? 진짜 아쉽다아~ 잔뜩 먹고, 마시고, 실컷 춤추는데에—"

"그런 거구나."

시그리드는 별로 아쉽지 않은 마음이 드러나지 않게 조심스레 대답했다. 먹고, 마시는 거야 그렇다고 해도, 춤은 역시 익숙하지가 않다.

저번 무도회에서 춘 것으로 충분했다.

"그나저나 황실 근위대에 루나틸 경이면 역시 제1근위대지?"

로웬그린이 물어와 시그리드는 고개를 끄덕였다. 마리쉐즈가 뿌듯한 얼굴을 했다.

"그러면 기사단 중에서는 최강이잖아."

그 말에 시그리드는 회의적인 얼굴을 했다.

"글쎄, 서부 귀족 연합 역시도 굉장하니까."

"아— 나도 소문이라면 들었어. 거기 기사들은 실전으로 다져져서 굴강하다면서."

로웬그린의 말에 마리쉐즈가 입을 비죽였다.

"야만적인 거지."

야만족과 마수와 국경을 맞대고 있는 서부는 싸움이 빈번했다. 게다가 야만족과 피가 섞인 자들이 많았는데 중앙에서는 경시되는 경향이 강했다. 서부 귀족이라고 하면, 일단 중앙 귀족에 비해 한 단계 아래로 내려다보는 것이다.

게다가 황실 역시 지나치게 강한 사병을 가지고 있는 이들을 경계했다. 작금의 황제는 그중에서도 더욱 강한 강경책을 사용해서 서부 귀족을 누르고 있었다.

몇 년째 서부 쪽에서는 큰 사건이 없었는데, 그 때문에 서부 귀족들이 지나치게 힘을 키웠다고 생각한 것이다.

그에 비해 황태자인 세리오스는 서부 귀족들에게 유한 편이었다.

"그 사람들이 국경을 지켜 주니까 우리가 안전한 거잖아."

시그리드가 솔직하게 자신의 생각을 이야기했다. 마리쉐즈는 그 말에 "그런가." 하더니 고개를 저으며 말했다.

"그래도 난 서부 귀족이랑은 연관되고 싶지 않아. 다들 야만적이라고 하던걸. 그, 버서커인지 뭔지 하는 사람도 그렇고. 그 사람도 야만족과 혼혈이라면서?"

"우툴루 미하스 경 말이구나."

미하스라는 성과 달리 이름이 독특한 것은 그의 어머니가 야만인이라서 그렇다는 이야기가 있었다. 시그리드는 다시 돌아오기 전에 보았던 그를 떠올려 보았다. 확실히 제국인보다는 혼혈에 가까운 얼굴이었다.

"기사는 실력이 좋으면 됐지. 혈통이 무슨 상관이야?"

시그리드는 잘라 말했다. 이제 자신의 의견을 강경하게 말할 수 있게 된 그녀였다. 로웬그린이 고개를 끄덕였다.

"맞아, 그리고 서부 귀족 연합의 수장인 피엔샤 후작은 중앙 귀족 혈통이잖아? 그러면서도 서부 귀족이고, 다들 야만인이라는 건 편견이야."

로웬그린과 시그리드의 의견이 합쳐지자 마리쉐즈는 "하지만." 했다가 고개를 저었다.

　"음, 그럴 수도 있겠지. 맞아, 만나 봐야 아는 거니까."

　마리쉐즈가 어깨를 으쓱했다.

　"소문이 떠도는 걸 싫어하면서도, 나 역시도 서부 귀족에 대해서는 알지도 못하면서 소문을 따라 험담을 하고 있었어. 역시 그런 건 그만둘래."

　그 말에 로웬그린이 "어머?" 하고 눈을 동그랗게 떴다. 마리쉐즈가 눈을 내리깔며 말했다.

　"시리랑 얘기하고, 알케르토 일도 있고 나도 여러 가지로 고민했어. 그래도 자꾸 습관적으로 이렇게 되네."

　로웬그린의 갈색 눈이 호선을 그렸다.

　"굉장하잖아, 마리."

　"그래?"

　마리쉐즈의 귀가 쫑긋했다. 로웬그린이 고개를 끄덕였다.

　"응, 뭐라고 해야 하나. 내가 반성하게 되는걸."

　"로위가? 왜?"

　마리쉐즈의 물음에 로웬그린이 묘하게 웃었다.

　"그냥 여러 가지로."

　사실 사람은 쉽게 변하지 않는다고 생각했다. 그러니까 관계나 여러 가지에 힘을 쓰는 게 싫었다. 하지만 시그리드를 만나서 마리쉐즈는 조금씩 변해 가고 있다. 변하려고 애쓰고 있다.

　'그러면 나도 조금은 변한 걸까?'

마리쉐즈를 보자 시그리드는 그런 생각이 들었다.

"그리고 굉장해, 시그리드 앙케르트나."

쿡 어깨를 찌르며 로웬그린이 하는 말에 시그리드는 어안이 벙벙해졌다. 로웬그린은 그저 웃었고, 마리쉐즈는 그제야 그녀의 말뜻을 알 것 같았다.

"맞아, 굉장해, 시리."

"어? 뭐가?"

당황한 시그리드를 보고 두 여자는 그냥 웃기만 했다.

* * *

모리스는 우물가에서 머리에 물을 붓고 있는 알케르토를 바라보다가 다가가 물었다.

"내가 부어 주랴?"

"아냐. 으, 여기 우물물 진짜 차가워. 여름인데 머릿속이 띵하다."

알케트로가 대충 수건으로 머리를 문질러 닦았다. 하녀가 준비해 준 것이었다.

'로웬그린에게 너무 신세만 지는데…… 어떻게 갚지?'

알케트로가 고민하는데 모리스가 물었다.

"마리쉐즈는?"

"어, 얘기는 들었어."

"잘 들었어?"

모리스의 물음에 알케르토는 픽 웃고 수건을 어깨에 걸쳤다. 상의를 벗은 그의 모습은 좋은 구경거리라 건너편에서 하녀들이 눈길을 주며 힐끗거렸다. 알케르토는 그녀들에게 싱긋 웃어 주었다. 모리스가 그의 다리를 걷어찼다.

"그러고 싶냐."

"뭐 어때서, 웃은 거뿐인데."

억울하다는 얼굴로 말하면서도 알케르토는 얼른 시선을 돌렸다.

"잉글렛 경이랑 얘기는 잘 했어. 사과하더라. 진심인지는 모르겠지만……."

진심인 것 같았다.

솔직히 말하면 사과한다고 해도 고압적인 자세로 사과할 줄 알았다. 그게 자신이 아는 마리쉐즈 잉글렛이니까. 하지만 놀랍게도 그녀는 조용히 양손을 잡아 쥐고 비틀며 힘겹게 이야기를 했다. 군청색 눈을 내리깔고 힐끔거리면서 미안하다고 작게 말해 왔다.

그건 자신이 상상한 것과는 전혀 달라서 알케르토는 매정하게 돌아설 수가 없었다.

"그래서 생각해 보겠다고 했어."

알케르토의 말에 모리스는 "그러냐." 하고 짧게 대답했다. 잠시 침묵하다가 모리스는 문득 한 가지가 떠올랐다. 그걸 생각하고 나자 모리스는 괜히 화가 나 알케르토의 다리를 다시 걷어찼다. 알케르토가 펄쩍 뛰다가 허벅지를 문지르며 으르렁거렸다.

"아오, 왜 또!"

"너 왜 시그리드가 오러 사용자라는 거 말 안 했어?"

"어? 어떻게 알았어?"

"시그가 말하더라."

"아, 말했어? 걔가 비밀로 해 달라고 한 거야."

그거야 그렇지만, 그래도 괘씸하다.

"잠깐, 그러면 그 마수랑 싸우러 갔을 때도 설마?"

"시그가 죽인 거야. 오러라는 거 진짜 굉장하더라."

알케르토가 한숨을 내쉬었다. 그리고 모리스는 그제야 그가 어째서 시그리드에게 그렇게 열등감을 느꼈는지도 이해했다. 자신과 비슷한 시간 검을 잡아 온 사람이 오러를 쓰는 걸 눈앞에서 본다면 당연히 그런 기분이 들겠지.

"그런데 시그가 밝히고 싶지 않아서 제1기사단 공으로 돌아간 건가?"

"뭐, 그런 거지. 중간에 그 빌어먹을 재수 없는 근위대장이 끼어들어서 날 기절시킨 바람에 정확한 건 모르지만."

"그건 또 무슨 말이야?"

모리스가 눈을 찌푸리고 물어와 알케르토는 간단하게 사실을 털어놓았다. 다 듣고 모리스는 기가 찼다.

"뭐 그딴 새끼가 다 있어?"

"그렇지? 그렇지?"

드디어 이야기를 시원하게 털어놓을 수 있게 되어 속 시원한 그였다.

"그 자식, 시리에게 너무 접근하는 것도 마음에 안 들어."

알케르토가 뚱하니 말했다. 모리스의 얼굴이 금방 걱정으로 물들었다.

"그런데 시그가 근위대로 간다고 했는데."

"근위대?!"

이번에는 알케르토가 놀랄 차례였다. 모리스는 고개를 끄덕였다.

"아까 그러더라고. 가을쯤에 승진 예정이라고."

"근위대라니."

알케르토는 휙 휘파람을 불렀다.

"도대체 몇 단계를 뛰어넘는 승진이야?"

"최하위에서 최고 단계로 단숨에 승진이지. 하지만 오러 사용자니까."

"하긴, 그건 그렇지."

알케르토는 뒷목을 긁적였다. 그는 수건을 우물에 걸고 나무에 걸어 놓았던 티와 셔츠를 입었다.

"생각해 보면 마스터에게 직접 사사하고 있는 거잖아? 굉장한 걸."

농담처럼 던진 말에 모리스는 웃었다.

"그러네."

오러 사용자는 다른 말로 마스터라고 불렀다. 오러란 어쨌든 모든 검사들의 꿈인 것이다. 검의 정점이라고 하면 오러 사용자들은 다 웃겠지만, 사람들에게는 그렇게 보였다.

그래서 그들을 마스터라고 불렀다.

"나 말이야. 좀 더 검에 몰두해 볼까 하고."

알케르토가 입을 열었다.

"며칠이나 가려고?"

"아니, 진짜로. 시그리드가 그러기를 내가 재능 없는 건 아니라고 하더라. 그러니까 다른 사람들 시선은 좀 덜 신경 쓰고 검 연습 시간을 늘리기로 했어. 같이 놀던 친구들이야 비웃겠지만—"

알케르토가 어깨를 으쓱했다.

"걔네들이 날 책임져 주는 것도 아니니까."

"그거 좋은 생각인걸."

"가끔 대련 좀 해 줘."

"그래."

모리스는 대답하며 툭 자신의 검 손잡이를 두들겼다. 시그리드가 근위대로 떠난다는 이야기를 들으니 그도 떠나고 싶었다.

방랑 기사.

다 버리고 떠난다면 검을 마음껏 휘두를 수 있을 것이다. 아무도 신경 쓰지 않고.

'떠날까?'

멍하니 생각하다가 문득 그는 시그리드를 떠올렸다. 무도회에서 마치 지금 자신의 생각을 예견한 것처럼 말했지.

—어디 가지 말고.

그때는 이런 구체적인 생각은 없었는데, 그녀는 자신에게 그런 낌새를 읽었던 걸까? 형님과의 분쟁이 지긋지긋한 것이 티가 났나?

—안 갈 거야.

이런.
하필 그렇게 대답을 해서.
모리스는 쓸쓸하게 웃었다.
'하긴, 그렇다고 시그를 진짜 저대로 두고 가기도…….'
들으면 들을수록 제1근위대 대장 놈이 수상하다. 루나틸 공작가에, 황태자의 측근이라는 뒷배를 가지고 있기는 하지만, 배경이 인성인 건 아니니까.
시그리드가 보내는 그 신뢰는 기묘하게 모리스의 마음을 때렸다. 그녀가 활짝 열린 무한한 믿음을 보내는 눈으로 자신을 볼 때면 마음속이 요동치는 것이었다.
마치 자신이 어떤 이야기를 해도 받아 줄 것만 같은 그런…….
모리스는 숨을 삼키고 우물에 푹 기댔다. 그가 마른세수를 하고 말했다.
"너도 시그에게 실수한 적 있잖아. 마리쉐즈도 한 번 봐줘."
"실수?"
"시그리드가 마리쉐즈에게 이야기한 줄 알고 그녀에게 화냈

었잖아."

"아."

그 말에 알케르토는 한숨을 푹 쉬었다. 나중에 사과했을 때 시그리드는 쉽게 "괜찮아."라고 말했지만, 신뢰를 배신한 게 자신인 것 같았다.

'아니, 맞나. 믿지 못한 거니까.'

반성하며 알케르토가 말했다.

"알았어. 좀 더 고민해 보고."

고민해 보겠다고 했지만, 저울추가 용서 쪽으로 기운 게 보여 모리스는 고개를 끄덕였다. 그가 안쪽을 가리켰다.

"들어가자."

"어."

두 사람은 앞서거니 뒤서거니 하며 저택으로 향했다. 알케르토가 검 연습 후 잠깐의 티타임에 참여한 것은 처음이었지만, 다들 놀란 티를 내지 않고 무사히 차를 마셨다.

2 장
결심

피엔샤 후작은 말없이 테이블에 앉아 있었다.

달그락―

잔 안에 얼음이 녹으며 소리를 냈다. 정원의 거대한 나무 그늘 아래에서도 한여름의 기운을 맛볼 수 있었다. 맴맴거리는 매미 소리가 요란했다.

잔 표면에 맺힌 물기가 방울이 되어 흘러내렸다. 그는 그렇게 한참을 편지만 바라보았다.

또다시 황태자 측에서 접근해 올 것이라고는 생각하지 못했다.

'아니, 굳이 말하자면 황태자비 전하라고 해야 하나.'

황태자비인 에리얼은 백작 영애이자 동시에 왕족이었다. 그녀의 어머니가 리카운의 공주였기 때문이었다. 리카운은 제국 서부에 위치한 작은 나라였다. 같이 국경을 나란히 하고 있기 때문에 서부 귀족 연합과 리카운은 사이가 좋았다. 둘 사이에 혼인이야기가 오갈 정도로 말이다. 하지만 그녀는 블랑슈 백작과 결혼을 했고, 그녀의 아이인 에리얼은 황태자비가 되었다.

그래서 에리얼이 황태자와 서부 귀족 연합의 다리 역할을 할수 있었다.

정말로 건너 건너이기는 했지만, 그만큼 서부 귀족과 황실의 관계는 좋지 않았다. 오히려 타국인 리카운과 서부 연합이 더 가까울 정도로 말이다.

어머니에게서 용맹한 리카운의 기사와 서부 연합에 대한 이야기를 들었던 에리얼, 즉 황태자비가 서부 귀족 연합에게 호의를 가지고 있다는 것도 이상한 일은 아니었다. 그래도 설마 정말 편지를 보내올 것이라는 생각은 못 했지만 말이다.

'그건 함정이 아니었던 건가?'

피엔샤 후작은 얼마 전에 있었던 비밀 회동을 떠올렸다. 회동 장소는 마수 때문에 아수라장이 되었다. 그는 이미 그곳에 마수를 풀 것이라는 소식을 접했기 때문에 늦게 도착해서 무사히 피할 수 있었다.

그때는 당연히 황실의 짓인 줄 알고 분노했는데, 시간이 지나생각해 보니 황태자와 황태자비가 그런 위험을 감수하는 것이 이상하다.

'그리고 나에게 그 정보를 가져다준 놈도 수상쩍지.'

그는 편지에서 눈을 뗐다.

너무 오래 서부를 비워 둘 수는 없다. 요즘 야만족들도 마수들도 조용하다고는 하지만 그렇다 해도 방심할 수 없는 것이 서부다. 게다가 황제가 보낸 중앙 관리들은 무기에 너무 많은 돈을 쓴다며 감사를 한답시고 빽빽거렸다.

피엔샤 후작이 조금만 더 젊었다면 그 관리의 입을 주먹으로 때렸을 것이다.

냉정하게 생각해서 황태자를 지원하는 것도 나쁘지는 않았다. 하지만 이미 서부 귀족들은 황실과 쌓아 놓은 업이 많았고, 황태자가 뒤통수를 치지 않으리라는 보장도 없었다.

그것이 그의 고민이었다.

덧붙여서 그는 본격적으로 황제와의 대립각을 세우고 싶지도 않았다. 어쨌든 서부는 중앙의 지원이 필요했다. 반란을 일으킬 것이 아니라면, 황제를 더 자극할 필요도 없었다.

'어찌할까?'

그의 눈이 가늘어졌다.

고민 끝에 그는 답지 않게 조금 더 시간을 벌기로 했다.

"쿠론!"

그의 외침에 가신이자 총무이기도 한 쿠론이 달려왔다.

"부르셨습니까."

"본가로 돌아간다."

그 말에 쿠론이 씩 웃었다. 키는 작지만 술통처럼 단단한 몸을 가진 이 총무 역시 중앙이 지긋지긋했던 것이다.

"최대한 빠르게 짐을 싸겠습니다. 아니, 다들 번개처럼 짐을 쌀 겁니다요."

피엔샤 후작이 편지를 건네며 "치우게." 하고 말하자 쿠론은 편지를 죽 찢어 입 안으로 밀어 넣어 삼켰다. 다른 사람이 보면 기겁할 만한 모습이지만 주종은 태연했다.

"회동을 가지고 싶다면, 신년회 때 내가 올라오면 다시 서한을 보내겠지."

"그렇겠지요."

쿠론이 고개를 주억거렸다.

"레타의 쇼핑은 다 끝난 건가?"

아내의 근황에 대해 묻자 쿠론이 헛기침을 하고 말했다.

"오늘이 마지막이실 겁니다."

"내 재정에 구멍이 나기 전에 내려가야겠군."

피엔샤 후작이 진지한 얼굴로 말했다.

세리오스가 "으아아아!" 하고 소리를 지르며 책상 위에 푹 엎드렸다.

"베라무드."

"왜?"

"네가 몰래 피엔샤 후작을 따라가는 거야."

'얼씨구?' 하고 베라무드가 눈썹을 추켜올렸지만 세리오스는 말을 이었다.

"그리고 짜잔! 마차 안에서 이야기를 나누는 거지. 아니면 서부까지 같이 갈 수도 있어. 안 그래? 실전 연습을 하겠다고 말이야. 그러면서 그쪽과 신뢰를 쌓아서 다리가 되는 거지."

"근위대장이 자리를 비우면 모두가 참 기뻐하겠지."

"안 되나."

"안 돼."

"아, 진짜. 왜 하필 지금 내려가는 건데? 이거 나 피하는 거 맞지?"

"그렇기도 하고, 어차피 서부 귀족들은 중앙에 오래 머물러 있지도 않잖아?"

세리오스는 한숨을 내쉬며 상체를 일으켰다. 그의 눈이 날카로워졌다.

"피엔샤 후작이 에리얼을 해치려고 한 거라면, 난 그를 죽여 버릴 거야."

"해치려고 한 거라면 근처까지 오지는 않았을 거야."

"하지만 가까이 온 것도 아니잖아? 그 정도는 의심을 피해서 할 수도 있고. 게다가 그건 그의 마차만일지도 모르지."

실제로 피엔샤 후작을 보지는 못했다. 베라무드가 소파에 기대 깍지를 끼며 물었다.

"그러면서도 계속 회동은 가지려는 건가?"

"적이라면 더 가까이해야겠지."

세리오스가 차갑게 웃었다. 이어 그가 한숨을 내쉬고 말했다.

"난 너무 억눌러서야 역효과만 난다고 생각해. 확실히 지나친 서부 귀족 연합의 무력은 문제이기도 하지만, 그 땅은 척박하니까 중앙의 지원이 필요하고. 피엔샤 후작이 서부의 왕인 양 군림한다 하지만, 글쎄."

그가 어깨를 으쓱했다.

"소문이란 부풀려지기 마련이니까."

"자신을 전하라고 부르게 한다는 소문 같은 거 말이야?"

베라무드의 말에 세리오스가 "각하 정도면 봐줄까?" 하고 진지하게 농담을 던졌다. 베라무드가 자리에서 일어나며 물었다.

"에리얼은?"

"초기 불안정한 상태는 지났다고 그러더라. 난 잘 모르겠는데, 본인은 배가 나왔다고 우기던걸."

"그야 본인이 더 잘 알겠지."

"하지만 겉으로는 잘 모르겠단 말이야. 게다가 앙케르트나 경을 만나고 싶다고 하더라."

"시그리드를?"

"그래, 생명의 은인이니 어쩌니 고마움을 표시해야 하느니—"

세리오스가 투덜거렸다.

"에리얼답네."

"그렇지. 하지만 황태자비가 부른다고 생각해 봐. 그쪽으로도 큰일일걸. 그렇게 말했더니 단념하더라."

"그랬군."

베라무드는 사촌 누나가 왜 자신의 옆구리를 찌르며 시그리드를 대령하라고 하지 않았는지 알았다.

'시그리드가 근위대에 오면 그때 만나게 해 줘야겠네.'

근위대가 되면 황족을 만나는 거야 당연한 일이니까 말이다.

그녀가 자신의 밑으로 온다는 생각만 해도 흥이 나는 베라무드였다. 시간이 빨리 지나가기를 이렇게 원한 건, 어렸을 때 조랑말 선물을 기다릴 때 이후 처음이 아닐까?

그런 베라무드를 세리오스가 기분 나쁘다는 얼굴로 바라보았다.

"너 요즘 기분 좋아 보인다."

"그래?"

"그래."

"사람이 기쁠 때도 있고 그런 거지, 뭐."

"그거야 그런데……. 난 머리 아픈데 네가 기분 좋다니까 기분 나쁜데."

"와, 나쁜 주군이시네."

"네가 주군의 마음을 헤아리지 못하는 신하가 아니라?"

"불충해서 죄송합니다?"

"되물을 거면 사과를 하지 마라."

"그럼 안 하도록 하지."

세리오스는 '아오, 이걸 진짜.'라고 말하는 듯한 얼굴을 했다.

그래도 그는 베라무드를 딱히 제지하지 않았다. 남들이 보면 불경죄라고 치도곤을 칠 일이지만, 세리오스는 그가 그렇게 하는 게 마음 편했다.

적어도 자신이 절대자가 아니라 평범한 사람이라는 것을, 그리고 그런 평범한 것들이 필요하다는 걸 일깨워 주니까.

"하여간 그럼 서부 귀족 연합 쪽은 내년까지 미룰 수밖에 없겠군."

세리오스가 한숨과 함께 말하고 낮임에도 켜 있는 초에 종이를 가져가 태웠다.

베라무드가 진지하게 말했다.

"좀 더 비밀스럽게 진행하는 게 좋을 거야. 폐하가 아시면 분명히 서부 귀족 연합과 손을 잡고 반란을 일으킨다고 생각하실 테니까."

"그분은 내가 어디랑 손잡지 않아도 반란을 일으킨다고 생각하시는 분이라."

차갑게 말한 세리오스가 불타는 종이를 바닥에 떨어트리고, 재가 될 때까지 기다리다가 구두 굽으로 비벼 껐다.

똑똑—

그때 작은 노크 소리가 들렸다. 세리오스가 재를 발로 차는 동안 베라무드가 물었다.

"누구냐?"

"형님? 접니다."

그 목소리에 세리오스의 얼굴이 밝아졌다.

"들어오너라."

문이 열리고 청년이 들어왔다. 세리오스와 같은 하늘색 머리카락이 눈에 띄었다.

"이 황자님."

베라무드가 깍듯한 예를 갖추자 이 황자인 루디날은 손을 저었다.

"아니, 편하게 있게."

"네."

세리오스와 나이 차이가 아홉 살 정도 나는 루디날의 얼굴에
는 아직 앳된 기운이 남아 있었다. 친모인 황후가 그를 낳고 한
달이 채 못 되어 세상을 떴기 때문에 세리오스는 루디날을 애틋
하게 생각했다.

"올겨울에 떠날 시찰 때문에 말입니다."

루디날의 말에 세리오스는 미간을 모으며 한숨을 삼켰다.

"부황께서도 대단하시지, 하필 겨울에 시찰이라니."

겨울은 시찰이 아니라 성에 틀어박혀 있어야 할 계절이다. 한
겨울 여행은 항상 죽음의 위험을 동반하는 것이다.

"괜찮습니다. 그리고 잘만 되면 형님께도 좋은 이야기가 될
수 있지요."

루디날은 씩씩하게 웃어 보였다. 세리오스가 그의 어깨를 가
볍게 두들기며 말했다.

"너무 무리할 필요 없어. 네가 무사히 돌아오는 게 더 중요하
니까."

"너무 걱정하실 필요도 없습니다."

루디날이 싱긋 웃으며 대답했다. 베라무드는 사이좋은 형제
를 바라보다가 슬쩍 손을 들며 말했다.

"그러면 두 분 편안히 대화하시죠. 전 이만 나가 보겠습니다."

"아, 그래."

"곁에 있어도 괜찮은데."

세리오스가 어깨를 으쓱하며 말했다. 루디날의 표정이 살짝 변했지만, 그는 곧 웃었다.

"맞아. 옆에 있어도 괜찮아."

"아닙니다. 다음에 또 뵙지요, 황자님."

베라무드는 조용히 퇴실했다. 그나마 세리오스에게 루디날이 있는 게 다행이었다.

게다가 피가 섞인 하나뿐인 형제 아닌가?

형제간 상잔이 황족에게는 당연한 일이라 하지만 이 둘은 달랐다. 나이 차이가 많이 나서 그런 것일까?

하여간 적이 가득한 황실에서 자신의 편이 있다는 건 좋은 것이다.

아르카이아 제국의 황실에는 황자가 모두 셋이었다. 그중에서 전 황후 소생은 세리오스와 루디날 둘뿐이었다. 나머지 한 명은 현 황후 소생이었다.

그러니 적통인 두 황자가 적대하지 않고 사이가 좋다는 것은 참으로 다행인 일이었다.

'공동의 적이 아버지라서 그렇다는 건 기묘한 일이지만.'

베라무드는 그렇게 생각하며 근위대로 향했다.

* * *

여름 정원은 장미가 만발했다.

정원에 대해 잘 모르는 시그리드가 봐도 감탄이 나올 정도였다.

"마법은 자연을 이해하고 흐름을 잘 다루는 것도 중요하니까."

아르카나가 그렇게 말했지만 시그리드는 그것뿐만은 아닐 거라고 생각했다. 오러 역시 자연의 기운이고 세상에 존재하는 흐름을 삼키는 것이지만, 자신의 손이 닿는 식물은 족족 죽는다.

정원이 이 정도가 되었으니, 시그리드는 두 번째 티 파티를 열어야겠다고 생각했다.

'예전에는 너무 초라했으니까.'

이번에는 조금 더 제대로 열고 싶었다.

자신의 생각을 아르카나에게 알리니 그는 선뜻 도와주겠다고 나섰다.

"아르카나가?"

"나도 높으신 분들의 티타임 같은 건 잘 모르지만 말이야. 도울 게 있다면 도와줄게."

"그러면 얼음 만들어 줄 수 있어?"

"얼음?"

"응……. 여름이라 음식이 금방 상하니까 얼음이 필요한데……. 비싸고……. 마법으로 뿅 안 될까?"

시그리드의 말에 아르카나가 고개를 저었다.

"말했다시피 마법은 봉인이야."

"역시 그렇구나. 아냐, 그냥 물어본 거야."

시그리드가 씩씩하게 대답했다.

"얼음이야 사면 되지, 뭐."

"꼭 얼음이 있어야 해? 우물에다가 차갑게 식히면 되지 않을까?"

"그럴까?"

"응, 크림 같은 건 그렇게 해도 괜찮은 것 같던데. 세리아에게 물어보자."

"세리아?"

"요즘 요리책 읽으면서 열심히 하는 것 같던데? 우리보다는 잘 알지 않겠어?"

"아!"

아르카나의 말에 시그리드는 무릎을 쳤다. 잠시 후 세리아가 긴장한 얼굴로 내실로 들어왔다.

"부르셨어요?"

그녀는 자신의 오빠와 시그리드가 같이 있는 걸 보고 얼굴이 살짝 풀어졌다. 시그리드가 자리를 가리키며 말했다.

"잠깐 앉아서 이야기하자."

"네."

세리아는 얼른 자리에 앉았다.

'무슨 일이야?'

오빠에게 눈짓으로 물어봐도 아르카나는 미소만 지을 뿐이었다. 시그리드가 말했다.

"세리아."

"네!"

자신도 모르게 대답이 커졌다. 시그리드가 싱긋 웃고 말했다.

"친구들을 불러서 정원에서 티 파티를 하고 싶은데 말이야. 아니, 음, 파티보다는 좀 더 소박하게 티타임? 항상 친구네 집에서 마시기만 해서 말이야. 그런데 얼음을 준비하기에는 너무 비싼데, 우물에다가 담그는 걸로 준비가 괜찮을까?"

그 말에 세리아는 잠시 생각에 잠겼다가 고개를 끄덕였다.

"네, 괜찮아요. 지난여름에 집에서 크림을 칠 때도 그렇게 했거든요. 그때는 계곡에다가 통을 담가서 보관하고 그랬는데, 여기는 우물이 깊어서 차가우니까요. 한나절쯤이야 거뜬해요."

"그렇구나. 다행이다."

"저기, 시그리드 님."

세리아가 용기를 내어 그녀를 불렀다.

"음?"

"티타임에 나갈 음식을 저에게 맡겨 주시면 안 될까요? 요즘 시골풍의 디저트들이 유행이라고 하더라고요. 그 정도면 저도 만들 수 있을 것 같아서……."

"알았어."

시그리드는 쉽게 수락했다.

"정말요?"

오히려 놀란 것은 세리아, 그리고—

"괜찮겠어?"

아르카나였다. 그가 심각하게 말했다.

"네 친구를 부르는 자리잖아. 그냥 어디서 사 오는 게 낫지 않을까?"

"음, 그럴 수도 있지만…… 이번에는 세리아를 믿어 볼래."

"열심히 하겠습니다!"

"응, 그러니까— 예산은 이 정도니까……."

시그리드가 불러 준 금액에 세리아는 숨을 삼켰다. 티타임 한 번으로 날아간다고 생각하니 어마어마한 돈이었다.

"부탁할게."

금액을 듣자 갑자기 자신이 받은 임무의 무게감이 더해져서 세리아는 깊게 고개를 끄덕였다.

"네, 열심히 하겠습니다."

아르카나는 여전히 불안한 얼굴이었다. 결국 그는 방을 나가는 세리아를 따라 나섰다.

"정말로 괜찮겠어?"

"응? 뭐가?"

세리아의 물음에 그가 눈을 찌푸리며 말했다.

"디저트 말이야. 시리 친구들은 전부 다 귀족이라고."

"어떻게든 해낼 거야."

"하지만 음식 만드는 기술이라는 게 하루아침에 팍 되는 것도 아니잖아."

"요즘 열심히 했는걸. 할 만하니까 할 수 있다고 한 거야."

"……."

아르카나는 여전히 불안한 얼굴이었지만 곧 손을 뻗어 여동생의 머리를 마구 흐트러트리며 말했다.

"잠깐, 오빠!"

"뭐든 도와줄 거 있으면 말해. 도와줄게."

부스스해진 머리를 누르며 세리아가 씩씩거렸다.

"가만히 있는 게 도와주는 거야!"

소리치고는 퐁— 하고 달려 나가 시야에서 사라져 버렸다. 아르카나는 자신의 손을 바라보았다가 웃었다.

"언제 저렇게 컸담?"

언제나 자신의 다리 뒤에 숨어 있는 아이인 줄로만 알았는데.

"아르카나?"

뒤돌아보니 시그리드가 방문 뒤에 서서 상체만 내밀고 있었다.

"응?"

"얘기 끝났으면 잠깐 이야기 괜찮아?"

"물론이지."

아르카나가 돌아서서 방 안으로 들어갔다.

"무슨 일인데?"

그의 물음에 시그리드가 물었다.

"내가 5년 후까지의 기억을 가지고 있다고 그랬었잖아?"

"그랬지."

"내가 알고 있는 사실을 바탕으로 자꾸 미래를 바꿔도 되는 걸까?"

"이미 바꿨잖아?"

"그건 그렇지만—"

"네 정보는 점점 쓸모없어질 거야. 나중에는 그런 고민도 무의미해질걸."

"그럴까?"

"그래. 바뀐다는 건 그런 거니까 너무 마음 쓰지 마. 갑자기 왜 그래?"

"아냐, 아르카나에게 확답을 받으니까 마음이 나아졌어. 그래도 가끔 걱정되거든. 그리고 정말로—"

시그리드가 유리창 너머로 시선을 던졌다.

"현실감이 안 들 때가 있어."

그 말에 아르카나가 손을 뻗어 그녀의 손을 잡았다. 흠칫하고 쳐다보자 그의 녹색 눈이 상냥하게 웃는다.

"꿈같은 거 아냐."

"응……."

잡은 손의 온기에 안도가 되어 시그리드는 한숨을 내쉬었다.

"그러고 보니 아직 아르카나에게는 이야기하지 않았지? 나 가을쯤에 근위대로 이동할 예정이야."

"근위대? 기사단이랑은 다른 건가?"

아르카나가 갸웃하며 물었다. 시그리드가 "어라." 하고 말했다.

"아, 잘 모르는구나. 그러니까 황실 직속 기사단은 모두 셋이야. 지금 내가 있는 황실 기사단, 그리고 황실 근위대, 수도 기사단."

손가락 셋을 하나씩 접으며 하는 말에 아르카나가 고개를 끄덕였다.

"근위대의 역사가 가장 길어. 나머지 둘은 여기서 나왔다고 해야 할까? 원래 근위대는 아흐트슈비에츠라는 황실 친위 집단이라고 하는 단체였어."

"그 이름은 들어 본 적 있어. 제국 건국사에 나오는 집단 아냐? 무슨 검을 휘두르면 산이 무너졌다던가?"

그 말에 시그리드는 웃었다.

"맞아. 아흐트슈비에츠라는 것 자체가 여덟 개의 검이라는 뜻이지만, 사실 거기 일원 중에서 검을 휘두른 건 단 셋뿐이었지."

"갑자기 전설이라니, 신기하네."

"나도 잘은 모르지만 하여간 아흐트슈비에츠는 그 뒤로도 계속 이름을 유지했어. 사람은 바뀌어도. 그런데 독자적인 힘이 너무 커지면서, 그걸 견제하기 위해 황실에서 아흐트슈비에츠를 근위대로 만들면서 인원수를 대폭 감축했지."

"갑자기 흔해 빠진 이야기가 되는데."

아르카나의 비아냥인지 뭔지 모를 말에 시그리드는 희미하게 미소 지으며 손가락을 들었다.

"이어 나머지 인원으로 황실 기사단을 만든 거야. 그리고 황실 기사단이 너무 커지기 전에 다시 그걸 둘로 나눠서, 일부는 수도 기사단으로 돌렸지. 그리고 원래 한 뿌리인 근위대와 황실 기사단은 라이벌처럼 경쟁시켰고. 근위대도 잘게 쪼개서 부대끼리 경쟁을 시키지."

"아흐트슈비에츠를 둘로 분화시키고 라이벌을 등장시켜서 세력을 약화시킨 거군. 그럼 네가 있는 기사단이 제2기사단이라면, 황실 기사단 소속인 거야?"

"그게—"

시그리드는 손가락으로 가볍게 허벅지를 두들겼다가 말했다.

"이름은 황실 제2기사단이기는 한데, 황실 기사단과 같은 수준이라고는 할 수 없고……. 예전에 전쟁이 있었을 때 고위 귀족이 이름만 올리거나, 평민 기사에게 작위를 내리기 위해 사용하는 명분용 기사단이었는데 지금까지 남아서 내려오고 있는 거야."

"그렇구나."

아르카나는 납득해 고개를 끄덕였다. 평민인 시그리드가 기사단에 들어간다면 그 정도부터겠지. 시그리드가 재빠르게 말을 이었다.

"이 셋 중에서 결국 황실과 가장 가까운 건 황실 근위대고, 그러다 보니 인원수는 가장 적은데 세력은 가장 커졌지. 황실 기사단 셋 중에서 최고를 꼽자면 황실 근위대야."

"그럼 제국 최고의 기사단이라는 거네?"

그 말에 시그리드가 웃으며 말했다.

"난 그렇게 생각하는데, 아마 서부 기사단도 똑같은 생각을 할걸."

그 말에 아르카나도 피식 웃고 고개를 끄덕였다.

"무슨 말인지 이해했어. 그렇구나. 굉장하잖아, 시그리드. 이거 엄청 축하해야 할 일인 거지? 그나저나 가을이라니……."

아르카나가 신음을 내뱉었다. 시그리드가 걱정스럽게 물었다.

"왜? 무슨 일 있어?"

"아니, 그쯤이면 난 저택에 없을 테니까……."

"왜? 아, 탑으로 돌아가는구나."

"응, 나도 정식으로 서임을 받아야지. 그러려고 지금 지긋지긋한 금제에 걸려 있는 건데."

"그럼 언제쯤 돌아와?"

"글쎄. 나도 정확하게는 모르겠는데, 그래도 내년 봄까지는 돌아오지 않을까?"

아르카나가 확신 없이 말하자 시그리드의 얼굴에 금세 걱정이 서렸다. 아르카나가 그걸 지우려는 듯 다시 웃고 말했다.

"걱정 마."

"응……."

"아직 가을까지는 한참 남았고."

"이제 두 달 정도밖에 안 남았는걸."

"꽤 남았네."

시그리드는 마리쉐즈의 심정을 이해할 수 있었다. 그녀도 이런 불안한 마음인 걸까? 아르카나가 이제 귀를 덮을 정도로 길어진 붉은 머리카락을 쓸어 넘기며 말했다.

"갔다 오면 얼음 잔뜩 만들어 줄게."

"그게 뭐야."

말하면서 시그리드는 실소가 나와 픽 웃어 버렸다.

"그때 되면 마법사라는 것만으로도 아르카나는 순식간에 유명해질걸."

그녀는 예전의 궁정 마법사였던 그를 되새겨 보았다. 모두가 두려움과 호기심이 가득한 눈으로 그를 바라보았다. 게다가 들은 소문에 의하면 굉장히 까다로운 사람이라고 했는데, 지금의 그는 그렇게 보이지 않는다.

'마법사 서임을 받고 나서 성격이 변한다거나 그러지는 않겠지.'

약간의 두려움을 삼키고 시그리드는 어깨를 으쓱해 보였다.

"나보다는 네가 더 유명해져 있을걸? 오러를 사용하는 여기사, 시그리드 앙케르트나 경."

"글쎄, 어차피 오러 사용자는 나 말고도 열여섯 명이나 더 있는걸? 하지만 마법사는 너 하나잖아."

"무슨 말이야, 얼음탑에 마법사가 얼마나 득시글한데. 그냥 외부로 나오지 않는 것뿐이지."

"그게 중요한 거지."

시그리드가 팔짱을 끼며 말했다. 아르카나가 반박했다.

"그렇다고 해도 일단 열여섯이라는 것도 결코 많은 숫자는 아니라고 생각해. 그리고 그중에 여자는 없지 않아?"

"……그거야……."

"그러면 유명해질 거야. 장담할게."

유명은 해졌지.

시그리드는 과거를 떠올렸다. 들었을 때 가장 기분 좋았던 호칭은 '순은의 기사'였다. 하지만 대부분은 광견이라고 불렀다. 특히 베라무드는 그 말을 경멸스럽게 내뱉는 걸 진짜 잘했다.

'생각하니 다시 짜증이……'

시그리드는 관자놀이를 가볍게 눌렀다.

"뭐, 중요한 건 그게 아니니까."

명성보다는 명예가, 충성이 그녀에게는 더 중요했다. 지금은 충성을 바칠 사람도 없지만, 명예는 자신의 것이니까.

시그리드가 예전 생각을 날리듯 고개를 흔들고 아르카나를 보며 말했다.

"그럼 아르카나가 돌아오면 같이 축하하자. 나는 근위대, 너는 정식 마법사. 그때까지 미뤄 둘래."

"좋아."

아르카나가 고개를 끄덕였다.

"좋아."

시그리드도 그 말을 반복했다.

"그럼 난 옷 갈아입고 나가 봐야겠다."

"기사단?"

여전히 꾸준히 기사단 출석 도장을 찍는 시그리드였다. 그녀가 고개를 저었다.

"아니, 오늘은 모리스 만나러 가는 거야."

"아, 데포레스트 경?"

"응."

"그분에게도 한 번 인사는 해야 하는데."

"모리스에게?"

"세리아를 구하는 데 도와주셨으니까."

"그럼 다음에 소개해 줄까?"

"나중에 마법사가 되고 나면."

"음, 그래? 알았어."

대답하고 시그리드는 문득 생각난 것을 물었다.

"그러고 보니 아르카나는 경쟁하기 싫다는 걸 알겠어?"

"경쟁을?"

"어, 링 위에 올라가기도 싫다면서."

"그런 사람도 있겠지. 평화주의자들이 그런 거 아닌가."

"아르카나는? 역시 마법사니까 비슷한가?"

그 말에 아르카나가 웃으며 말했다.

"마법사만큼 오랜 시간 집요하게 원하는 걸 얻을 때까지 끈질기게 파고들고, 기다리고, 반복하는 탐욕자는 없을걸. 경쟁은 그냥 부가적인 거지."

"그렇구나, 나로서는 그쪽이 더 이해하기 쉬운데 말이야."

검 실력이 향상될 때까지 무한히 반복한다. 다른 사람과의 비교나 경쟁은 거기에 딸려 오는 부차적인 문제일 뿐.

"왜? 누가 경쟁은 싫대?"

"응."

"무력한 사람인가?"

"그렇지는 않은데."

"그러면 상냥한 쪽이겠네."

"맞아! 아르카나는 어떻게 그렇게 잘 알아?"

"보통이지."

아르카나가 씩 웃어 보이고 이어 말했다.

"그보다 안 늦어?"

"맞다, 얼른 준비해야지. 상담 고마워."

"이 정도야, 뭘."

그가 가볍게 그녀의 팔을 툭 치고 방을 나갔다. 시그리드는 방문이 닫히는 소리가 나자 얼른 옷을 벗어 던지고 머리를 풀었다.

마리쉐즈가 선물해 준 머릿기름을 써서 그런지 머리카락은 예전보다 훨씬 더 반짝이고 있었다. 엉덩이까지 내려올 만큼 긴 머리를 빗으로 빗어 내린 후, 땋아 올려 깨끗하게 고정했다. 거기에 목까지 올라오는 녹색 튜닉을 입었다. 허벅지 중간까지 내려오는 길이었다. 목 부분에만 단추가 있어서 편했다.

'금 단추니까 단추를 아끼려고 이런 디자인을 골랐지만……'

하지만 오늘은 더우니 단추를 다 잠그지 않을 참이었다. 그 위에 은세공이 붙은 가죽 벨트를 차고, 그 위에 다시 가느다란 검대를 느슨하게 찼다. 거기에 긴 양말을 신고 무릎 아래까지 오는 가죽 부츠를 신었다.

마지막으로 짧은 망토를 두르면 완성이었다.

시그리드는 거울 앞에 서서 여기저기 움직여 보았다. 마리쉐즈의 말에 따르면 바지가 지겨운 여기사들 사이에 유행하는 스타일이라고 하는데 발차기 같은 걸 하면 민망할 것 같았다.

'안에 짧은 바지를 입었다고 해도······.'

남국의 여자들은 속옷이 다 보이게 입는다고는 하지만, 제국의 기사로서는 어떨까 하고 그녀는 한참을 고민했다. 결국 옷을 갈아입을 만한 시간이 나지 않아 시그리드는 그 차림 그대로 밖으로 나갔다.

막상 길로 나가니 신경 쓰는 건 자신 혼자일 뿐 다른 사람들은 그녀를 신경 쓰지 않아 시그리드는 간신히 가벼운 마음이 되었다.

모리스의 저택에 도착해 문을 두들기자 언제나 마중 나왔던 시종이 그녀를 안쪽으로 맞아들였다. 응접실이 아닌 내실로 바로 들어가니 이미 모리스가 기다리고 있었다.

"오래 기다렸어?"

"아냐, 너 약속 시간보다 오 분 빨리 왔어."

모리스가 시계를 가리키며 한 말에 시그리드는 "다행이다." 하고 고개를 끄덕였다. 모리스가 그녀에게 자리를 권했다. 모리스의 저택은 그의 성격답게 따뜻한 색조로 채워져 있었다. 시그리드는 푹신한 카키색 소파에 몸을 묻었다.

"뭐 마실래? 시원한 거?"

"응, 아무거나 괜찮아."

시그리드가 얌전히 말하자 모리스는 차가운 과일과 차 두 잔을 시종에게 명했다. 잠시 후 쟁반에 과일과 라임 차가 두 잔 올려져 들어왔다. 잔을 앞에 두고 모리스가 말했다.

"잘 지냈어?"

"어제도 얼굴 봤으면서?"

시그리드의 말에 모리스가 "그렇지." 하고 웃었다.

"옷도 예쁘다."

"마리쉐즈가 골라 준 거야. 긴 팔인데도 시원해서 입기 좋아."

"그렇구나. 마리쉐즈가 고른 것 같았어."

평소의 보수적인 시그리드라면 절대로 입지 않을 옷이었다. 넉넉한 튜닉과 대비되는 허리띠로 강조한 날씬한 허리가 돋보였다. 그리고 긴 양말과 튜닉 사이로 살짝 보이는 허벅지 역시 시선을 저절로 가게 하는 것이었다.

모리스는 얼른 시선을 위로 올렸다.

시그리드가 가볍게 손끝으로 유리잔 표면의 물방울을 훑고 말했다.

"모리스, 이야기하기 싫으면 하지 않아도 괜찮아."

"응?"

"모리스랑 형님 이야기 말이야."

"아—"

모리스는 뒷목을 가볍게 누르고 말했다.

"아냐, 그게 아니라 나도 어디서부터 이야기를 꺼내야 할지 모르겠어서……. 처음부터 하면 너무 길어지고, 그렇다고 짧게 하자니 한 문장으로 끝날 것 같고."

짧고 단정한 검은 머리를 북북 문지르고 모리스가 한숨을 푹 내쉬며 말했다.

"우리 아버지는 전형적인 기사라고 해야 하나. 엄청 엄격한 분이시거든."

"응."

"그러다 보니까 장남인 형님에게 기대하는 게 많았고— 많았는데 형은 불행히도 배우는 게 좀 느렸지. 그리고 연년생으로 내가 태어난 거야."

모리스는 어깨를 으쓱했다.

"그리고 아버지가 보기에는 내가 더 그럴듯한 후계자로 보인 거지. 형님이 나와 차별당하고 있다는 걸 깨달은 건 일곱 살쯤이니까……."

"그렇게 일찍?"

놀란 시그리드가 되묻자 모리스가 툭툭 무릎을 스타카토로 연주하듯 두들기며 말했다.

"왜 조랑말은 애들이면 다 꾸는 꿈이잖아. 내 생일 때 조랑말을 받았어. 그래서 엄청 행복했지. 그런데 생각해 보니 형님은 조랑말을 받지 못했더라고. 그때부터 뭔가 이상하다고 생각했지. 아버지가 책등으로 형님 머리를 내려치는 걸 봤을 때는 충격적이었고……."

시그리드는 자신의 구빈원 생활을 떠올렸다. 말채찍으로 얻어맞거나, 장작개비로 얻어터지는 일이 잦았다. 그리고 책등으로 머리를 맞는 것도 생각해 보았다.

'비슷하게 아프려나.'

"그리고 무슨 일에서건 형님과 날 비교하셨지. 난 점차 점차 그게 싫고 지겨워졌어. 형은 날 극도로 미워했고……. 그래서 최대한 빨리 집을 나온 거야. 아버지는 아직도 미련을 버리지 못하고 계시고, 난 데포레스트 자작가를 이을 생각은 없어. 그건 장남인 형님의 것이지."

"그래서 본 실력을 발휘하지 않는 거야? 형과 비교되는 게 싫어서?"

"그 비슷한 거지……."

"나라면 그게 더 싫을 것 같아."

시그리드가 중얼거렸다. 만약에 싫어하는 사람—그러니까 예전의 베라무드라든가—이 자신을 동정해서 져 준다고 생각하면 정말로 더더욱 미워질 것이다.

'게다가 베라무드는 노골적으로 '반편이'라고 했잖아. 그 형을.'

베라무드는 빈말을 하지 않는다.

그가 그렇게 말했다면 그런 거겠지. 그렇게 싸워 댈 때에도 그는 시그리드의 능력을 깎아내리지는 않았다.

사실 그대로 얘기했지.

"왜 자작가를 잇고 싶지 않은 거야?"

"형님하고 대립하고 싶지 않아. 그리고 형제 사이를 이간질하는 아버지도 싫고. 할 수 있다면 데포레스트 성도 떼어 버리고 싶을 정도야. 온 사교계에서 우리를 두고 수군거리는 것도 진이 빠지고."

모리스가 쓸쓸하게 웃으며 덧붙였다.

"그리고 혹시 일이 다 좋게 끝나면 형님과 화해할 수 있지 않을까 하는 말도 안 되는 희망도 하나 있고."

"그래?"

시그리드는 이해가 되지 않았다. 작위란 귀중한 것이다. 작위를 얻으려고 싸운다는 이야기는 들어 봤지만, 그걸 양보한다는 이야기는 드물다. 드무니 이야깃거리가 된다.

마치 책에서나 나올 것 같은 미담이었다.

하지만—

"무능한 상관을 놔두는 것은 미덕일까?"

"시그."

"데포레스트 가문의 식솔들은 괜찮은 거야?"

"형님이 딱히 악습은 없으셔."

모리스가 딱 잘라 말했다.

"가주로서 무능력 역시 죄가 아닐까."

"단순히 실력만으로 모든 것이 용서가 된다면, 도덕은 필요 없겠지."

그의 목소리가 날카로워졌다. 시그리드는 모리스의 눈을 바라보았다.

검은색, 하지만 갈색빛이 도는 부드러운 검정.

"모리스가 그렇다면 그런 거겠지."

시그리드는 그렇게 말하고 냉차를 마셨다. 상큼한 라임 향이 기분 좋게 퍼졌다. 모리스는 시그리드의 항복에 헛손질을 한 듯 신음을 뱉고 말했다.

"물론 형님이 출중하다고 말하는 건 아니야, 조금 느리시기는 하지만— 그렇다고 해서 가문을 지탱하지 못할 정도는 아니야. 평범한 분이시지. 하지만 나와 아버지 때문에 점점 더 나쁜 쪽으로 향하고 있어. 그러니 내가 뒤로 물러서면 나아지실 거야."

"왜 그게 너 때문이야?"

시그리드가 눈을 동그랗게 떴다.

"네 아버님 때문이지."

"내가 없었다면—"

"그건 말도 안 되는 가정이야, 모리스. 그리고 난 네가 있어서 기뻐."

그 말에 모리스는 놀라 시그리드를 바라보았다. 그 주홍색 눈에는 이제 격류라고 불러야 할 만한 것이 흐르고 있었다.

"네가 경쟁에서 물러나는 것도, 실력을 숨기는 것도, 생각해 보면 다 그 무능력해 빠진 형님 때문이잖아? 그놈이 유능했으면 사태가 이렇게 되지도 않았겠지. 아니면 네 아버님이 좀 더 괜찮으신 분이었어도 사태는 악화되지 않았을 거고. 그런데 그게 어째서 네 탓이야? 왜 네가 없어져야 한다고 말을 해? 모리스 데포레스트는 내 소중한 친우야!"

시그리드가 탁 팔걸이를 내리쳤다.

"너 스스로라도 그렇게 말하는 건 용납 못 해."

모리스가 멍하니 그녀를 보자 시그리드가 헛기침을 하고 말했다.

"네 가족들을 욕한 것은 미안해. 하지만 그런 생각은 하지 말아 줬으면 좋겠어. 내 친구를 욕하는 건 싫어."

시그리드가 미간을 찡그리며 말했다. 잠시 그녀를 바라보던 모리스가 웃으며 말했다.

"고마워, 그렇게 말해 줘서."

모리스는 무릎을 두들기던 손가락을 멈추고 느릿하게 이어 말했다.

"그리고…… 지금 좀 더 형님과 이야기해 봐야겠다는 생각이 들었어."

"무슨 얘기를?"

"이런 얘기. 항상 형님을 피하기만 했거든. 피하고 물러서면서 상황이 좋아지겠거니 하고 있었어. 하지만 네가 옳아, 시그리드. 그래서만은 안 되겠지. 언제까지나 자책하면서 피해자인 양 하고 있을 수는 없으니까."

시그리드가 그 말에 어깨를 움츠렸다.

"아니, 그렇게 대단한 이야기는 하지 않았는데."

"그래, 말 대신 행동으로 보여 줬지."

'언제?'

의아한 표정을 띄우는 시그리드는 보고 모리스는 웃었다. 그가 다리를 쭉 펴며 꼬았다.

"하여간 사교계에 나와 형님 사이에 대한 온갖 이야기가 다 퍼져 있으니까. 게다가 험담의 선두 주자가 데포레스트 자작님이시거든."

"몰랐어."

"시그는 사교 활동에 자주 참석하지 않으니까. 아마 그래도 귀에 들려올 거야. 그냥 네가 그런 소문을 듣기 전에 미리 말해 두고 싶었어."

"응, 말해 줘서 고마워."

"아냐."

모리스는 고개를 저었다.

"누군가에게 이렇게 이야기를 해 본 건 처음인데, 오히려 이야기를 하니까 머릿속이 정리가 된 것 같아. 들어 줘서 고마워. 남의 가정사 같은 거 듣기 귀찮은데 말이지."

"모리스의 이야기라면 일 년 내내 들어 줄 수도 있어."

그 말에 모리스의 얼굴이 진지해졌다.

"시그."

"응?"

"전부터 생각했는데, 어째서 나에게 갑자기 그렇게 신뢰를 보내게 된 거야? 이런 말 하기도 좀 그렇지만, 사실 우리가 그렇게 가까운 사이도 아니었잖아."

모리스는 말을 걸지만, 시그리드는 단답하거나 무시하는 사이였다. 아니, 사실 시그리드는 제2기사단의 모두와 좋은 관계가 아니었다.

그중에서도 최악은 마리쉐즈와 그녀의 사이였다. 할 수만 있다면 마리쉐즈는 계단에서 시그리드를 밀어 버렸을 것이다.

시그리드는 모리스의 말에 어떻게 대답해야 할지 몰라 입을 벌렸다가 다물었다. 게다가 아르카나가 주변 사람들에게 시간을 되돌아온 건 말하지 않는 것이 좋을 거라고 이미 얘기했다.

모리스에게 사실을 털어놓는다고 그가 자신을 미친 사람이라고 생각하지는 않을 테지만, 그게 그를 조금이라도 위험하게 하는 게 아닐까 걱정이 들었다.

"모리스가…… 좋은 사람이라는 걸 알았으니까."

느릿하게 내뱉은 말은 자신이 듣기에도 앞뒤가 없었다.

"어떻게 알았는데?"

"그게—"

망설이다 시그리드는 솔직하게 말했다.

"미안해, 이유는 말해 줄 수가 없어."

모리스는 얼굴을 살짝 굳히고 그녀를 바라보았다. 시그리드는 긴장해 등을 더욱 꼿꼿하게 폈다. 모리스는 한숨과 함께 미소 지으며 말했다.

"알았어. 적어도 거짓말을 하지는 않아 줘서 다행이야."

"모리스에게 거짓말을 할 리가 없잖아."

"대체 날 왜 그렇게 믿는지는 모르겠지만, 그렇게 믿을 만한 인간은 아냐. 또 한 번 말하는 거지만 말이야."

"괜찮아, 난 알고 있으니까."

시그리드가 싱긋 웃으며 말했다. 모리스는 대체 그녀가 뭘 본 걸까? 궁금해졌다. 자신의 어떤 모습을, 어떤 점을 보고 저런 신뢰를 보내게 된 걸까.

'난 그만큼 대단한 사람이 아닌데.'

하지만 시그리드의 눈을 보면, 그렇게 될 수 있을 것 같다는 착각마저 들 정도였다. 모리스는 멋쩍어져서 헛기침을 하고 주제를 돌렸다.

"그러고 보니 정원에서 티타임 가진다면서?"

"응, 모리스도 올래?"

모리스는 0.3초간 로웬그린과 마리쉐즈 사이에 껴 있는 자신을 상상하고 정중하게 말했다.

"아니, 괜찮아."

"그래? 우리 집 정원에 장미가 가득해서 볼만하거든. 아쉽다."

"다음에 한번 놀러 갈게."

"그래. 장미가 다 지기 전에는 와 줘."

"알았어."

그리고 둘은 편안한 주제로 돌아가 이야기를 나눴다.

드디어 티타임의 날이 되었다.

마리쉐즈는 마차에서 에스코트를 받으며 사뿐히 내렸다. 투명한 모슬린과 레이스, 온통 흰색으로 이루어진 드레스는 섬세한 세공품 같았다. 상의에 가득 달린 진주 장식이 여름 햇살을 받아 우아하게 반짝였다. 그녀가 양산을 쓰는 동안 이어 로웬그린이 내렸다. 짙은 푸른색 튜닉을 입었는데 화려한 자수와 더불어 소매 끝에 보석 장식이 붙어 있었다. 부드럽고 섬세한 양가죽 구두가 돋보였다.

"세상에, 정원이 진짜 볼만해졌잖아?"

대문까지 마중 나온 시그리드가 둘을 정원으로 들이자 마리쉐즈가 감탄했다. 로웬그린이 장미를 보고 말했다.

"진짜, 우리 집 장미보다 여기가 더 크고 탐스러운걸? 게다가 처음 보는 수종도 있어. 어떻게 키워 낸 거야?"

"우리 집 마법사가."

시그리드는 겸손을 가장하며 말했고 그 말에 두 여성 다 웃었다.

"정원사가 마법사 수준이기는 하네."

"동감이야."

시그리드는 두 사람을 뒤 테라스로 안내했다. 이미 테이블 위에는 새하얀 식탁보가 깔려 있었다. 그 가운데에는 센터피스로 연분홍 장미가 잎과 함께 멋지게 장식되어 있었다.

마리쉐즈와 로웬그린이 자리에 앉자 시그리드가 물었다.

"차는 뭐로 할래?"

"맡길게."

종류를 이야기하기도 전에 마리쉐즈가 냉큼 대답했다. 시그리드는 고개를 끄덕였다. 잠시 후 세리아가 긴장된 얼굴로 트레이를 밀고 나왔다.

그녀는 삼단 접시를 조심스럽게 내려놓았다.

신선한 베리들과 크림으로 만든 트라이플, 흠 없이 가볍게 구운 비스킷, 크림을 잔뜩 얹은 여름 딸기, 차가운 햄과 멜론을 넣어 먹기 좋게 자른 샌드위치 등이 나왔다.

마지막으로 다구를 꺼내 놓았다. 마리쉐즈가 레몬수에 손을 씻고 물을 물린 후에 웃었다.

"훨씬 좋아졌네. 시골풍이네."

"시리 정원이랑 잘 어울리는걸."

시그리드가 찻주전자를 들어 찻잔을 가득 채우자 마리쉐즈가 차를 마시고 웃었다.

"차를 우리는 솜씨는 좀 더 노력해야 할 것 같지만."

"정진하겠습니다."

"그래도 많이 좋아졌어. 음, 이거 맛있다."

트라이플을 먹으며 마리쉐즈가 하는 말에 시그리드는 속으로 가슴을 쓸어내렸다. 안에서 동향을 살피던 세리아도 마찬가지였다. 그녀는 안도했다가 곧 의기양양해졌다.

자신의 요리 솜씨가 귀족 아가씨들에게도 통한다는 셈이니 말이다. 분위기를 살피던 것은 아르카나도 마찬가지라, 그 역시도 안심했다.

'요리에 재능이 있는 건가.'

세리아가 원한다면 요리를 배울 수 있는 곳에라도 보내야 하는 게 아닐까?

오라비로서 여동생의 장래에 대해 고민하게 되는 아르카나였다.

시그리드는 그럭저럭 호스티스로서의 임무를 완수했다. 마리쉐즈는 백 점 만점에 칠십 점을 주었고 로웬그린은 '괜찮았다.'라는 말로 평가했다.

'후하다!'

'좋은 점수를 받았다.' 하고 시그리드는 기뻐했다. 마리쉐즈는

그 말에 눈을 찡그리며,

"좀 더 위를 노려야 하는 거 아냐?"

하고 말했지만 시그리드는 고개를 저었다.

"아냐, 이 정도면 그럭저럭은 된다는 거잖아."

로웬그린이 "어머." 하고 웃었다.

"검술이라면 모르겠지만 나머지는 보통이면 된다는 거야?"

"모든 걸 다 잘할 수는 없으니까."

시간은 한정된 귀한 자산이고, 좋아하고 좋아하는 것을 하기
에도 아깝다. 검술에 몽땅 다 시간을 붓고 싶지만, 요즘은 시야
를 넓히는 중이니까.

"낙제를 면할 정도면 괜찮아."

모든 것에서 A를 받을 수 있을 정도로 요령이 좋지 않다. 마리
쉐즈는 그 말에 다시 눈을 찌푸렸다가 "흐응—" 하고 웃었다.

"그럼 시그는 평생 날 이기지 못할걸?"

"그런 것도 있는 거지."

시그리드는 고개를 끄덕였다. 자신이 지금부터 열심히 옷이
나 장신구에 대해 연구하고 색감을 공부해도 뿅 하고 마리쉐즈
만큼 잘하지 못할 것이다.

"하지만 마리쉐즈도 평생 검으론 날 못 이길걸."

그래도 덧붙이지 않을 수 없는 시그리드였다. 마리쉐즈가 소
리 내어 웃었다. 청량한 웃음소리가 여름의 정원에 울려 퍼졌다.

"마스터를 이길 생각은 안 해!"

"마스터라고 불릴 정도는 아닌걸. '오러 사용자' 정도면 딱 맞

는 것 같아."

시그리드가 고개를 저었다. 마스터라니. 그런 호칭은 거북스럽다. 로웬그린이 말했다.

"어째서? 오러 사용자는 희귀해. 그들은 일정 경지에 오른 사람들이고, 시리 너도 그중 하나잖아. '마스터'라는 호칭이 과분하다고는 생각하지 않아. 게다가 마스터 맞잖아! 우리 넷을 가르쳤으면서~"

"어머? 생각해 보니까 그러네. 그럼 나도 시리를 이제 마스터라고 불러야 하는 건가?"

"어? 그런—"

"마스터."

"마스터 앙케르트나."

두 사람이 번갈아 말하자 시그리드의 얼굴이 붉게 달아올랐다. 마리쉐즈가 "어머나?" 하고 부채로 툭 입가를 가렸다.

"시그리드 얼굴 빨개졌어."

"그게—!"

지적하자 시그리드의 얼굴이 더욱 화르륵 타오른다. 로웬그린이 웃었다.

"시리, 이런 칭찬에 약하구나? 앞으로 꼭 이렇게 불러 줘야겠는걸. 마스터 앙케르트나."

"로웬그린!"

시그리드가 항의하자 둘이 웃음을 터트렸다. 시그리드가 양뺨을 손으로 감싸 식히면서 말했다.

"그렇게 부르면 왜인지 창피하단 말이야."

"알았어, 알았어."

마리쉐즈가 웃음을 참았다. 무뚝뚝해 보이는 시그가 칭찬에 약하다니, 이건 또 의외였다. 칭찬을 해도 그냥 '당연하지?' 하고 넘어갈 줄 알았는데 말이다. 마리쉐즈가 부채를 차르륵 펼쳐 부채질을 하다가 고개를 들었다.

"아— 저 구름, 꼭 깃털 장식 같지 않아?"

그 말에 시그리드도 로웬그린도 고개를 들었다. 새파란 여름 하늘에 적당히 휘어진 구름이 떠 있었다. 시그리드가 고개를 기웃하고 말했다.

"커틀러스(cutlass)처럼 보이는걸?"

배에서 주로 쓰는 살짝 휘어 있는 검의 이름을 대자 마리쉐즈가 입을 비죽였다.

"낭만이 없네."

"내가 보기에는 크루아상 같은데."

로웬그린의 말에 마리쉐즈가 말했다.

"뭐야, 내가 말한 게 가장 예쁘잖아. 장식 깃털 구름이라고 해. 커틀러스 구름이나 크루아상 구름 같은 건 너무 애 같잖아."

"마리의 의견이 그렇다면야."

로웬그린이 크림이 올라간 딸기를 입 안으로 넣으며 대답했다.

그 후로도 수다는 한참을 이어져 해가 지기 시작한 정원으로 시원한 바람이 불기 시작했다. 바람에 달콤한 장미 향기가 섞이고 길게 그림자가 늘어졌다.

해가 완전히 저물 때까지 셋은 이야기를 하다가 자리를 끝냈다.

*   *   *

마지막 여름 장미가 떨어진 날, 아르카나는 슬슬 출발해야겠다고 말했다. 시그리드는 충격을 받았지만 결연한 얼굴로 고개를 끄덕였다.

"응, 다녀와."

"최대한 빨리 갔다 올게. 그 영감탱이들이 뭐라고 할지는 모르겠지만."

아르카나의 말에 시그리드가 고개를 저었다.

"아냐, 안전하게 천천히 갔다 와. 그게 중요한 거니까."

사막으로 그를 보내는 것이 걱정되는 시그리드였다.

'마법을 쓴다면 이렇게 걱정하지는 않을 텐데.'

마법을 쓰지 못하는 그는 평범한 사람과 다름없었다. 그런데 사막 여행이라니, 결코 쉽지 않은 일일 터였다. 그런 시그리드의 마음을 꿰뚫어 본 양 아르카나가 말했다.

"얼음탑은 금방 찾을 수 있을 테니까, 사막을 헤매는 일은 없을 거야."

"정말?"

"정말."

아르카나가 고개를 끄덕였다.

'일찍 출발하면 일찍 돌아올 수 있으니까.' 하고 아르카나는 그 말을 꺼낸 지 정확히 일주일 후에 떠났다.

아르카나를 배웅하며 세리아는 눈물을 뚝뚝 흘렸다.

"꼭, 꼭 다시 돌아오는 거야?"

"당연하지, 세리아를 두고 어디 갈 리가 없잖아."

아르카나가 여동생을 달랬다. 세리아는 불안감에 입술을 깨물었다.

"하지만, 하지만······."

"걱정 마. 빨리 올게."

"응."

토닥이며 하는 말에 세리아는 고개를 끄덕였다. 아르카나가 시그리드에게 말했다.

"다녀오는 사이에 세리아 좀 부탁할게."

"맡겨 둬."

"목숨을 걸고 지킬게." 하고 시그리드가 고개를 치켜들었다.

"그런 일이야 없기를 바라."

아르카나가 한숨과 함께 말하고 손을 뻗어 시그리드의 머리를 귀 뒤로 슥 넘겼다. 시그리드가 "아." 하고 자신도 한 번 머리를 넘기고 말했다.

"언제 돌아와도 기다리고 있으니까 다녀와."

그 말에 아르카나는 미소 지었다.

"알았어, 다녀올게."

"응."

공용 마차를 타고 떠나는 그의 모습을 둘은 끝까지 배웅했다. 세리아가 손수건에 눈물 콧물을 닦으며 말했다.

"금방 오겠죠?"

"아마도. 여행이라는 건 어떻게 될지 모르니까 느긋하게 기다리는 게 나아."

"그건 그렇지만요."

대답하고 세리아는 부끄러워졌다. 애도 아닌데, 오빠가 떠난다고 이렇게 울다니. 손수건으로 다시금 얼굴을 벅벅 문질러 닦고 '팽!' 크게 코를 풀었다.

씩씩한 게 이 세리아 님의 강점이라 이거야!

"시그리드 님, 저 열심히 할게요!"

"응, 그리고 원하는 게 있으면 말해 줘. 세리아 일에는 적극 협조할 테니까."

"네!"

말하는 세리아의 얼굴이 아르카나와 닮아 있어서 시그리드는 저도 모르게 웃었다.

'남매란 좋은 거구나.'

아르카나 남매는 빨강 머리도 녹색 눈도 쏙 닮아서 못 알아보기가 어렵다.

'아 참, 하지만 모리스의 경우도 있으니……. 없는 게 마음 편한 걸까?'

시그리드는 잠시 고민했다.

'으음— 하지만 난 친구들이 있으니까 괜찮아.'

깔끔하게 고민을 해결하고 시그리드는 세리아의 등을 밀어 저택 안으로 들여보냈다. 그러며 그녀는 슬쩍 뒤를 돌아보았다. 이미 마차는 골목을 돌아 보이지 않았다.

'얼른 돌아와.'

너무 어린애 같아서 말하지 못했던 말을 슬쩍 입 모양새로 만들어 보이고 시그리드도 저택으로 들어갔다.

"굳이 여기까지 따라오실 필요는 없지 않은가요?"

시그리드가 재봉사의 지시에 따라 팔을 벌리며 말했다. 그녀의 뒤쪽에서 의자 등받이에 팔을 괴고 거꾸로 앉은 베라무드가 웃었다.

"뭐 어때. 바가지 씌우지 않나, 감시야. 감시."

"바가지라뇨. 그 말을 간과할 수 없군요."

줄자를 들고 사이즈를 재던 중년의 남성이 눈을 찌푸리자 베라무드가 어깨를 으쓱했다.

"물론 아저씨는 믿지만요."

"제가 근위대 제복을 공급한 지 어언 30년. 그동안 한 번도 바가지를 씌운 적은 없습니다."

단호하게 말하고 재봉사는 다시 줄자를 치켜들었다.

'검은색에 붉은 줄…….'

시그리드는 멍하니 놓인 천을 바라보았다.

'또 이걸 입게 되는구나.'

단지 달라진 건 팔에 붙인 표식뿐이다.

'하지만 그때는 여기서 옷을 맞추지 않았는데.'

진지하게 시그리드는 눈을 가늘게 뜨고 천을 살폈다. 이 광택, 이 감촉, 확실히 비싼 천이다. 거기다가 예전처럼 금도금이 아니라 진짜 금 단추.

도대체 왜 그렇게 사치해야 하나, 금도금으로 충분하지 않나.

'예전 제복의 단추가 변색되기는 했지만.'

지금에 와서 생각해 보니 여기가 아니라 다른 곳에서 맞춰서인지 디자인도 미묘하게 달랐던 것 같다. 6근위대 대장도 좀 이상한 눈을 하기는 했었지.

'하지만 싼 곳에서 맞추고 싶었는걸. 제복 같은 걸 굳이 비싸게 맞출 필요는 없다고 생각했고.'

아니, 사실 솔직하게 얘기해서 어느 것에도 돈을 쓰지 않았지만.

그나마 그녀가 유일하게 돈을 썼던 것은 말이었다. 에코는 그녀의 또 다른 가족과 마찬가지였다. 말을 사기는 비싸니 망아지 때 사서 직접 길들인 녀석이다.

자신의 5케르브짜리 빵을 두 끼로 나눠서 먹을 때도 에코의 편자에 돈을 아껴 본 적은 없었다. 그렇다고 해서 돈을 막 쓴 건 아니지만.

지금 에코는 귀리와 콩으로 보기 좋게 살이 올라 있었다.

'나도.'

예전보다 몸무게가 더 늘었다. 근력도, 반사 신경도 훨씬 좋아졌다.

'잘 먹는 건 정말 중요했어.'

새삼 과거의 식생활을 반성하며 시그리드는 슬쩍 뒤꿈치를 들어 보았다.

'키, 더 크지 않으려나.'

"힐이라도 사 줘?"

머리를 꾹 누르며 베라무드가 하는 말에 시그리드는 얼굴을 찡그렸다.

"그걸 신고 대련을 할 수 있다면 전 그분을 존경할 겁니다."

"푸핫. 응, 그건 그렇지. 아, 하지만 할 수 있는 놈 하나 알기는 한데."

"네?"

시그리드가 놀라서 돌아보자 베라무드가 미묘한 얼굴을 하고 말했다.

"카서스 리안."

"방랑자 카서스 리안 말입니까?"

놀라 되묻자 그가 고개를 끄덕였다.

"시리는 본 적 없지?"

"네, 한 번도. 이야기만 들었습니다."

어디에도 소속되지 않은 방랑 기사.

전 대륙을 돌아다니며 유유히 검을 갈고 닦아 어려운 사람을 구해 주는 사람.

하지만 예전의 시그리드에게 소속 없는 기사는 목줄 없는 맹

견 혹은 부랑자나 다름없었다. 지금도 그 생각은 아주 약간 남아 있어서 카서스의 인상은 좋지 않았다.

'생각해 보니 또 본 적도 없는 사람을 판단하고 있어. 그만두자.'

"어떤 분이십니까?"

"껄끄러운 새끼."

베라무드가 싱긋 웃으며 말해서 시그리드는 자신이 잘못 들었나 했다.

"네?"

"소름 끼치는 자식."

"그— 리안 경을 말씀하는 게……?"

"맞아."

"만난 적 있으신가요?"

"몇 번."

"그렇군요."

어째서 저렇게 마이너스적인 평가일까?

시그리드는 카서스 리안에 대한 평가를 하향 조정했다. 그러며 가장 궁금한 점을 물었다.

"검술 실력은 어떠신 분인가요?"

"강해."

베라무드의 평은 단순했다. 그러나 짧게 말하는 그의 표정은 더 많은 것을 말하고 있어서 시그리드는 카서스 리안 이름 옆에 별을 달아 두었다.

요주의.

"뭐어— 만날 일이야 별로 없겠지만."

말하고 베라무드가 시그리드의 어깨를 앞으로 가볍게 밀며 이어 말했다.

"그러면 제복도 다 맞췄겠다, 다음 코스로 가 볼까?"

"다음 코스 말인가요?"

의아해져서 그녀가 묻자 베라무드가 싱글싱글 웃으며 말했다.

"아이스크림 가게."

"엇."

저절로 자신도 모르게 소리가 나왔다.

사실 아이스크림을 먹기에는 좀 늦은 계절이었다. 여름에서 가을로 넘어가고 있는 중이라 이제 한낮도 그렇게 덥지는 않았다.

"늦더위니까."

베라무드가 덧붙였다. 시그리드는 망설이다가 고개를 끄덕였다. 사실 아이스크림 가게를 한 번도 가 본 적이 없었다. 로웬그린이나 마리쉐즈가 사 와서 먹어 본 게 전부였다.

'맛있었지.'

세상에 그런 음식은 둘도 없을 것이다. 입속에 넣자마자 사르르 녹아 버리는 그 달콤한 부드러움이라니. 얼음과는 비교도 되지 않았다.

'하지만 비쌀 거야.'

가격을 물어볼 필요도 없다. 비쌀 것이다. 게다가 주문하는 방법도 모르니 그녀에게 아이스크림 가게는 미지의 세계였다.

'모처럼이니까 주문하는 걸 잘 봐 뒀다가, 나중에 사 가지고 가자. 세리아가 좋아하겠지.'

친구의 여동생이지만, 요즘은 자신에게 여동생이 있다면 이런 느낌이겠거니 싶은 시그리드였다. 제복을 맞춘 가게와 그다지 멀지 않은 곳에 아이스크림 가게가 있었다. 겉부터 고급스러운 외관을 갖추고 있었다. 반짝거리는 투명한 유리에 잘 닦인 고동색 나무틀.

베라무드는 거침없이 문을 열고 안으로 들어갔다.

'넓다.'

내부는 생각보다도 훨씬 넓었다. 천장도 높아서 시그리드는 저도 모르게 주변을 두리번거렸다. 점원의 안내를 받아 자리에 앉은 후 메뉴판을 받아 들고 그녀는 지긋이 글자를 노려보았다.

'파르페? 이게 뭐지? 셔벗? 아이스크림이랑은 다른 건가? 헉, 게다가 왜 이렇게 비싸? 진짜 비싸네.'

뒤로 넘기자 그제야 평범한 아이스크림이 나왔다.

'여러 가지 맛이 있구나. 토핑 추가……는 뭘까? 초콜릿? 아몬드?'

"내가 먹고 싶은 대로 시켜도 괜찮아?"

메뉴판을 노려보는 시그리드에게 불쑥 베라무드가 말했다.

"네? 네네!"

시그리드는 메뉴판을 접으며 고개를 끄덕였다. 베라무드가 점원을 불렀다.

"바닐라 아이스크림이랑 스페셜 파르페로."

"네, 바닐라 아이스크림과 스페셜 파르페 주문받았습니다."

주문을 확인한 점원이 물러나자 시그리드는 다시 주변을 둘러보았다.

"사람이 많이 있네요."

"오늘은 평소보다 좀 더 더우니까."

"그렇습니까?"

"시그리드는 더위를 잘 안 타는구나?"

"네."

"그거 좋겠다."

"더위를 타십니까?"

"응, 사람 체온 정도가 딱 좋아."

히죽 웃으며 베라무드가 말해서 시그리드는 잠시 고민하다가 답했다.

"사람 체온이면 덥지 않을까요?"

"난 좋아해."

"그렇군요."

더위를 많이 탄다면서 체온 정도라니, 사람의 취향이란 참 알 수가 없다고 시그리드는 생각했다.

"주문하신 파르페와 아이스크림 나왔습니다."

시그리드는 시선을 돌렸다가 눈을 휘둥그레 떴다.

'파르페란 게 저런 거였구나!'

"파르페는 이쪽—"

베라무드가 시그리드를 가리키며 말해 시그리드가 놀라 말했다.

"그, 저는—"

"먹어 봐."

점원이 그녀의 앞에 커다란 파르페를 내려놓았다. 아이스크림과 크림, 과자가 켜켜이 가득 쌓여 있는 것이 투명한 유리잔을 통해 들여다보였다.

그녀는 침을 꿀꺽 삼키고 수저를 들었다.

'맛있다!'

눈이 번쩍 뜨일 만한 맛이었다.

"푸핫—"

베라무드가 웃음을 삼켰다. 시그리드가 의아한 눈으로 그를 바라보자 베라무드가 고개를 저었다.

"아니, 아냐. 좋아할 줄 알았어."

"그렇습니까?"

"얼음을 전부 먹길래."

"아……."

시그리드는 멋쩍은 얼굴을 했다. 그게 예의가 아니라는 걸 마리쉐즈에게 배운 참이었다.

"그때 무례를 저질러서 죄송합니다."

"아니야, 나도 더울 때는 얼음을 끼고 사는걸."

"그러시군요."

시그리드는 고개를 끄덕였다. 얼음을 끼고 살다니, 부자는 부자구나. 그렇게 생각하며 시그리드는 수저를 부지런히 움직였다. 아이스크림이 녹아 버리면 너무 아깝지 않은가?

"진짜 행복해 보이는 얼굴."

턱을 괸 베라무드가 중얼거렸다.

"네?"

한참 퍼먹는 것에 집중하던 시그리드가 고개를 들자 그가 고개를 흔들었다.

"아니, 아무것도 아냐. 그냥 내가 행복한 것 같아서."

그 말에 시그리드는 갸웃했다가 웃었다.

"맞아요, 맛있는 걸 먹으면 즐거워지죠."

"좋아하는 사람이 맛있게 먹는 것만 봐도 행복하지."

그 말에 시그리드가 곰곰이 생각하다가 고개를 끄덕였다.

"네, 그런 것 같습니다."

"응."

베라무드가 씩 웃었다.

시그리드는 왜인지 어색해져서 눈을 깜박였다가 다시 파르페로 시선을 돌렸다. 이런 음식이 세상에 존재하다니, 놀라울 따름이었다.

'다음에 세리아랑 아르카나랑 같이 오고 싶다.'

혀끝에서 사르륵 풀리듯 녹는 아이스크림을 음미하며 그녀는 친구를 떠올렸다. 세리아는 요리를 좋아하니까, 분명히 이것도 신기해하면서 좋아하겠지.

'빨리 돈을 많이 벌어야지. 일단 근위대 가면 연봉이 확 오르기는 하니까.'

첫 월급을 받으면 잔뜩 선물을 사자.

시그리드는 마음속으로 결심했다.

아이스크림 값은 베라무드가 치렀다. 자신이 내겠다고 하는 시그리드를 만류하며 그가 말했다.

"내 부하가 되는 기념으로 쏠게."

"아직 부하는 아닙니다만."

"이제 곧 되잖아?"

"그거야 그렇습니다만."

"그러니까 뭐, 기분이다. 아, 다른 놈들에게는 비밀로 해."

베라무드는 다 큰 사내놈들이 뭐 사 달라고 달라붙는 생각만 해도 오싹했다.

"……알겠습니다."

딱 떨어지지 않는 대답을 하며 시그리드는 한숨을 내쉬었다.

"왜 한숨을 쉬고 그래?"

"아뇨."

시그리드는 멀뚱히 베라무드를 올려다보았다. 그의 날카로운 얼굴에 고양이 같은 미소가 번진다.

"왜?"

'빚이 늘어만 간다는 생각이 들어서 말입니다.'

라는 말을 시그리드는 속으로 삼켰다.

검도 그렇고 드레스도 그렇고, 어쩐지 계속 받기만 하고 있다.

"베라무드."

"응?"

"제 도움이 필요하다면 언제, 어디서든 절 불러 주십시오. 달려가겠습니다."

그 말에 베라무드의 눈이 둥글게 되었다. 생각지도 못한 말을 들은 얼굴이다.

"고마워. 새겨 두지."

그러나 곧 그 표정은 지워지고 평소와 같은 나른한 미소가 덮어 버린다. 그게 자신을 못 믿는다는 말 같아서 그녀는 힘주어 덧붙였다.

"진짭니다."

"그래, 그래."

그의 대답이 건성 같아 그녀는 한마디 더 하려다가 입을 다물었다. 말로 믿어 달라고 하는 것보다는 행동 한 번이 더 믿음직하다. 시그리드는 허리에 달린 검 손잡이를 가볍게 쥐었다가 놓았다. 그걸 힐끗 본 베라무드가 물었다.

"시리, 우리 집에 들렀다가 가지 않을래?"

"왜죠?"

"대련하고 가."

"가겠습니다."

"좋아."

베라무드가 씩 웃었다. 시그리드는 들뜨는 마음으로 가볍게 걸었다. 같은 오러 사용자와의 대련은 희귀하다. 경험을 쌓는 데에 이보다 더 좋은 상대는 없었다.

'물론 한 사람만 상대로 하면 너무 익숙해진다는 것도 문제이기는 하지만.'

시그리드는 힐끗 베라무드를 올려다보고 고민했다.

'어디까지 내 패를 공개해도 되는 걸까?'

일단 최후의 한 수 정도는 숨기자.

그렇게 생각하며 시그리드는 발걸음을 빨리했다.

베라무드가 슬쩍 그녀 얼굴을 내려다본 뒤에 중얼거렸다.

"그러니까 그런 얼굴 하지 말래도……."

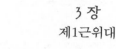

3 장
제1근위대

제복은 몸에 딱 맞았다.

시그리드는 숨을 크게 들이마셨다.

'첫 근무다.'

오늘 하루는 소개를 받고, 어떻게 돌아가는지 가르쳐 주는 정
도일 것이다. 게다가 그건 이미 전부 배운 것이었지만, 그래도
첫날은 항상 중요하다.

평소보다 공을 들여서 틀어 올린 머리카락을 로웬그린이 선
물해 준 핀으로 고정했다. 섬세한 은세공 제품이었다. 마리쉐
즈가 그걸 시그리드의 머리에 꽂은 다음에,

"은발에 은 제품은 눈에 잘 안 들어오네."

하고 고민했지만, 시그리드는 제복을 입을 때 이 정도인 게 딱 좋았다. 눈에 띄지 않는 장식을 고른 로웬그린에게 감사하며 시그리드는 저택을 나섰다.

제2황실 기사단원으로 갈 수 있는 2구역을 지나 드디어 1구역.

황궁의 중심부에 시그리드는 도달했다.

익숙한 복도, 익숙한 장식, 익숙한 그림, 익숙한 이 분위기.

"시리, 왔어?"

베라무드가 손을 흔들며 튀어나와 시그리드는 웃어 버렸다.

'그래, 익숙하지 않은 것도 있네.'

"왜 나와 계십니까?"

"처음인 시리가 길 잃어버릴까 봐 마중 나왔지."

"그 정도로 멍청하지는 않습니다만."

"이런 건 상냥한 배려라고 해 줄래?"

베라무드가 자신의 가슴에 손을 얹으며 하는 말에 시그리드는 묘한 얼굴을 했다가 말했다.

"상냥한 배려이시군요."

"아니, 그런 직접적인 발언은 좀."

대답하고 베라무드는 앞장섰다. 사실 궁의 구조야 익숙하지만, 별말 없이 그녀는 그 뒤를 따랐다. 황궁의 안쪽, 그 안으로 더 걸어 들어가면 침궁과 가까이 붙은 곳에 황실 근위대 건물이 있었다. 구름다리로 두 건물이 연결되어 있는 것은 황실과 근위대가 얼마나 가까운지를 여실히 보여 주었다.

"시리, 이쪽이야~"

베라무드가 입구를 가리켰다. 시그리드는 구름다리에서 시선을 돌려 빠르게 그의 뒤를 따라갔다. 건물 안 계단을 올라가 가장 큰 방에 당도했다.

한 번도 들어와 본 적이 없는 제1근위대실이다.

베라무드는 노크도 없이 문을 활짝 열었다.

"다들 안녕."

"안녕하십니까!"

그가 들어오자 안에 있던 사람들이 일어나며 인사했다. 시그리드는 재빠르게 사람들을 훑어보았다.

'둘, 셋, 다섯, 여덟, 열.'

모두 열 명이었다. 자신과 베라무드까지 합친다면 딱 열둘.

적당한 숫자였다.

"짜잔~ 오늘부터 함께 일하게 된 시그리드 앙케르트나 경입니다."

베라무드가 그녀의 양어깨를 잡아 앞으로 밀었다. 시그리드는 얼른 차렷 자세를 취하며 말했다.

"시그리드 앙케르트나입니다. 앞으로 많은 지도 편달 부탁드립니다."

"이야기는 많이 들었습니다, 앙케르트나 경. 부대장인 나스얼이라고 합니다."

실눈을 가진 남성이 싱긋 웃으며 가슴에 손을 대고 인사를 해왔다. 시그리드는 이미 그를 알고 있었다.

쾌속검.

몇 번 대련에서 검을 부딪친 적이 있었는데 꽤 어려운 상대였다. 남들보다 잘 휘어지는 가는 검을 쓰는데 그게 변칙적이라 반응하기가 어려웠다. 나스는 딱딱한 표정의 시그리드를 보고 베라무드를 한 번 보았다.

'도대체 대장이 이 여기사를 어떻게 꼬셨을까?'

'어떠냐? 나의 실력이!' 하고 베라무드가 자랑스럽게 가슴을 내미는 것을 보니 나스는 어째 배알이 꼴렸다. 하지만 그는 그걸 티 내지 않았다. 그리고 1근위대의 전력 증강은 자신에게도 좋은 일이니까.

그는 대신 시그리드에게 대원들을 소개시켰다.

"그러면 오른쪽부터—"

알리타 루븐.

카일 베서.

오루트 알커란스.

빈드 시큘.

레일베르트 올루드.

시탄 베하남.

기란 도히.

왈두르 베이.

로우드 로두.

킬리카스 리튼베히른.

한 명씩 소개를 받으며 시그리드는 별표를 칠 인물을 쉽게 찾아낼 수 있었다. 이 중에서 나스를 포함해 다섯 명만이 오러 사용자다. 나스 역시 무력의 순서대로 사람을 소개했기 때문에 시그리드는 앞에서부터 다섯 명을 일단 구별해 냈다.

"이 중에서 내가 소개한 앞의 다섯 명은 앙케르트나 경과 같은 오러 사용자이니, 기억해 두십시오."

"네."

나스 역시 그걸 염두에 두고 소개한 것인지 그 말로 마무리를 하고 알리타에게 시선을 주었다.

"알리타."

"네."

"앙케르트나 경에게 근위대를 소개시켜 주게."

"잠깐, 그거 내가 하면 안 돼?"

베라무드가 끼어들어서 하는 말을 나스가 무시하며 시그리드를 보고 말했다.

"경, 알리타를 따라가게."

"네."

베라무드는 "와, 너무해." 하고 항의했지만 모두가 그 얘기를 듣지 않는 듯했다. 알리타 루븐이 성큼 다가와 시그리드에게 말했다.

"따라오도록."

"네."

얼른 시그리드가 그의 뒤를 따르며 대답하자 알리타가 말했다.

"존대할 필요 없어."

"그래."

알리타는 시그리드를 돌아보았다가 픽 웃었다.

"사양을 모르는 성격이 딱 잘 맞을 것 같은데."

"뭐?"

"1근위대 말이야. 어쨌든 다들 제 잘난 맛에 사는 인간들만 모여 있으니."

"그건 너도 그렇다는 말인가?"

"어쩌면."

알리타는 대답하고 멈춰 서서 물었다.

"오러 사용자라고?"

"그래."

"스물에 오러라."

알리타가 히죽 웃었다.

"그 천재의 검 솜씨, 보고 싶어 하는 인간이 많아서 말이야."

'아.'

시그리드는 한숨을 삼켰다. 어디를 가더라도 이런 게 있었지.

신고식.

"보여 줄 수 있다면, 얼마든지 보여 주지."

시그리드는 당당하게 말했다. 알리타는 그 말에 씨익 웃었다. 시그리드는 그의 금발에 시선을 주었다.

'마리쉐즈랑 비슷한가? 아니, 마리쉐즈는 꿀색, 허니 블론드고 이쪽은 그것보다 더 색이 바랬다고 해야 하나……. 햇빛에 탈색된 것 같은 색인데.'

"그 자신감이 얼마나 가는지 두고 보지."

알리타는 그렇게 말하고 다시 빙글 돌아서서 걷기 시작했다. 이러쿵저러쿵해도 그는 근위대실 안을 깔끔하게 설명해 주었다. 이상하게 알려 주거나, 장난을 치지도 않았다.

최정예라는 자부심이 있었기 때문일까.

"받은 패 있지?"

알리타가 손을 내밀며 말해 시그리드는 주머니에서 패를 꺼내어 건넸다. 드래곤 모양으로 만들어진 패는 꼬리 부분이 둥글게 말려 있었다. 알리타가 그걸 벽의 고리에 걸었다.

"출근하면 여기에 패를 걸면 돼. 비번인 놈들은 이 아래쪽에 이름이 적혀 있고."

"전원 출근이네."

"보통은. 여기 마장도 훌륭하거든."

그의 말에 시그리드는 고개를 끄덕였다. 마상 무예는 더 까다로운 연습이 필요하지만, 수도 저택에서 마장까지 갖추기란 어렵다. 비번일 때에도 나와서 연습을 한다는 말이겠지.

"그럼 안내는 이걸로 끝."

알리타가 가볍게 손을 털어 보이고 말했다.

"그럼 신입, 어디 솜씨 좀 볼까."

"좋지."

시그리드는 미소 지었다.

나스가 창문으로 힐끗 밖을 내다보며 말했다.

"또, 또, 신입 잡기가 시작됐군요. 여자니까 좀 더 부드럽게 대하면 좋을 텐데요."

"여자니까 더 쫓아내고 싶은 거겠지."

베라무드가 창을 내다보지도 않고 말했다. 나스가 뒷짐을 지며 부드럽게 쉬어 자세를 취하고 물었다.

"안 말리시나요?"

"왜?"

"앙케르트나 경이 얻어맞으면 좀 그렇지 않습니까? 직접 스카우트 해 오신 분인데."

베라무드가 웃고 빙글 의자를 돌려 나스를 보며 물었다.

"내 귀여운 시리가 이긴다는 데 1000케르브."

그 말에 나스가 "흐음—" 하고 고개를 갸웃하고는 말했다.

"전 적어도 '1패는 한다'에 1000케르브 걸겠습니다. 알리타의 성적이 요즘 훌륭하니까요."

"좋아."

"달아 둬." 하고 베라무드는 보고서를 쭉 훑어보았다.

"삼 황자님은 여전하시군."

"1근위대에서 그분 호위를 하지 않는 게 다행이죠."

"우리에게도 순서가 돌아올지도 몰라. 이 기세로 근위 기사들을 다 쳐낸다면 말이야."

그 말에 나스가 몸을 떨었다.

"그건 사양하고 싶군요."

"나도."

나이가 가장 어린 삼 황자는 성질머리가 더러운 것으로 소문이 자자했다. 근위 기사에게 말 노릇을 하라고 종용한다든가 하는 만행으로 근위대원들은 삼 황자라고 하면 치를 떨었다.

"정 안 되면 근위병만 붙이죠."

"그래야겠지."

베라무드가 중얼거리며 보고서를 덮었다. 다른 보고서를 펼치며 그가 물었다.

"비전하의 호위는?"

"만전을 기하고 있습니다."

"중요한 시점이니까."

"그렇지요."

에리얼의 배는 이제 눈에 보일 정도로 부풀어 있었다. 첫 아이의 탄생이다. 시종들도 병사들도 기사들도 모두 기합이 들어가 있었다.

"부디 겨울의 서부도 조용하기를."

겨울이 되면 추위와 굶주림을 피해 마수나 야만족들이 국경으로 다가올 확률이 더 높아진다. 베라무드는 제가 빌면서도 소원이 이뤄질 것이라고는 생각하지 않았다.

시그리드는 가볍게 검날을 퉁겼다. 신입에게 호된 가르침을 내리려고 모였던 1근위대 대원들의 얼굴은 딱딱하게 굳어 있었다.

'정보량이 다르니까.'

자신은 이들 대부분과 싸워 본 경험이 있었다. 6근위대에 있으면서 친목 도모 대련을 했었으니까.

매해 겨울마다 근위대원들끼리 토너먼트가 열린다. 서로의 경쟁을 부추기기 위한 토너먼트라고 해도, 대련은 항상 도움이 되었다.

그 당시—그러니까 돌아오기 전에— 6근위대에서 마지막까지 살아남는 사람은 시그리드뿐이었고, 그래서 그녀는 항상 1근위대 전원을 상대하고는 했다.

'베라무드를 이겨 본 적은 없지만.'

분한 생각은 분한 생각이고, 그렇게 해서 얻어 낸 경험은 귀중한 것이다.

하지만 이들은 자신에 대한 경험이 전혀 없다.

'지는 게 어려운 싸움이지.'

시그리드는 느긋하게 생각하다가 눈을 찡그렸다.

'잠깐, 그러면 베라무드는 대체 어떻게 생겨 먹은 녀석이야?'

알고 있는 베라무드의 약점을 모조리 공격하는데도 그는 아슬아슬하게 전부 다 피하며 임기응변으로 대응했다.

'오히려 실력만 늘려 준 거 아닌가.'

시그리드는 갑자기 찜찜한 기분이 들었다. 그걸 떨치듯 그녀는 고개를 저었다.

'아냐, 어차피 이제는 적도 아니니까.'

마지막으로 검날을 퉁 퉁기고 시그리드는 검 끝을 바닥으로 내렸다.

"더 안 할 건가?"

그 말에 알리타가 인상을 쓰며 검을 빼 들었다.

"한 번 더 하지."

"좋아."

마주 보고, 인사— 그리고 이어지는 빠른 일 합.

카—앙!

검이 지잉 울리는 소리가 났다. 시그리드의 오러는 극도로 조절되고 있어서 자세히 보지 않으면 그녀의 검 표면에 일렁이는 오러를 볼 수 없었다.

시그리드는 낭비되는 오러 사용량을 최소화했다.

근력과 체력을 오러로 충당해야 하는 시그리드이다 보니 당연히 오러 사용도 섬세해질 수밖에 없었다.

'동시에 스피드, 기술은 대부분 흘려서. 그리고 네 약점은—'

시그리드는 알리타의 검을 흘리듯 받아 내고 바로 그의 목을 겨냥했다. 흠칫하고 그가 동작을 멈췄다.

'좌 베기 동작에서 다음 동작 사이에 꼭 빈틈이 생긴다는 거지.'

알리타가 손을 들어 항복을 표시하자 시그리드는 검을 내렸다.

"네가 이겼어."

"알아."

말하고 시그리드는 싱긋 웃었다. 알리타가 눈을 팍 찌푸렸다.

"우스워?"

"뭐가?"

"이 상황이?"

"아니, 기쁜데."

"뭐?"

알리타의 얼굴이 더욱 딱딱해졌고, 이야기를 듣고 있는 근위대원들의 표정도 좋지 않았다. 시그리드가 검을 꼭 쥐며 말했다.

"대등한 상대랑 싸울 수 있다는 게 말이야."

계속 연패한 상대에게 '대등'이라니, 참신한 비꼬기인가 하는데 시그리드가 말을 이었다.

"이렇게 대련을 계속해서 해 본 적 없으니까. 오러 사용자를 만나는 게 쉬운 것도 아니고, 진심으로 검을 나눌 상대를 찾는 것도 어렵지. 난 만나서 기뻐."

오러 사용자가 다섯이라니.

심장이 두근거릴 지경이었다. 제6근위대에서 오러 사용자는 자신과 대장뿐이었으니까. 게다가 대련을 많이 하지도 않는 게 그녀의 성격이었다.

하지만 요즘 검을 가르치는 것, 그리고 베라무드와의 대련을 통해서 재미를 붙인 그녀였다. 대련을 하면 자신의 기술을 뺏기는 것이 아니라, 더 많이 깨닫고 배울 수 있다.

진심이 담긴 얼굴로 말하는 시그리드를 보자 알리타는 김이 빠졌다.

루나틸 경의 추천으로 들어온 시건방진 여기사라고 생각했는데 그것만은 아닌 모양이다.

"다 끝났으면 이제 업무로 돌아가지?"

들려온 목소리에 기사들은 얼른 자리에서 일어났다. 베라무드가 나스를 대동하고 연무장으로 나와 있었다. 그가 히죽 웃고 말했다.

"일 끝나면 신입 환영 회식이다."

"네!"

모두가 일사불란하게 대답했다. 베라무드가 말했다.

"앙케르트나 경은 남고."

"네."

"해산."

베라무드가 말하자 대원들은 우르르 안으로 들어갔다. 베라무드가 나스에게 손을 내밀자 그가 한숨을 내쉬며 말했다.

"달아 놓으십시오."

"좋아."

베라무드가 시그리드를 보고 물었다.

"어때?"

"뭐가 말입니까?"

"제1근위대와 검을 맞댄 소감은?"

"수준이 높다고 생각했습니다."

"그야 정예 중의 정예만 모였으니까. 제2황실 기사단과 비교하면 안 되지."

시그리드는 입을 꾹 다물었다. 인정할 수밖에 없는 사실이다.

"그럼 오늘 하루는 나랑 붙어 다니는 걸로!"

"네?"

'갑자기 왜 이야기가 거기로 튀는 겁니까?'

시그리드는 목구멍까지 차오른 말을 삼켰다.

"신입이니까 여기저기 눈도장을 찍어야지. 안 그래? 부대장?"

"굳이 대장님이 그런 일을 하실 필요가 있으실까 싶지만, 네. 일단 알겠습니다."

나스가 사라지자 베라무드가 앞장서며 말했다.

"그럼 갈까."

"어딜 말입니까?"

"황궁."

시그리드는 군말 없이 그 뒤를 따랐다.

황궁의 구조도, 병사의 로테이션도 예전과 달라진 것이 하나 없어서 시그리드는 손쉽게 기억을 되살렸다.

베라무드가 달빛궁 앞에서 알현을 청하기 전까지 그녀는 태연했다.

달빛궁은 황태자비의 궁이다. 시그리드가 "어어? 왜?" 하고 긴장해서 꼿꼿이 서 있는데 허락이 떨어졌고 베라무드는 그녀를 데리고 궁 안으로 들어갔다.

시그리드와 베라무드가 내실로 들어가자 앉아 있던 에리얼이 자리에서 일어났다.

"베라무드, 앙케르트나 경, 어서 오게."

시그리드가 재빠르게 한쪽 무릎을 꿇었다.

"비전하를 뵙습니다."

"어머? 그런 딱딱한 인사는 싫소. 자리에서 일어나도록."

시그리드는 천천히 자리에서 일어났다. 에리얼이 생글생글 웃는 얼굴로 그녀를 올려다보았다. 그녀의 배를 보고 시그리드는 눈을 휘둥그레 떴다.

"경하드립니다, 마마."

"후후, 고맙소. 이게 다 앙케르트나 경 덕분이지. 자, 앉아. 내가 그대를 치하하려고 부른 게니."

"아닙니다. 전 할 일을 했을 뿐입니다."

"그럼 일을 잘한 부하에게 상을 내리는 것도, 상급자의 일인 법."

에리얼이 그렇게 말하며 자리에 앉았다. 시녀가 재빠르게 그녀의 발아래 발받침을 가져다주었다.

"요즘 발도, 발목도 너무 붓지 뭐니?"

"무리하지 마."

베라무드가 걱정스럽게 말하자 에리얼이 웃었다.

"나도 하고 싶지 않아. 자, 얼른 자리에 앉아. 앙케르트나 경, 시그리드라고 불러도 될까?"

"물론입니다."

"그대도 앉아."

계속 거절하는 것도 민망해서 시그리드는 자리에 앉았다. 에리얼의 눈이 반짝였다.

"오러를 쓸 줄 아는 여기사라니, 제국의 복이지."

"과찬입니다."

"아니, 정말로? 꼭 서사시의 영웅처럼 되어 줘."

"노력하겠습니다."

"베라무드의 부하답지 않게 딱딱하네."

"죄송합니다."

"시리랑 뭔가 재미있는 대화를 하려면 검 이야기를 꺼내는 게 좋을걸."

옆에서 베라무드가 충고했다. 시그리드는 완전히 방만한 자세로 앉아 있는 자신의 상관을 한 번 노려보았다가 에리얼에게로 시선을 돌렸다.

"비전하의 즐거운 대화 상대가 되지는 못할 겁니다. 송구스럽습니다."

"그건 앞으로 다 알아 가면 되겠지."

에리얼이 대답하고 뒤쪽에 서 있는 시중에게 손짓했다. 그러자 시중 둘이서 커다란 나무 상자의 양쪽 손잡이를 잡아서 들고 다가왔다.

상자부터 은이 상감 되어 가격이 상당히 나가 보였다.

"내가 내리는 상이야. 모쪼록 마음에 들었으면 좋겠군."

시종이 얼른 나무 상자를 열고 안의 내용물을 꺼내 보였다. 시그리드는 눈을 휘둥그레 떴다. 에리얼이 말했다.

"마수 가죽과 판금을 이용한 갑옷이네."

"이, 이런 귀한 것을⋯⋯."

시그리드는 홀린 듯이 갑옷을 바라보았다. 주홍색 눈이 황홀

감으로 가득 차올랐다. 햇살을 받아 반짝거리는 은색 판금과 묘한 광택을 내뿜은 검은색의 마수 가죽은 완벽한 조화를 이루고 있었다. 어깨 판금 보호대도, 팔목까지 오는 건틀릿도, 한눈에 알 수 있는 고급품이었다.

"마음에 드는 것 같아서 다행이군."

시종이 다시 갑옷을 상자에 넣고 뚜껑을 닫았다.

"그대의 저택으로 보내 놓겠네."

"가, 감사합니다. 비전하."

시그리드는 당장 갑옷을 입어 보고 싶은 마음을 억누르며 얼른 소파에서 내려와 무릎을 꿇고 인사를 했다. 에리얼이 다시 웃었다.

"내 목숨과 황태자 전하, 그리고 황손의 목숨을 구한 값은 저 정도로도 부족하지. 태자 전하에게 좋지 못한 소리를 들었다고 들었소."

"그렇지 않습니다."

"그이도 초조한 감이 있었을 테니 너무 미워하지 않았으면 좋겠군."

"감히 그런 생각은 하지도 않았습니다."

시그리드가 화급하게 대답했다. 에리얼이 싱긋 웃었다.

"그런가."

에리얼이 손을 뻗어 은 쟁반 위의 과일을 집어 베라무드에게 던졌다. 베라무드가 과일을 잡아내고 눈을 찡그렸다.

"왜?"

"시그리드의 반만이라도 닮아 봐라."

"그런 걸 원하시는 거였습니까, 비전하? 원하신다면 맞춰 드려야지요. 오늘도 아름다우시군요. 부풀어 오른 배마저 마치 보름달처럼 휘영청 빛을 발하는 듯한—"

두 번째 과일이 날아왔다. 에리얼이 한숨을 내쉬었다.

"하여간 너에게는 무슨 말을 못해."

베라무드가 히죽 웃고 자리에서 일어나 성큼 에리얼에게 다가갔다. 그녀의 손등에 가볍게 키스하고 베라무드가 말했다.

"비전하의 의견을 받아들일 준비는 얼마든지 되어 있습니다."

에리얼은 결국 웃으며 찰싹 부채로 그의 팔을 때렸다.

"하여간 갑작스럽게 시간을 빼앗아서 미안했소. 시그리드. 다음에는 좀 더 여유롭게 이야기를 나눠 보고 싶구려."

"네, 원하신다면 얼마든지 불러 주십시오."

에리얼이 퇴석하라고 손으로 신호를 보내 시그리드와 베라무드는 조용히 물러났다. 베라무드가 시그리드에게 속삭이듯 말했다.

"비마마의 회임은 당분간은 비밀로 해 둬."

"알겠습니다."

시그리드는 고개를 끄덕였다.

그 이후로는 통상적인 업무였다. 낮 근무가 끝나자, 야간 근무자들만 남겨 두고 1근위대 대원들은 전부 신입 환영 회식에 참석했다.

주인공이 시그리드인 만큼 그녀는 사양도 하지 못하고 계속 술을 들이켰다. 원래 술을 하지 않는 만큼 그녀의 주량은 형편 없었다. 얼마 되지 않아 시그리드는 술을 마시다가 정신을 잃는 놀라운 경험을 했다.

* * *

'머리 아파……'

눈가에 닿은 햇빛이 눈을 찌르는 것처럼 느껴져서 시그리드는 고개를 돌리다가 어지럼증을 느꼈다. 온몸이 다 찌뿌드드하고 눈도 뻑뻑했다.

'뭐지……?'

시그리드는 머릿속을 누가 두들기는 것 같은 통증 속에서 어떻게든 생각을 하려고 애썼다. 항상 새벽에 반짝 눈을 뜨는 그녀였기 때문에 현재의 몸 상태가 대체 뭔지 가늠하기도 어려웠다.

'어제…… 엄청나게 마시고……'

그 뒤가 기억이 나지 않는다. 시그리드는 기억을 되살려 보려고 애썼으나 헛수고였다.

'목말라.'

시그리드는 신음을 내며 자리에서 천천히 몸을 일으켰다. 입 안이 바싹 말라 있었다. 시그리드는 처음으로 침대 옆의 설렁줄을 당겨 보았다.

그러자 곧 세리아가 문을 열고 다가왔다.

"일어나셨어요? 시그리드 님? 물 한잔하시겠어요?"

시그리드가 고개를 끄덕이자 세리아는 준비해 온 냉차를 그녀에게 내밀었다. 시그리드는 커다란 잔에 담긴 물을 벌컥벌컥 쉬지 않고 전부 마셨다.

"하—"

그리고 가볍게 숨을 내쉬고 그녀가 물었다.

"몇 시야?"

목소리도 허스키했다.

"이제 오전 열 시를 좀 지난 시간입니다."

"세상에—"

시그리드는 침대에서 벌떡 일어나다가 비틀거렸다.

"시그리드 님?"

놀란 세리아가 그녀를 부축했다.

"출근 시간 지났어."

"오늘은 비번이세요."

"어?"

"오늘은 비번이니까 푹 쉬라고— 루나틸 경이 말씀하셨습니다."

"루나틸 경이?"

"네."

시그리드는 그 말에 안도하며 침대에 털썩 앉아 양손으로 얼굴을 감쌌다.

'진짜 놀랐다.'

머릿속이 다시 지끈거리기 시작했다.

"어제 나 몇 시쯤 들어온 거야?"

"새벽 세 시쯤 들어오셨어요."

세리아는 친절하게 베라무드 경이 업고 왔다는 말은 하지 않았다.

"세 시라니."

시그리드는 다시 끄응 하는 신음이 섞인 한숨을 내뱉었다.

'이게 말로만 듣던 숙취구나.'

존재한다고 알고는 있었으나 한 번도 겪어 보지 못한 것이었다.

'두 번은 겪고 싶지 않아.'

시그리드는 마음속으로 단호하게 결심했다. 세리아가 물었다.

"좀 더 주무시겠어요? 아니면 숙취에 좋다는 음료수라도 가져올까요?"

"그런 게 있어?"

시그리드가 귀를 쫑긋 세웠다.

"네."

"부탁할게."

"알겠습니다."

잠시 후 세리아가 정체불명의 녹색 음료수를 가져왔다. 시그리드는 약을 먹는 느낌으로, 그것을 단숨에 마셨다. 그리고 삼

초 후 그녀는 화장실로 뛰어갔다.

"우에에엑—"

"속을 비우시면 시원해지실 거예요~"

세리아가 뒤에서 악마같이 상쾌한 목소리로 말했다. 시그리드는 정말로 두 번 다시 이런 일은 겪지 않을 거라고 다짐했다.

텅 빈 속에 세리아가 닭고기 수프를 가져다주어 시그리드는 기쁘게 그걸 먹었다.

"맛있다!"

"다행이에요."

"세리아가 만든 거야?"

"네."

"진짜 맛있어."

시그리드는 연신 칭찬하며 수프 접시를 깨끗하게 비웠다. 많지 않은 양이었지만 그게 딱 좋았다. 따뜻하고 부드러운 것이 들어가니 속도 오히려 편해진 것 같았다.

충분히 휴식을 취하고 시그리드는 오후 근무를 나갔다.

베라무드가 비번이라고 하기는 했지만, 그렇다고 해도 첫날부터 술을 잔뜩 마시고 이튿날 결근이라니 그녀의 성미에 맞지 않았다.

제복을 챙겨 입고 시그리드는 황궁으로 향했다.

"안녕하십니까."

인사하는 시그리드를 보고 나스가 "어라?" 하고 물었다.

"오늘 비번 아니었나?"

"몸이 괜찮아져서 오후 근무라도 하러 나왔습니다. 죄송합니다."

"아니, 어제 너무 먹인 우리 잘못이지. 그냥 쉬어도 괜찮았는데. 하여간 패를 걸고 오게."

"네."

시그리드는 안쪽에 패를 걸었다. 보니 어제 인원 중 삼분의 일이 빠져 있었다.

'원래 이런 건가, 아니면 어제 술을 마셔서 그런가.'

제2기사단도 결코 출석률이 높은 편은 아니었으니까. 6근위대에 있을 때는 그런 걸 신경 쓰지도 않았다.

"베라— 대장님은 안 계십니까?"

"그분은 주로 황태자 전하와 계시지."

"아."

시그리드는 고개를 끄덕였다.

'베라무드가 황태자 전하와 가까웠구나. 그러면 황제 폐하께 신뢰받는 게 아니었나?'

다시 한 번 '난 대체 뭘 봐 왔던 걸까?' 하는 의문을 가지며 그녀는 한숨을 내쉬었다.

개인 사물함에 예비용 옷가지를 넣어서 정리하고 시그리드는 나스에게 일을 배정받았다.

'2인 1조니까, 오늘 같이 일하는 사람은—'

"앙케르트나 경, 오늘은 나랑 조야."

등을 툭 두들기며 말하는 사람을 보고 시그리드는 '어' 하고 잠시 고민했다.

'이름이 뭐더라?'

"오루트 알커란스."

마음속을 읽은 듯 그가 대답했다.

"아, 난 시그리드 앙케르트나."

"이미 알고 있어."

그가 붙임성 좋게 웃었다. 남부 억양이 남은 어투나 피부색을 봐서는 남부 출신인 듯했다. 이름도 그렇고.

'키는 나랑 비슷하려나? 아니, 좀 더 크구나.'

오루트의 키는 170cm대 초반인 듯싶었다.

"그럼 시그리드라고 불러도 괜찮아?"

"어? 응."

"그럼 나도 오루트라고 불러. 여기사라고 해서 엄청 기대했는데 기대만큼 예쁜 사람이라서 기쁜데."

"그건 진짜 미인을 못 봐서 그런 게 아닐까."

자신보다는 마리쉐즈 쪽이 훨씬 더 미인이다. 오루트가 금색 눈을 동그랗게 떴다가 다시 웃었다.

"시그리드도 자신감을 가져도 되는데."

"자신감이라면 있어."

"나도 그런 말 해 보고 싶다."

"무슨 말?"

"직설적으로 하는 말."

"하잖아?"

'방금도 나보고 예쁜 사람이라는 등 보통이라면 절대로 하지 않을 말을 늘어놓지 않았나?'

시그리드는 갸우뚱했다.

"그거야 칭찬이니까."

오루트가 뺨을 부풀렸다.

"게다가 제1근위대 소속이라는 것만으로도 자신감을 가져도 된다고 생각하는데. 어느 정도는."

"그 뒤에 덧붙인 말이 문제지. 나도 영지에서는 최고였단 말이야. 날리는 기사님이었는데, 여기 1근위대에 오니까 비슷한 괴물들만 한가득하고. 아아~ 모처럼 신입이 들어와서 신입을 좀 놀려 볼까 했더니, 그 신입도 괴물이네?"

"괴물은 베라무드지."

그 말에 오루트는 소리 내어 웃었다.

"그건 그렇지만……. 그러고 보니까 대장님이랑 무슨 사이야? 역시 연인?"

"……."

시그리드의 얼굴을 보고 오루트는 얼른 말을 취소했다.

"미안, 아니구나."

"그 사람은 여자라면 다 그렇게 치근거리니까."

"하긴."

오루트가 고개를 끄덕였다. 시그리드는 그를 훑어보았다. 남자라기보다는 아직 소년에 더 가까운 이미지였다. 남부 사람들은 동안인 걸까?

'그렇지만 의외로 전투 스타일은 공격적이고 일격 필살을 노리지.'

오러 사용자니까 가능한 전투 방식이다. 체격에 대한 콤플렉스 때문일까?

'하긴, 오히려 그게 상대의 허를 찌를 수도 있겠지.'

시그리드는 그렇게 생각하며 고개를 끄덕였다. 그녀는 그와 함께 순찰 업무를 돌면서 감탄했다.

'어쩌면 이렇게 쉴 새 없이 떠들 수 있을까.'

듣는 자신도 지칠 지경인데 끊임없이 이야기하는 오루트가 굉장해 보였다. 슬슬 그의 이야기를 한 귀로 듣고 흘릴 때쯤이 되어서 업무가 끝나 시그리드는 속으로 가슴을 쓸어내렸다.

그 후, 휴일에 만난 마리쉐즈와 로웬그린에게 이 이야기를 했더니 둘 다 빵 터졌다. 마리쉐즈가 킥킥거리며 말했다.

"남부 사람들 진짜 수다스럽지."

"남자도 말이야. 어째서일까?"

"듣고 있으면 알고 싶지 않은 것까지 알게 된다니까? '네 사생활에 그렇게 관심 없다고, 그만 얘기해.'라고 하고 싶은 기분이야."

"남부에서는 '용건만 전한다.'라는 말이 없다더라."

"어머? 그럼?"

"무조건 한두 시간씩 이야기를 나눠야 한다는 거야. 그래서 다른 지방 사람들은 편지를 애용한다고 하더라고."

로웬그린이 말하자 마리쉐즈가 한숨을 내쉬었다.

"굉장하네."

"내 생각에 그거 다 들어 주는 사람은 시리뿐일걸."

그 말에 시그리드가 놀라 "어? 나 혼자?" 하고 되물었다. 로웬그린이 고개를 끄덕였다.

"다들 그냥 무시하거나 말을 끊어 버리는 게 아닐까."

"그런가."

그러고 보니 그런 것 같기도 하고……

시그리드는 팔짱을 끼며 한숨을 내쉬었다. 마리쉐즈가 그런 시그리드의 미간을 손가락으로 눌러 펴주며 말했다.

"주름 생겨. 웃음 주름은 그나마 낫지, 이런 주름은 인상을 안 좋아지게 한다고."

"알았어."

시그리드가 미간을 꾹꾹 눌러 폈다. 로웬그린이 그런 그녀를 보다가 말했다.

"그래도 적응을 잘하고 있는 것 같아서 다행이야."

"그럼. 우리 시그리드가 사람 됐지, 사람 됐어."

마리쉐즈의 말에 시그리드는 '그럼 예전에는 사람이 아니었던 말이야?' 하고 갸웃했다.

"하여간 시그리드 덕분에 나도 요즘 으쓱한다니까."

"나 때문에?"

마리쉐즈가 방실거리며 말했다.

"'여자가 검 휘둘러 봤자 뭐하나, 소꿉장난이지.' 하던 것들이 여자 오러 사용자라니까 다들 궁금해 가지고, 직접적으로 물어

보지는 못하고 나에게 간 보는 게 어찌나 재미있는지"

"오호호호." 하고 목소리를 높이며 웃는 마리쉐즈를 보고 로웬그린이 작게 중얼거렸다.

"마리, 너는 적당히 하던 거 맞는 것 같은데."

"그래도 요즘은 열심히 한다고! 드레스 치수도 한 치수 줄고, 체력도 좋아지고, 밤에 잠도 잘 오는걸."

"너무 마르면 체력 떨어지니까 먹는 걸 잘 먹어 주는 게 중요해. 고기 위주로 먹어 줘."

시그리드가 걱정스럽게 덧붙였다. 마리쉐즈는 이미 날씬한데, 거기서 또 치수가 줄었다니…… 걱정이 앞서는 것이었다.

"아냐, 무게는 안 줄었거든? 그런데 치수는 줄었어. 엄청 기분 좋아."

마리쉐즈가 말하며 얼른 초콜릿을 입 안에 넣었다. 우물거리며 그녀가 이어 말했다.

"하여간 시그리드, 넌 지금 사교계 이야기의 중심이야."

"내가?!"

당황해 로웬그린을 돌아보니 그녀가 고개를 끄덕였다.

"그야 여성 오러 사용자잖아. 전설적인 여검사라니, 당연히 화젯거리가 되지. 이제 네가 어떻게 하느냐에 따라서 앞으로 나올 여검사에 대한 대우도 달라질 테니까 팍팍 승진해 줘."

"그런…… 난 그런 건 잘 모르겠는걸."

"시리는 하던 대로만 하면 잘할 거야."

마리쉐즈가 말하고 씩 웃으며 덧붙였다.

"사실 '앙케르트나 경과 이야기해 보고 싶어요!' 하는 은근한 요청도 엄청 들어왔다고? 하지만 내가 다 거절했지."

마리쉐즈는 철저하게 유명인의 지인이 된 즐거움을 맛보고 있었다. '너희가 그렇게 보고 싶어 하는 시그리드 앙케르트나는 내 절친이거든?' 하는 약간의 우월감과 함께 말이다.

"아, 고마워."

시그리드는 안도하며 가슴을 쓸어내렸다. 로웬그린이 웃으며 말했다.

"내 쪽에도 요청은 들어와. 아무래도 아무런 내력 없이 불쑥 너에게 초대장을 보낼 수는 없으니까 아는 사람을 통해서 연통을 넣고 싶은 거지. 그리고 너에게 가까운 여자라고 하면 나랑 마리 둘뿐이니까."

로웬그린이 덧붙였다.

"사실 나도 조금은 즐기고 있을지도. 하여간 넌 그런 거 어색해하고 싫어하니까 돌려서 거절은 해 뒀어."

"그렇구나."

아무래도 실감이 나지 않아 그녀는 고개를 기웃했다.

"그런데 시리."

마리쉐즈가 상체를 쓱 앞으로 숙였다. 그녀의 군청색 눈이 반짝거렸다.

"괜찮은 남자 있어?"

"응?"

"제1근위대 말이야! 소문은 이것저것 들었는데 직접 본 사람의 말을 듣고 싶어. 어때? 소개해 줄 만한 남자 없어?"

"괜찮은 남자……."

시그리드는 제1근위대에서 만난 남자들을 하나씩 꼽아 보았다.

"알타르는…… 검술이 가장 괜찮기는 하지. 절도가 있어. 하지만 그만큼 패턴이 읽히기 쉽다고 해야 할까? 괜찮은…… 검사로서 사실 가장 균형이 잡힌 쪽은—"

"아니, 아니, 그거 말고. 남자로서 말이야! 사귀는! 결혼하기 괜찮은!"

마리쉐즈가 시그리드의 말을 가로막고 재빠르게 정정했다. 시그리드는 "결혼?" 하고 눈을 깜박였다가 팔짱을 끼고 심각한 얼굴을 했다.

'결혼? 결혼? 마리쉐즈랑? 으으으음—'

한참을 끙끙거리며 신음하던 시그리드가 한숨과 함께 말했다.

"미안, 잘 모르겠어. 다음에 잘 보고 나서 알려 줄게."

"좋아."

마리쉐즈가 상체를 뒤로 기대며 고개를 끄덕였다. 로웬그린이 마리쉐즈에게 말했다.

"그냥 그렇게 하면 안 되지. 어떤 남자가 좋은지 알려 줘야 시리가 제대로 보고 합격인지 아닌지 말해 줄 거 아냐."

"아, 일단 돈이 많아야 해. 작위를 이어받는 사람이 좋아. 적어도 백작 이상이면 좋겠어. 그리고 술을 너무 마시는 사람은 싫어. 성실한 사람이 좋아. 그리고 다정한 사람. 물론 얼굴도 중요하기는 한데 보통 이상만 되면— 봐줄 수 있어."

시그리드는 머릿속에 정보를 집어넣었다.

'돈이 많은 사람…… . 작위 계승자…… . 백작 이상…… . 아, 그러고 보니.'

"참, 요즘 모리스는 어때?"

작위 계승이라고 하니 그가 생각났다. 시그리드가 이어 말했다.

"모리스에게 편지를 보냈는데, 답장이 없어서 말이야."

"아—"

그 말에 로웬그린과 마리쉐즈는 서로 마주 보았다가 말했다.

"모리스는 본가로 돌아갔어."

"아버님이 많이 아프시다고 하더라."

"곧 영지로 내려갈 거라고도 하던데."

두 사람이 번갈아 말해서 시그리드는 놀라 눈을 동그랗게 떴다.

"많이 편찮으신 거야? 영지로는 왜 내려가는데? 치료사라면 수도에서 구하는 게 더 쉽잖아."

로웬그린이 고개를 저으며 말했다.

"치료사도 손쓸 수 없다고 하면 보통은 고향에서 잠들고 싶어 하니까."

"수도에서는 장례식도 힘들고 말이야. 자신의 고향에서 선조와 함께 있고 싶어 하지."

마리쉐즈가 덧붙였다.

"그럼 상당히 심각한 상황인 거잖아……. 왜 나에게는 말해 주지 않은 거지?"

시그리드의 얼굴이 침울해졌다. 로웬그린이 그런 시그리드의 손등을 토닥이며 말했다.

"너 요즘 바빴잖아? 승진해서 자리 잡느라고. 그리고 그런 것까지 연락할 정신도 없었을 거야."

"찾아가 봐도 될까?"

시그리드의 물음에 로웬그린은 잠시 생각하다가 고개를 끄덕였다.

"응, 괜찮아."

"그 저택에서 아마 엄청나게 스트레스 받고 있을 테니까."

마리쉐즈가 덧붙였다.

"하지만 연락은 편지로 먼저 해 둬. 내가 모리스 본가 주소 알려 줄게."

로웬그린이 충고해 시그리드는 고개를 끄덕였다.

'집에 가서 바로 편지를 보내고, 최대한 빨리 찾아가 봐야겠다.'

내친김에 시그리드는 다른 한 사람도 물어보기로 했다.

"알케르토랑은? 둘이 여전히?"

마리쉐즈가 고개를 휙휙 저었다.

"아냐, 이제는 이야기해."

"정말? 다행이다."

"응."

마리쉐즈가 활짝 웃었다. 시그리드는 가슴을 쓸어내렸다. 마리쉐즈가 이어 말했다.

"다 시리 덕분이야. 내가 나중에 크게 쏠게."

"아냐, 둘이 화해한 걸로 충분해."

"아냐, 시리가 없었으면 불가능했어. 기대하고 있으라고."

마리쉐즈가 손가락을 흔들며 말했다. 오히려 한고비 넘어서 그런지 알케르토와 더 가까워진 기분도 들었다. 자신 역시 조금 성장한 것 같고.

시그리드는 다시 괜찮다고 말했지만, 마리쉐즈의 결심은 변함없었다. 로웬그린도 종용해서 결국 시그리드는 '기대하고 있을게.' 하는 말로 대화를 마무리했다.

*　　*　　*

데포레스트 저택은 고요했다.

가주인 자작이 아프니 분위기가 침체되는 건 당연했다. 하지만 그것만이 아니라 공기가 팽팽한 긴장감으로 가득 차 있었다. 일촉즉발의 분위기였다.

데포레스트 자작의 호흡은 거칠었다. 검버섯이 핀 그의 얼굴은 창백했다. 쌔엑쌔엑 하는 그의 숨소리가 조용한 와중에 잘 울려 퍼졌다.

"모리스……."

자작이 손끝을 들어 올리자 모리스가 얼른 다가가 아버지의 손을 잡았다. 흐릿한 눈을 든 자작이 물었다.

"다시 생각해 보면 안 되겠느냐……?"

그 말에 모리스는 괴로운 얼굴로 고개를 숙였다.

"형님은 잘하실 겁니다."

"잘하기는, 집 재산을 말아먹을 놈이다!"

격하게 말하고 자작은 다시 기침을 하기 시작했다. 모리스가 그의 등을 쓸며 말했다.

"아버님, 고정하세요. 형님도 건실하신 분입니다. 그런 일은 없을 거예요."

"커헉, 쿨럭, 네가 맏이였다면, 쿨럭—"

'그 말은 저에게도 형님에게도 상처가 되는 말입니다.' 모리스는 그렇게 생각했지만 죽음을 앞둔 아버지에게 그 말을 할 수는 없었다. 모리스는 따뜻한 물을 가지고 오게 해 아버지에게 마시게 하고 자리에서 일어났다.

어머니에게 간병을 맡기고 조용히 자리에서 일어나 나오니, 문 앞에서 형이 기다리고 있었다.

모리스보다 키가 작은 아미스는 그를 올려다보며 말했다.

"절대로 작위를 너에게 넘기지 않을 거다."

그의 말에서 느껴지는 집념과 증오에, 모리스는 일종의 피로 감을 느끼며 반사적으로 방어했다.

"원한 적도 없습니다."

"항상 그렇게 착한 척을 하면서 남들의 호의를 얻지만, 내 눈은 못 속여."

"형님."

"그렇게 부르지도 마라!"

"핏줄을 끊을 수는 없습니다. 형님은 제 형님이시죠. 대체 어떻게 해야지 제가 작위를 원하지 않는 것을 믿어 주실 겁니까?"

"그 착한 척을 그만두면."

모리스는 기가 막혔다. 아미스가 이어 말했다.

"그런 피해자인 척해 대면서 주변의 동정이란 동정은 다 사면서 말이지."

아미스의 말에 모리스는 크게 숨을 들이마시고 말했다.

"알겠습니다. 제가 뭘 어떻게 하든, 형님은 원하시는 대로 왜곡해서 생각하시겠죠. 그래도 상관없습니다. 전 형님과 언제든지 이야기할 준비가 되어 있고, 자작 작위는 다시 한 번 말하는데 원하지 않습니다. 원한다면 제 손으로 쟁취하겠습니다. 귀족 작위가 행복이라고 생각하지도 않고요. 물론 이런 말을 하면 알케르토는 귀족 입에서 나오는 행복한 소리라고 하겠지만—"

그가 피식 웃고 어깨를 으쓱했다.

"전 형님에게 잘못한 게 없으니, 이제 형님께 숙이고 들어가지도 않겠습니다."

말하고 모리스는 휙 돌아섰다. 뒤에서 아미스가 씩씩거리는 소리가 들렸지만 무시했다. 자신의 방으로 돌아온 모리스는 침대에 몸을 던졌다.

그가 양손으로 얼굴을 쓸어내리며 생각했다.

'피곤하다.'

죽어 가면서 자신에게 작위를 이을 것을 종용하는 아버지도, 결코 작위를 넘겨주지 않을 거라고 악을 쓰는 형도, 그저 무기력하게 지켜만 보는 어머니도, 눈치를 살피는 고용인들도.

어디에도 자신의 의견은 없었다.

자신의 생각도, 의지도 전부 다 무시한 채로 밀어붙이는 주변인들이 지긋지긋했다. 그는 손을 뻗어 협탁 위의 편지를 들었다.

얇은 서류용 종이에 쓰인 단정한 글씨.

여성들이 쓰는 화려한 글자체가 아니라 알아보기 쉬운 글자였다. '시그리드 앙케르트나'라는 서명도 흘려 쓴 게 아니라 또박또박한 정자체.

'내일 오는구나.'

날짜를 다시 한 번 확인하고 모리스는 한숨을 내쉬었다. 적어도 내 말을 들어 주는 사람과 대화할 수 있다는 게 탈출구처럼 느껴졌다.

이튿날, 저택은 약간의 활기를 띠었다.

손님이 오는 거야 그렇다고 해도, 지금 황도에서 가장 유명하다고 할 수 있는 사람이 손님으로 오는 것이다.

오러 사용자라면 작위도 약속되어 있는 것과 마찬가지였다. 무력이 밖으로 새어 나가지 않게 하기 위해 황실에서도 그들을 귀하게 취급하는 것이었다.

새로운 마스터의 탄생도 항상 이야깃거리가 되는데, 심지어 그게 여자다?

당연히 황도 소문의 중심일 수밖에 없었다. 그런 사람이 모리스의 손님으로서, 이 긴장감이 팽배한 데포레스트 저택을 찾아온다니 당연히 관심을 가질 수밖에 없었다.

물론 당사자인 시그리드는 그런 생각은 조금도 없었다. 그녀의 고민은,

'상황이 안 좋을 때 찾아가는 건데 선물을 가져가야 하는 걸까? 아닌 걸까?'

정도였다.

당일이 되어 저택에 도착한 시그리드는 마중 나온 사람이 모리스가 아니라 아미스라는 것에 당황했다.

"안녕하십니까, 앙케르트나 경. 고명은 익히 들어 알고 있습니다."

"네, 안녕하십니까."

시그리드는 마주 정중히 인사를 해 보였다. 그가 싱글 웃으며 말했다.

"저번에 만났을 때는 오래 이야기를 나누지 못해서 아쉬웠습니다."

"그러셨습니까?"

"하하, 물론이지요."

아미스가 호쾌하게 웃어 보였다. 시그리드는 잠시 그런 그를 바라보다가 물었다.

"모리스는 언제쯤 나옵니까?"

"준비하는 데 시간이 좀 걸리나 봅니다. 앙케르트나 경을 기다리게 해서 죄송합니다. 아버님이 오냐오냐 키웠더니 버르장머리가 없어져서 말이죠."

"모리스가 늦는다면 사정이 있는 거겠지요. 그럼 전 기다리겠습니다."

시그리드의 말에 아미스는 눈을 찡그렸다가 다시 웃으며 말했다.

"오래 기다리셔야 할 것 같은데 그사이 제가 말동무를 해 드리겠습니다."

"아뇨, 괜찮습니다. 바쁘실 텐데 제 말상대를 하실 필요는 없습니다."

딱 자르는 거절이다. 아미스의 얼굴이 붉어졌다.

"시그리드—!"

그때 모리스가 허둥지둥 응접실로 들어왔다. 아직 재킷 단추도 채 채우지 못한 모습이었다. 그가 아미스를 보고 얼굴을 딱딱하게 하며 묵례를 했다.

"형님."

"네 손님다운 손님이로구나."

아미스는 그렇게 말하고 자리를 떴다. 모리스가 재킷 단추를 잠그며 말했다.

"늦어서 미안. 소식이 늦게 들어와서."

"아니, 괜찮아."

시그리드가 어깨를 으쓱하며 대답했다. 모리스가 잠시 응접실을 둘러보다가 물었다.

"내 방으로 갈래?"

"그래."

시그리드는 고개를 끄덕였고 모리스는 그녀를 자신의 방으로 데리고 들어가며 시녀에게 차를 준비하라고 말했다. 내실로 들어와서야 시그리드는 방한구를 벗었다.

겨울에 말을 타고 다니려니, 단단히 입어야 했던 것이다. 그래도 손가락이 둔해지는 건 마찬가지라 시그리드는 몇 번 손을 쥐었다가 폈다.

겨울에 전쟁을 하는 멍청이는 없다. 없지만,

'마수는 그런 걸 가리지 않지.'

시그리드는 한숨을 삼켰다. 모리스가 난롯가로 시그리드를 앉혔다.

"밖에 꽤 춥지?"

"아니, 아직은 그렇게까지 춥지는 않아. 한 달 뒤쯤 되어야 본격적이지."

시그리드가 대답하자 모리스는 고개를 끄덕였다. 본격적인 제도의 추위 시작은 신년회의 시작과 다름없었다.

"'신년회는 추위의 저주를 받았다'라는 얘기까지 도니까."

농담처럼 모리스가 말해 시그리드는 픽 웃으며 난롯가로 쭉 발을 뻗었다. 오늘 그녀는 머리를 올리지 않고 땋아 내리고 있었다.

"형님이 무례한 말을 했다면, 내가 사과할게."

모리스가 맞은편 의자에 앉으며 말했다. 시그리드가 눈을 찌푸리며 말했다.

"나에게 무례한 거야 상관없는데, 네 욕을 한 건 참을 수가 없어."

그 말에 모리스는 저도 모르게 웃었다.

"뭐라고 하시던?"

"오냐오냐해서 버르장머리가 없다고. 모리스가 버르장머리가 없으면, 난 패륜아일걸."

시그리드가 진지한 얼굴로 말해서 그는 다시 웃었다. 시그리드가 자세를 바로 하며 물었다.

"아버님은? 괜찮으셔?"

그녀의 질문에 모리스의 얼굴이 어두워졌다.

"아니, 상황이 심각하셔. 내 생각에는 이번 주 내에 영지로 내려갈 것 같아. 조금이라도 힘이 남아 있어야 이동할 테니까."

"모리스네 영지는 어디지?"

"야렐. 제도 동부에 있는 작은 영지야."

"야렐의 모리스로군."

그 말에 모리스는 살짝 웃었다가 한숨을 내쉬며 말했다.

"그러니까 빨리 이동하는 게 좋을 텐데 고집을 피우고 계시니."

"내려가기 싫다고?"

"내가 작위를 이어받겠다고 해야 편히 눈을 감으시겠다고 하시더군."

"모리스가 작위를 이어받겠다고 한다고 이어받을 수 있는 건가? 제국법에 따르면 장자상속이 우선이잖아?"

"그렇지."

모리스가 탁한 목소리로 대답했다.

"장자에게 무슨 큰 흠결이나 문제가 없는 이상."

"너에게 형님을 죽이기라도 하라는 이야기야?"

직설적인 시그리드의 물음에 모리스는 오히려 상쾌함을 느꼈다.

"글쎄? 아마도? 아니면 모두와 손을 잡고 형님이 정신적으로 반편이라는 증명을 해 보이라는 거겠지."

"그거 굉장한데."

시그리드의 감탄에 모리스는 웃었다. 이상하게도 웃음이 나왔다.

"응, 그래. 굉장하지."

"하지만 모리스는 그게 싫은 거잖아? 말 안 해 봤어?"

"내 말은 듣지도 않으셔."

"자식끼리 상잔을 부추기는 범죄 교사라니 데포레스트 자작님은 보통이 아니신걸."

왜 모리스가 방랑 기사가 되었는지 이해가 되었다.

이 모든 상황에서 벗어나고 싶었겠지.

시그리드는 곰곰이 생각에 잠겼다. 그녀가 모리스에게 말했다.

"차라리 황실 기사단에 들어가는 게 어때?"

"황실 기사단?"

"응, 지금 1기사단 말이야. 모리스는 성실하니까 부단장급 정도는 금방 될걸. 그리고 부단장이 되면 '경'이라도 영지가 나오잖아."

"······그것도 한 방법이네."

"그지? 물론 자작 영지랑은 비교도 되지 않는 조그만 소영지라고 하지만. 모리스는 별로 그런 데 욕심 없으니까."

"시그리드는?"

"난 거절했어. 급여로도 충분하고, 영지는 거추장스러우니까."

시그리드가 어깨를 으쓱했다.

"작위는?"

"아직까지는 별 이야기 없는데."

시그리드가 갸웃하며 말했다. 모리스가 그 말을 듣고 생각에 잠긴 사이 시녀가 다과를 들고 들어왔다. 따뜻한 차와 과자를 내려놓고 시녀는 조용히 물러났다. 물러나면서 힐끔거리며 시그리드를 살피는 것도 잊지 않았다.

모리스가 시그리드의 잔을 채워 주며 말했다.

"황제 폐하께서 고민 중이신가 보네."

"폐하께서?"

"그래, 그쪽도 복잡하니까. 루나틸 경의 추천이잖아? 그러니까."

"아아, 그런 문제로군. 사실 작위는 딱히 필요 없으니까."

돌아오기 전에도 작위는 거절했었다.

"난 필요하다고 생각하는데."

모리스의 말이 의외라 시그리드는 "어?" 하고 그를 바라보았다. 모리스가 잔과 잔 받침을 그녀에게 건네주며 말했다.

"시그리드에게는 필요하다고 봐."

"그래?"

"응."

"그런가."

"하지만 영지 문제는 잘 모르겠고." 하고 그녀가 갸웃거리는데 모리스가 한숨을 내쉬었다.

"적어도 이유 정도는 물어봐 줘. 내 말이라고 납득하지 말고."

"이유가 뭔데?"

그제야 이유를 물어보는 시그리드를 보고 모리스는 다시 한숨을 내쉬고 말했다.

"시그리드는 능력자인 데다가 평민이고 고지식하기까지 하니까 어느 정도 권력을 손에 쥐고 있는 게 나아."

"그렇구나."

시그리드가 고개를 끄덕였다.

모리스는 다시 속으로 '아니, 그렇게 쉽게 납득하지 말라니까.' 하고 중얼거렸지만 딱히 그녀가 그러는 것이 싫지는 않았다.

"하지만 복잡한 일도 따라오니까 생각해 보는 것도 나쁘지는 않지."

모리스가 덧붙여 시그리드는 고개를 끄덕였다.

"모리스."

"응?"

"가출은 어때?"

모리스는 순간 차를 뿜을 뻔한 것을 간신히 참았다. 쿨럭거리는 모리스를 보고 당황한 시그리드가 자리에서 벌떡 일어나 그의 등을 쓸어 주었다.

"괜찮아?"

"어, 응, 괜찮아——"

모리스가 등을 쓰다듬는 시그리드를 저지하며 말했다.

"미안."

"아냐, 그나저나 가출이라니."

그게 무슨 십 대 반항아 같은 말이란 말인가?

"모리스는 데포레스트를 잇고 싶지 않은 거잖아? 그러면 그보다 확실한 의사 표시는 없지 않아?"

"그야 그렇겠지만, 아버님도 안 좋으시고."

"아버님을 좋아해?"

시그리드의 말에 모리스는 멍하니 그녀의 얼굴을 보다가 고개를 끄덕였다.

"형님에게는 최악의 아버지겠지만, 나에게는 좋으신 분이었어. 그게 편애라고 해도 애정을 받았는걸."

"그렇구나. 그러면 이 방법은 못 쓰겠네."

시그리드가 도로 의자로 돌아가 털썩 앉았다. 모리스가 픽 웃고 말했다.

"시그리드는 가끔 상식을 뛰어넘는 말을 해."

"그런가?"

"그래."

말하고 나자 모리스는 궁금해졌다. 시그리드의 부모님은 어떤 분일까?

"시그."

"음?"

"시그의 부모님은……."

"나도 몰라. 어렸을 때 고아원 층계에 버려져 있었다고 하니까. 아이를 키울 여건이 안 되셨던 거 아닐까?"

"미안."

황급히 모리스가 사과하자 시그리드가 고개를 저었다.

"아냐. 별거 아닌 흔한 이야기인걸. 그래서 고아원에서 자라다가 세 살쯤? 구빈원으로 옮겨 갔어. 사실 나이는 잘 몰라. 그냥 그렇게 말하니까 그런가 보다 하는 거지. 그리고 여덟 살 때 팔렸어."

"……팔려?"

모리스는 저도 모르게 목소리가 떨려 나와 얼른 헛기침을 했다. 시그리드가 잠시 자신의 발끝을 바라보다가 웃으며 말했다.

"이상한 곳은 아니었어. 구빈원의 여자애들은 주로 사창가에 팔리니까. 난 그보다는 운이 좋았지. 서커스단에서 날 샀거든. 거기서 검술을 배웠어."

시그리드가 잠시 생각에 잠겼다가 말했다.

"기사가 되고 싶었으니까 진짜 열심히 검술을 연마했어. 거기서 가르쳤던 건 주로 검무이기는 하지만. 날 가르쳤던 사람은 내 재능을 보고 내 이야기를 들어줬어. 그리고 내가 열셋이 되던 해에 날 종기사로 넣어 줬지."

"인맥이 있었던 건가?"

서커스 단원과 기사라— 모리스가 갸웃하는데 시그리드가 "아." 하고 말했다.

"어린 여자애를 좋아하는 사람이었어."

그 말에 단숨에 모리스의 얼굴이 창백해졌다. 시그리드가 다리를 꼬며 말했다.

"그 정도가 아니면 평민 여자애를 누가 종기사로 받아 주겠어."

"그래서 그 새끼는?"

모리스의 목소리가 낮아졌다.

"죽었어."

시그리드의 대답에 모리스는 입술을 깨물었다. 제발 그가 세상에서 가장 비참하게 뒈졌기를 모리스는 바랐다.

침묵이 방 안을 채웠다.

모리스는 도대체 뭐라고 말을 해야 할지 알 수 없었다. 갑자기 자신의 이 모든 상황과 이야기들이 그녀에게는 그저 어리광으로 느껴지지 않을까 하는 생각에 부끄러움마저 들었다.

시그리드가 잔을 비우고 말했다.

"그러면 버티는 수밖에 없겠네."

"어? 어어?"

모리스가 당황해 고개를 들자 시그리드가 주변을 둘러보고 말했다.

"가출할 수 없으면 말이야. 이 상황에서 버티고 자기 의견을 관철해야지."

"미안."

저도 모르게 사과가 나와 시그리드가 "뭐가?" 하고 되물었다. 모리스는 말문이 막혔다. 그가 헛기침을 하고 말했다.

"아니, 내 문제는 별거 아닌데……."

"어째서 별문제가 아냐. 고민할 만한걸."

대답했다가 시그리드가 "아." 하고 말했다.

"아까 내 이야기 때문이라면, 이거랑 그거랑은 상관없잖아. 딱히 불행을 비교하고 싶은 것도 아니고. 내게 문제가 있다고 해서 네 문제가 사라지는 것도 아니고. 그리고 난 모리스가 사랑받고 자라서 좋은데."

"어?"

모리스는 저도 모르게 얼빠진 소리를 냈다.

"그게 나도 말을 잘 못 하겠는데, 로웬그린에게 빌린 책을 보는데 말이야. 사랑받은 사람만이 사랑할 수 있다고 하더라고.

난 모리스의 다정함에 도움 받았으니까. 모리스를 그렇게 키워 준 환경에 감사해. 아, 그렇다고 모리스를 괴롭히는 건 싫지만."

'그러고 보니 환경이 아니라 타고난 거라는 이론도 있었지.' 하고 시그리드가 팔짱을 끼고 끙끙거리는데 모리스는 그런 그녀를 보고 웃어 버렸다.

"너도 충분히 다정해."

"내가?"

시그리드가 깜짝 놀라 자신을 가리켰다. 모리스가 고개를 끄덕였다. 시그리드가 그 말에 진지하게 대답했다.

"아니, 그건 아닌 것 같아."

"그럼 적어도 나에게는 무르지."

그 말에는 시그리드도 말이 막혔다.

"그건…… 그럴지도."

"그럴걸. 내가 널 죽여도 용서해 주겠다며."

"그렇지. 하지만 그건 모리스가 좋은 사람이기 때문이야."

시그리드가 얼른 말했다. 모리스가 "어쨌든 간에." 하고 팔걸이에 팔꿈치를 괴고 웃었다. 시그리드는 땋은 머리카락 꼬리를 손가락으로 꼬며 말했다.

"모리스 말고 다른 사람에게는 안 그러니까."

그 말에 모리스는 문득 생각나는 사람이 있었다. 그래서 그는 슬그머니 물었다.

"근위대는 어때?"

"응? 그냥저냥 할 만해."

"루나틸 경과는? 잘 지내?"

시그리드는 고개를 끄덕였다. 모리스는 더 캐묻고 싶었지만, 꼬치꼬치 캐묻는 것도 이상해서 그만두었다. 시그리드가 반대로 물었다.

"형님과는 어때? 조금 진전이 보여?"

모리스는 신음을 흘리고 말했다.

"아까 너 마중 늦은 것도 형님이 알려 주지 않아서 그랬어. 그 정도의 진전이지."

그 말에 시그리드가 픽 웃고 말했다.

"대단한 진전이네."

"그렇지."

한숨을 내쉬고 모리스는 시그리드에게 전부 털어놓았다.

죽어 가는 아버지가 자극하는 죄책감. 진전 없어 보이는 형제 관계, 재 보는 듯한 친척들의 말, 의중을 떠보는 듯한 시종들의 눈초리.

자신을 둘러싸고 압박하는 모든 것에 대해서 모리스는 토해 내듯 말했고, 시그리드는 진지하게 그 모든 이야기를 들었다.

친구가 왔다는 핑계로 모리스는 저녁 식사도 방으로 주문했다. 아미스가 정찬을 같이 하지 않겠냐는 의견을 시그리드에게 전해 왔지만 그녀는 거절했다. 모리스가 말했다.

"너 밉보일걸."

"상관없어."

타인에게는 눈곱만큼도 관심이 없는 시그리드였다. 아미스가 검술을 잘했으면 그나마 관심이 있었겠지만, 그녀는 서 있는 자세만 봐도 그가 검과 인연이 없다는 걸 알 수 있었다.

모리스는 모처럼 모래 씹는 것 같지 않은 식사를 즐겼고, 시그리드가 떠날 때쯤에는 그나마 활기를 되찾았다.

시그리드는 "다음에도 올게." 하고 말하고는 저택을 나섰다. 그녀가 저택을 나서자마자 아미스가 나타나 말했다.

"오러 사용자와 뭘 꾸미는지는 모르겠지만, 네 뜻대로는 안 될 거다. 아무리 그래도 작위 하나 없는 여자가 뭘 할 수 있겠어."

"형님과 결투 정도는 하겠죠."

시그리드를 깔보는 말에 저도 모르게 모리스가 말하자 아미스의 얼굴이 창백해졌다.

"하, 그래, 그게 목적이었군! 결투를 걸어서 날 살해하겠다고!"

모리스는 '그게 아니고' 하고 말하려다가 입을 다물었다. 이런 입씨름을 해 봐야 소용없다. 자신만 더 지칠 뿐. 그는 자신의 방으로 돌아갔다.

"이제 본심이 나오는데, 그렇게 둘 줄 알고!"

뒤에서 소리치는 아미스를 무시하고 말이다.

* * *

몇 번 더 데포레스트 저택을 방문하려던 일은 그들이 영지로 내려가며 흐지부지되어 버렸다. 시그리드가 휴가를 내서 한 번가 봐야 하나 하고 고민하는데 추위와 함께 폭설이 몰아쳤다. 올해 여름이 지나치게 덥더니, 겨울도 그만큼 만만찮다고 사람들은 수군거렸다. 수도에서도 얼어 죽는 사람이 나와서 귀부인들이 구호품을 풀기도 했다.

멀리 있는 영지와는 거의 단절 상태에 들어가 시그리드는 한숨을 내쉬었다.

'아, 맞다. 날씨가 이랬었지.'

그녀는 창밖을 내다보았다.

'이래서 소식이 늦어졌었어.'

서부 영지에 1급 마수가 나타났다는 소식이 말이다. 당시에는 그런 소식이 들려와도 제2기사단이었던 시그리드와는 상관없는 일이었다.

황제가 파견한다고 해도 제2근위대원을 파견하는 일은 없었다. 1급 마수라면 오러 사용자가 아니면 검을 들지 않는 경우가 허다했다.

얼마 전에 시그리드가 퇴치했던 마수도 그렇지 않은가? 그건 1급까지는 아니었지만. 시그리드는 그렇게 생각하며 창에서 눈을 뗐다.

하지만 지금은 근위대원이고 오러 사용자이니 파견될 수도 있었다.

그런 생각을 하며 시그리드는 평시에도 차고 있는 검 손잡이를 꼭 쥐었다가 놓았다. 가죽을 두른 검 손잡이는 이제 자신에게 서서히 길이 들어서 잡을 때마다 착 붙는 느낌이었다.

'검을 좀 더 연습해야겠군.'

시그리드는 그렇게 생각하며 창문의 커튼을 내렸다.

서부 귀족 연합으로부터 중앙의 지원을 요청하는 사자가 온 것은 신년회 와중이었다. 눈밭을 헤치고 말을 몇 마리 죽여 가면서 도달했을 사자는 필사적으로 지원을 읍소했다. 하지만 황제의 반응은 미적지근했다.

이 날씨에 어떻게 지원을 보내느냐 하는 것이 골자였다.

당연히 사자는 기가 막혔다. 황제는 옥좌에 기대어 심드렁하니 말했다.

"서부 귀족 연합에도 용맹한 기사들이 있지 않소?"

"연합의 마스터는 단둘뿐입니다!"

"그 둘이서 마수 하나를 못 해치울까. 심지어 미하스 경 역시 그곳에 있지 않소? '버서커'라는 별칭답게 용맹한 자인데."

"그렇다고 해도 1급 마수입니다. 그것도 재생 능력을 갖춘 거인이란 말입니다."

사자는 이를 악물고 말했다.

"커티스 자작은 좀 쉬는 게 좋을 것 같소. 그사이 회의를 열어 보겠소."

회의라니.

일분일초가 중요한 때였다. 사자로 온 커티스 자작은 뒷목을 잡고 넘어갈 지경이었다. 이 일이 중대하기에 작위를 가진 자신이 직접 사자로 온 것이었다.

'이대로 돌아가면 면이 서지 않는다.'

폐하에게 인사를 하고 나온 그가 바로 황태자를 찾아간 것은 두말할 것도 없는 일이었다.

서부 귀족에게 유한 정책을 펼치자고 하는 것이 황태자였으니 말이다.

알현은 조용히 이루어졌다.

마수에 대해 상세히 설명한 커티스 자작은 힘주어 중앙의 지원과 신뢰에 대해 역설하고서 슬그머니 덧붙였다.

"피엔샤 후작께서도 한번 이야기를 나누고자 하십니다."

세리오스는 큰 반응 없이 알겠다고 했고 커티스 자작은 초조함을 드러내지 않으려 애쓰며 퇴석했다. 그가 나가자 세리오스가 한숨과 함께 커다란 등받이에 몸을 묻으며 말했다.

"어떻게 생각해?"

뒤에서 호위 겸으로 이야기를 함께 들은 베라무드가 물었다.

"뭐 다른 방법이 있어?"

"거인형 1급 마수에 재생이라니. 난 그런 거 책에서밖에 본 적 없어."

"마찬가지야."

"성벽이 파괴당하면 큰일 나겠지."

"최대한 외곽으로 유인하고 있다고는 하지만, 한계는 있겠지. 겨울에 병사를 굴리는 것도 힘들고."

"마스터 둘로도 무리라면, 1근위대 전체를 투입해야 하는 건가?"

"재생 능력이 있으면 일격에 죽여야 하는데, 거인형을 일격에 죽이기는 어렵지. 그러면 계속 상처를 입혀서 죽음으로 몰고 가야 하는데, 오러 양에는 한계가 있어. 1근위대 전체가 간다고 해야 그나마 승산이 있겠지."

"하지만 근위대는 폐하 직속이야. 난 명령을 내릴 수 없어. 내리는 순간 아버님은 날 반역죄로 감옥에 가두시겠지."

"하지만 이대로는 피해만 가속될 뿐이야. 회의에서 서부를 지원하자는 결정이 나올 가능성은?"

"나올 거야."

세리오스가 말하고 다리를 의자 위로 올려 턱을 괴며 말했다.

"충분히 시간이 지나고 나서 말이지. 서부 귀족 연합이 충분히 타격을 입을 때까지, 손해가 막심할 때까지. 아예 외면할 수는 없으니까."

"그렇군."

베라무드는 생각에 잠겼다가 말했다.

"자원병을 받아."

"뭐?"

"의견을 제시해. 결정되는 동안 서부 귀족 연합이 위험하니까 자원자가 있다면 보내라고. 그 정도는 밀어붙일 수 있지 않아?"

"그거야 그렇지만, 그러면 자원하는 순간 폐하와 선을 긋는다는 것인데 과연? 네 1근위대에서 몇 명이나 갈 것 같아?"

"작더라도 직접적인 성의를 보이는 거지. 일단 난 갈 거야."

"성의라……."

"말이야 얼마든지 할 수 있지. 최소한의 가시적인 성과라도 보여야지 생색낼 수 있는 거 아냐?"

"그렇지……. 자원이라……."

세리오스는 생각에 잠겼다. 그가 의자에서 내려오며 말했다.

"알았어. 바로 상정하지."

"전하의 뜻대로."

베라무드가 가슴에 손을 대며 대답했다.

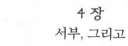

4 장
서부, 그리고

두다인 지방은 서부에서도 꽤 돌출된 지방이다. 삼면이 국경인 지방이었다.

시그리드는 숨을 헐떡이며 말했다.

"간신히 도착했군요."

"오다가 죽는 줄 알았지."

베라무드 역시 거들었다. 둘 모두 눈만 빼놓고 전신을 꽁꽁 감싸고 있었다. 그건 말도 마찬가지였다. 다행히도 서부로 내려올수록 눈이 적게 내렸는지, 말이 푹푹 빠지면서 길을 이동하지 않아도 되었다.

시그리드는 에코를 데려오지 않은 게 아쉬웠지만, 동시에 다행이라고 느꼈다.

여기서 에코가 죽기라도 했으면 어쩔 뻔했는가?

커티스 자작이 어두운 얼굴로 성벽 위 경비병을 향해 손을 들었다.

자작인 것을 확인한 성의 문이 천천히 열리기 시작했다.

"통금 시간인데도 열리네요."

"여기까지 왔는데 또 밖에서 노숙하게 하면 없애 버릴 거야."

베라무드가 으르렁거렸다. 시그리드도 그 말에는 동감이었다. 겨울철 노숙은 이 이상 사양이다. 솔직히 말해서 성문을 부술지도 모른다.

커티스 자작이 성안으로 일행과 함께 들어서자마자 한눈에 보기에도 높은 사람인 듯 고급 망토를 두른 남자가 달려왔다.

"어찌 되었나? 원군은?"

"회의가 끝나면 보낼 거라고 하더군요."

커티스의 말에는 냉소가 가득했다. 그 말을 들은 남자는 충격으로 입을 벌렸다. 곧 충격은 분노로 변했다.

"그런 말도 안 되는—!"

"그래서 일단 제가 왔습니다."

베라무드가 후드와 머플러를 내리며 말했다. 남자는 눈을 찡그리고 베라무드를 보았다가 중얼거렸다.

"흑기사로군."

"알아봐 주시다니 영광이군요. 베라무드 루나틸이라고 합니다."

"그 이색안을 못 알아볼 리가 없지."

남자는 그렇게 중얼거리고 베라무드의 옆에 앉은 시그리드에게 시선을 돌렸다. 시그리드도 후드를 내리고 정중하게 인사했다.

"시그리드 앙케르트나라고 합니다."

"여자?"

남자는 중얼거리고 혀를 찼다. 그가 베라무드에게 빈정거리듯 말했다.

"여자를 좋아한다는 말은 익히 들었으나, 이런 곳까지 데려올지는 몰랐군요."

"심하신 말을. 제1근위대원인 제 부하랍니다. 동시에 마스터죠. 이 촌구석까지는 이야기가 안 들어왔나 보군요."

가시 돋친 말로 베라무드가 응수하며 썰매에서 내렸다. 시그리드는 별말 없이 이어 내려왔다. 저런 식의 빈정거림은 예전에도 잔뜩 들어서 별 타격은 없었다.

폐하의 애첩이라는 둥, 다리 벌려서 측근이라는 둥, 기사 겸 측실이라는 둥 말은 수도 없이 들었다. 그들은 자신이 마스터라는 걸 알면서도 꼭 그렇게 빈정거렸다.

"오러 사용자라고?"

남자는 눈을 찡그리며 시그리드를 보았고 그녀는 속눈썹도 까닥하지 않았다. 남자는 한숨을 내쉬고는 말했다.

"난 아르드 오큠이라고 하네. 일단 이쪽으로."

베라무드는 당장에라도 쓰러져서 자고 싶은 마음이 간절했지만 말없이 아르드의 뒤를 따랐다. 성안에 세워진 작전 본부로 가자 상석에는 놀랍게도 피엔샤 후작 본인이 앉아 있었다.

"후작님."

베라무드가 정중하게 인사를 했다. 성안에는 화로와 벽난로를 활활 태우고 있어서 온기가 가득했다. 딱딱하게 굳은 몸이 풀리는 것 같아 베라무드는 한숨을 내쉬었다.

피엔샤 후작은 베라무드에게 눈길을 주었다가 커티스 자작에게 말했다.

"보고."

커티스 자작이 억울함을 최대한 배제한 목소리로 상황을 얘기하는 동안 베라무드는 곱은 손가락을 꼼지락거리며 지도를 바라보았다.

'성벽에서 떨어진 곳으로 마수를 유인한 건가? 어떻게 유인한 거지? 먹을 것?'

"그래서 실질적인 지원군은 단둘이라는 거군."

피엔샤 후작이 말하자 베라무드는 고개를 들고 씩 웃었다.

"마스터 둘이죠. 병사 백보다 낫지 않습니까?"

"자네라면 익히 알고 있지만—"

피엔샤 후작은 미덥지 못한 얼굴로 시그리드를 바라보았다.

"하나 반이로군."

그렇게 정보를 정정하고 후작은 자리에서 몸을 일으키며 말했다.

"두 사람 다 오느라 수고했네. 일단 오늘은 쉬고 내일 이야기하지."

"알겠습니다."

후작은 근처의 병사를 불러 둘에게 방을 내주게 했다. 성의 위층으로 올라가 병사는 두 사람에게 방 하나를 내주었다. 불이 켜져 있지 않은 방이었다.

"설마 냉골에서 자라는 건 아니겠지?"

천장도 낮아서 베라무드는 자신이 까치발을 하면 머리가 천장에 닿을 거라고 생각하며 중얼거렸다. 시그리드가 난롯가 주변을 살피고 말했다.

"석탄도 장작도 있으니, 불을 붙이죠."

"불?"

그가 갸웃해서 시그리드는 그가 정말로 귀족이라는 것을 깨달았다.

"제가 피울 줄 압니다."

시그리드는 석탄과 나무 장작을 옮겨서 쌓아 올렸다. 이어서 근처를 뒤져 성냥을 찾아내고 부싯깃을 이용해 벽난로에 불을 붙였다. 베라무드는 "오" 하고 감탄하고는 말했다.

"너무 신경 쓰지 마."

"뭘 말입니까?"

"사람들 반응."

"신경 쓰지 않습니다."

시그리드는 깔끔하게 대답했다. 두 사람 다 난롯가에 서서 슬슬 커지는 불길을 쬐었다. 베라무드가 힐끗 그녀를 보고 물었다.

"네가 따라올 줄은 몰랐어."

"대장님 혼자 가시게 둘 수는 없죠."

"이걸로 폐하와 척을 진다고 해도?"

"폐하와 전하, 어느 쪽과도 상관없는 제 결단입니다. 그렇게 보인다면 그렇게 보라고 하지요."

시그리드는 어깨를 으쓱했다. 그러며 덧붙였다.

"그리고 개인적으로 서부에도 관심이 있어서 말입니다."

"서부에?"

"서부라기보다는 한 사람에게요."

그 말에 베라무드가 "아아." 하고 말했다. 검사가 서부 사람에게 관심을 가진다면 한 사람뿐이지.

"우툴루 미하스?"

"네."

검을 맞댄 적은 있지만, 개인적으로 만난 적은 한 번도 없었다. 베라무드가 잠시 고민하다가 말했다.

"만나서 너무 실망하지 마."

"네?"

"그 자식도 서부 놈팡이라서 머리가 꽉 막혔으니까. 여자는 제구실을 못하는 줄 알거든."

"아."

시그리드는 깨달아 고개를 끄덕였다.

"염두에 두겠습니다."

베라무드가 따로따로 떨어져 있는 침대를 바라보며 말했다.

"하여간 우리를 환영하지 않는 건 확실하군. 방도 하나를 주고 말이지."

"물자가 아쉬울 테니까요."

장작도 석탄도 서부에서는 전부 귀한 자원이다. 방 하나에 여럿이서 자는 게 보편화되어 있겠지. 그래서인지 아니면 푸대접을 본격적으로 보여 주기 위해서 작은 방을 준 건지는 모르겠지만 말이다. 방 크기는 옷장 하나에 침대 둘, 간이 세면대가 들어가자 꽉 차는 정도였다. 나무판자로 막혀 있는 창문은 아주 작았다.

베라무드는 이 방이 한낮에도 어두울 거라고 확신했다.

'살기 위해서라기보다는 전투용으로 지어진 성이로군.'

국경 지대니까 당연한 건지도 모른다. 바닥은 당연히 러그 한 장 깔리지 않은 돌바닥이었다. 베라무드는 한쪽에 놓여 있는 파티션을 가져와 침대 사이에 쳤다. 그나마 이게 있는 게 다행이었다.

'그나저나 자원자가 단둘이라니.'

베라무드는 속으로 한숨을 삼켰다. 제1근위대의 의견을 물었으나 그 누구도 나서지 않았다. 당연하지만 누구라도 폐하와 척을 지는 것은 싫을 것이다. 그것도 근위대원이.

그 와중에 불쑥 손을 든 것이 시그리드라서 사실 베라무드 자신이 가장 놀랐다.

그리고 안심했다.

"일단 쉬죠. 서서 졸 것 같습니다."

시그리드의 말에 베라무드는 퍼뜩 상념에서 깨어나 고개를 끄덕였다. 그가 물었다.

"오른쪽? 왼쪽?"

침대를 가리키며 하는 말에 시그리드는 창문이 있는 왼쪽을 골랐다. 부하는 상사보다 낮은 자리를 차지하는 법. 시그리드가 왼쪽을 고르자 베라무드가 자신의 짐을 왼쪽 침대에 던지며 말했다.

"오른쪽에서 자."

"대체 왜 고르라고 한 건가요?"

"좋은 쪽을 고를 줄 알았지."

베라무드는 투덜거리며 가장 바깥에 걸쳤던 외투를 벗었다. 이제 벽난로 장작은 꽤 기세 좋게 달아올라 있었다. 시그리드는 오른쪽에 자신의 짐을 내려놓았다. 먼지막이로 입었던 로브를 벗어서 파티션에 걸고, 그 안에 입은 털 달린 망토를 조심스럽게 벗어서 역시 파티션에 걸었다. 새하얀 털 망토가 장작불에도 반짝거렸다.

서부로 간다고 하자 로웬그린이 빌려준 귀한 망토였다.

베라무드는 건너편에서 옷 벗는 소리가 들리자 귀 기울이지 않으려고 노력했다. 입 안이 바싹바싹 마른다.

"베라무드?"

"어, 응?!"

저도 모르게 목소리가 튀었다.

"연합은 적입니까?"

그녀의 물음에 베라무드는 찬물을 뒤집어쓴 기분이었다. 정신이 번쩍 들어 그는 대답했다.

"아니야, 아군으로 만들 사람들이지."

"알겠습니다."

베라무드는 그녀가 어떤 얼굴로 그런 대답을 하는지 궁금해졌다. 하지만 파티션 너머의 얼굴을 볼 수는 없었다.

건틀릿을 풀며 베라무드가 말했다.

"시그리드."

"네."

"말해 두겠는데 부당한 요구는 듣지 마."

"부당한 요구 말입니까?"

"그래, 아군으로 만들 작정이라고 해서 무리하게 들어줄 필요는 없어. 그리고 희생을 요구하는 인간의 말도 들을 필요 없고. '날 위해 죽어 달라' 같은 소리를 하는 인간은 개쓰레기야."

베라무드가 갑옷을 벗었다. 셔츠 차림이 되자 몸이 가뿐했다.

파티션 뒤에서 대답이 들려오지 않아 그는 눈을 찡그리며 파티션을 돌아보았다.

"시리?"

"아하하하—!"

들려온 것은 폭발적인 웃음이라 베라무드는 눈을 휘둥그레 떴다. 그는 파티션 너머를 봐도 되는지 안 되는지 몰라 안절부절못하며 말했다.

"시리? 괜찮아?"

"큭, 아뇨, 하하핫, 아니, 하, 그게—"

시그리드는 웃음을 멈출 수가 없었다.

　　—날 위해 죽어 다오.

그 말을 한 사람이 있었다. 내가 경애하던 주군, 날 버리는 패로 쓴 폐하. 내가 당신에게 잘못한 게 있는지 고민했다. 했는데—

'개쓰레기라니.'

웃음이 터져 나와 멈출 수가 없었다. 그동안 자신이 잘못했던 점이 있었는지 고민했던 것을 날려 버리는 한 방이었다.

시그리드는 큭큭거리며 입을 눌렀다. 건너편에서 걱정하는 기척과 함께 목소리가 들려와 그녀는 간신히 헉헉거리며 웃음을 참았다.

"괘, 괜찮습니다."

헐떡이며 간신히 대답하고 시그리드는 파티션을 바라보았다. 그녀가 톡톡 파티션을 두들겼다. 그러자 베라무드가 순식간에 파티션을 밀어 열었다.

"괜찮아?"

"네, 괜찮습니다."

시그리드는 웃음이 가득한 얼굴로 말했다. 베라무드가 그녀의 얼굴을 보다가 묘한 표정을 하고 물었다.

"내가 그렇게 우스운 이야기를 했어?"

"아뇨, 전혀 그런 게 아닙니다."

그녀가 곧 정색하며 말했다.

"그럼 왜 웃은 거야?"

시그리드는 솔직하게 대답했다.

"저에게 '죽어 달라'고 말했던 사람이 생각나서요."

그 말에 단숨에 베라무드의 인상이 험악해졌다.

"누가 그런 말을 했는데? 잠깐, 설마 세리오스는 아니지?"

"아닙니다."

"혹시 받아들였어?"

"아닙니다."

그녀가 미소 지으며 말해서 베라무드는 안도했다. 이 애는 쉽게 그런 걸 받아들일 것 같으니 두렵다. 그가 손을 뻗어 그녀의 뺨을 살짝 잡아당겼다가 놓았다.

"누가 그런 제안을 했는지는 말 안 해 줄 거지?"

"죄송합니다."

"아냐, 거절했다는 걸 안 걸로 됐어. 하여간 그런 말은 듣지 마. 단호하게 거절해."

"네."

시그리드가 단호하게 대답하자 베라무드는 "좋아." 하고 고개를 끄덕였다.

"좋아, 그럼 자자. 죽겠다."

베라무드가 다시 파티션을 본래대로 돌리며 말했다.

시그리드는 장작을 다시 살피고, 좀 더 보충한 다음에 부츠를 벗었다. 그것만으로도 발이 훨씬 편해져서 살 것 같았다. 이불의 질도 형편없어서 그녀는 로웬그린의 털 망토를 조심스럽게 덮었다.

'남의 털이 따듯하다더니…….'

로웬그린에게 신의 축복이 내리기를 마음속으로 빌며 그녀는 눈을 감았다. 자꾸만 실실 웃음이 새어 나왔다.

내일부터는 마수와의 싸움이 있고, 서부 귀족들은 분명히 까다롭게 굴겠지. 하지만 그런 게 조금도 신경 쓰이지 않았다.

'개쓰레기.'

그 말을 떠올리고 다시 푸흡 하는 웃음을 참으며 시그리드는 잠이 들었다. 아주 편안한 잠이었다.

'왜 마리쉐즈가 만났다가 별로였던 남자들을 욕하는지 알 것 같아.'

속 시원하다.

그런 깨달음을 처음으로 얻으며 말이다.

이튿날 아침 어둠 속에서 시그리드는 반짝 눈을 떴다. 자신이 눈을 떴으니 새벽 네 시에서 다섯 시 그사이쯤이겠거니 싶어서 그녀는 조용히 몸을 일으켰다.

짧게 잤지만 피로감은 싹 가셔 있었다. 시그리드는 불이 꺼진 벽난로 잿더미를 뒤져 불씨를 찾아내 다시 불을 붙였다. 밤새 꺼지지 않게 관리할 정신은 없었던 것이다.

힐끗 돌아보니 베라무드는 미동도 없이 자고 있었다.

'깨울까? 아니 일단 물이 끓으면 깨우자.'

세면기 아래 토기에 들어 있는 물을 주전자에 부어 벽난로 석쇠에 올리고 시그리드는 쭈욱 기지개를 켰다. 느릿하게 기상 스트레칭을 하는데 주전자의 물이 끓으며 달그락 쇳소리가 났다. 그러자 후다닥 베라무드가 침대에서 일어났다. 검을 잡고 멍하니 시그리드를 보다가 베라무드가 "아." 하고 긴장을 풀며 말했다.

"잘 잤어?"

"네, 안녕히 주무셨습니까?"

"응, 뭐."

"안 추우십니까?"

베라무드는 벗은 자신의 상체를 내려다보다가 슬그머니 이불로 가리며 말했다.

"입고 자면 불편해서."

"그러면서 잘도 노숙하셨군요."

"그거랑 이거랑은 다르잖아."

베라무드가 팔을 뻗어 침대 헤드에 걸어 놓은 티셔츠를 걸치고 침대에서 내려왔다. 시그리드가 끓는 주전자를 솜씨 좋게 부지깽이로 들어 올려 바닥에 내려놓았다. 천으로 손잡이를 감아 들어 그녀는 세면대를 채웠다. 베라무드는 밑에 또 하나 있는 토기를 들어 올려 세면대의 물에 섞었다. 번갈아 대강 씻고 나서 옷을 입고 둘은 문밖으로 나섰다. 아래층으로 내려가니 입구의 병사가 경례를 붙여 왔다.

"배고파."

베라무드가 중얼거렸다. 중얼거렸다고 하기에는 큰 소리라 병사가 얼른 말했다.

"기사님들의 식사는 안쪽 식당에 준비되어 있습니다."

"안쪽? 어디?"

병사가 간단히 길을 설명해 주었고 베라무드는 자기 집 앞마당인 양 당당히 식당으로 들어섰다. 모두의 시선이 자신들에게 쏠리자 저도 모르게 시그리드는 허리를 쭉 폈다. 베라무드는 하품을 길게 하며 주변을 둘러보았다. 커티스 자작이 알은 체를 하며 다가왔다.

"잘 잤는가? 일찍 일어났군. 중앙 귀족의 아침은 우리의 점심인 줄 알았는데."

"일분일초가 급한 거 아니었습니까?"

베라무드는 느긋하게 대답하고 식판을 집어 시그리드에게 건넸다. 버터는 없었고, 그나마 있는 잼도 묽었다. 수프는 뭘 우린 건지 짐작이 가지 않았다. 그리고 감자 샐러드와 양배추 절임, 검은 빵.

시그리드는 군말 없이 접시를 비우기 시작했다. 커티스 자작이 슬그머니 둘의 맞은편에 앉았다.

"잠자리는 괜찮았나?"

"장작을 충분히 주셔서 괜찮았습니다."

시그리드가 입 안 가득 빵을 밀어 넣은 베라무드를 대신해 대답했다. 그 말에 커티스 자작이 미소 지었다.

"다행이로군."

"작전 회의는 언제 시작합니까?"

빵을 삼킨 베라무드가 묻자 커티스 자작이 식판을 내려다보며 말했다.

"식사를 끝내면 바로 이동하지."

시그리드는 수프를 마시며 진지하게 '이건 뭘 우린 걸까?' 하고 고민했다. 그래도 이 날씨에 몸을 덥혀 주는 뜨거운 수프는 고마웠다.

두 사람 다 별말 없이 식판을 비웠고 커티스는 그걸 놀랍다는 얼굴로 보았다.

작전실로 이동하며 그가 말했다.

"식사가 입맛에 맞지 않았을 텐데……."

"남이 먹으면 저도 먹을 수 있죠."

베라무드가 여상하게 대답했다.

"다음에는 지원이 제대로 와서 멋진 식사를 대접해 줄 수 있으면 좋겠군."

커티스의 말에 베라무드가 갸웃하더니 물었다.

"서부 상황이 그렇게까지 안 좋습니까?"

"유리 황제 이후로 계속해서 자금 압박이 가해지고 있으니까. 게다가 요 몇 년 작물 상황도 좋지 못했지. 상비군을 먹여 살리는 보급만 해도 얼마나 들어가는 줄 아는가? 우리가 올린 수많은 보고서와 탄원서는 어디로 갔는지 모르겠군. 우리가 그

종이를 차라리 염소에게 먹여서 기르는 게 더 나았겠어."

커티스의 빈정거림에도 베라무드는 꿈쩍하지 않았다.

"그럼 왜 전하와 손을 잡지 않죠?"

그 말에 커티스는 허가 찔린 듯 흠칫했다.

"모두가 반대하는 건 아니―"

"거기까지."

들려온 낮은 목소리에 놀란 커티스의 몸이 퉁 하고 튕겨져 올라갔다. 베라무드와 시그리드는 상대를 돌아보았다.

'우툴루―!'

시그리드는 눈을 휘둥그레 뜨고 그를 보았다. 잿빛 머리를 짧게 깎은 그의 키는 192cm였고 몸무게는 세 자릿수였다. 위아래뿐 아니라 좌우로도 큰 몸집은 서 있는 것만으로도 위협이다. 베라무드 역시 작은 편은 아닌데 우툴루의 옆에 서면 호리호리해 보였다.

"첩자 노릇은 그만두시지."

우툴루가 베라무드를 차가운 눈으로 바라보며 말했다. 베라무드가 그걸 장난스러운 어깻짓으로 넘겨 버렸다.

"첩자라니, 그냥 궁금해서 물어본 것뿐인데. 그나저나 키 큰 거야?"

"……."

우툴루는 대답도 하지 않고 돌아섰다.

"여기서부터는 내가 안내하지."

"자기 할 말만 하는 건 여전하네."

하하 웃으며 베라무드가 말하고는 창백한 얼굴의 커티스 자작에게 손을 흔들어 보이고 우툴루의 뒤를 따랐다. 작전실은 바로 코앞이었다. 우툴루가 문을 열고 들어가니 그 안에는 갑옷을 입은 남자 서너 명이 서 있었다.

"저런."

베라무드가 혀를 찼다. 시그리드는 시선을 따라 돌려 베라무드의 시선이 팔다리에 붕대를 감고 있는 남자를 향해 있다는 것을 알았다. 남자는 일절의 표정 변화 없이 정면만을 직시하고 있었다.

"오러 사용자 전력을 하나 잃으셨네요."

베라무드가 건들거리듯 하는 말에 피엔샤 후작이 지도에서 눈을 떼며 말했다.

"대체품이 왔으니 다행이지."

"무~서워라."

어깨를 과장되게 움츠리며 말한 베라무드가 테이블 가까이로 다가가자 서 있던 남자들이 자리를 내주었다.

"우리가 얼마나 시체를 쌓아야 중앙에서 지원이 오지?"

후작의 말에 베라무드가 눈을 빙글 돌리더니 말했다.

"창턱까지 정도는 쌓아야겠죠?"

"네놈!"

피엔샤 후작 옆의 남자가 분개하며 검 손잡이를 쥐었다. 시그리드는 차렷에서 자세를 취하며 한 발을 앞으로 내밀었다.

"라펠 남작, 그만하게."

피엔샤가 손을 들어 저지하자 그는 분한 듯 이를 악물며 손을 내렸다. 시그리드도 한 발을 다시 원위치로 돌리며 쉬어 자세를 취했다.

베라무드가 빙글빙글 웃으며 말했다.

"그러니까 그 전에 끝내죠. 계획이 있으십니까?"

"이제 한두 시간 뒤에 놈이 나타날 걸세. 우리끼리는 외눈박이라고 부르고 있지."

"눈이 하나인 거인형인가요? 재생 능력의 정도는?"

"다리를 잘랐는데 통째로 재생하더군."

우툴루가 조용히 대답하자 베라무드의 얼굴이 굳었다.

"초고속 재생?"

"아니, 한 시간 정도 걸렸다."

"그나마 다행이네. 크기는?"

"오 미터 정도. 팔은 땅에 끌릴 정도로 길고, 엄니가 나 있지. 눈은 하나. 화살도 검도 통하지 않아. 기름을 끼얹어서 불화살을 붙이는 작전도 실패했다. 오히려 우리 쪽 피해만 더 컸지."

우툴루가 슬쩍 옆의 부상자를 돌아보며 말했다. 그는 그제야 분한 얼굴을 하며 고개를 숙였다.

"면목이 없습니다."

"아니야, 자네가 없었다면 우리 상황은 더 심각해졌을 거야."

피엔샤 후작이 그를 위로했다. 베라무드가 물었다.

"그럼 일정 시간이 되면 물러갔다가 다시 돌아온다는 건가?"

그 말에 우툴루가 손끝으로 지도를 눌렀다.

"먹이를 주고 있지."

"아하. 먹이로 유인해서 멀리 떨어지게 한 다음 배를 채우게 하고, 배고파지면 다시 먹이를 얻으러 오는 거군."

"사람에게 맛 들리는 것보다는 나으니까."

"하지만 사람을 공격하는 것도 금방일걸."

"우리는 멍청이가 아냐."

'그 정도는 우리도 알아.' 하는 말에 베라무드는 그저 고개를 끄덕였다. 그가 물었다.

"그래서, 어떻게 하실 겁니까?"

"오러 사용자 둘이면 뭘 할 수 있을까?"

피엔샤 후작의 말에 베라무드가 손가락을 세 개 펴 보였다.

"셋입니다. 자꾸 앙케르트나 경을 빼먹으시네요."

"중앙에서 허수아비나 때리던 여자 따위 마수를 보면 기절하지나 않았으면 좋겠군. 아, 비명도 지르려나?"

우툴루가 비소와 함께 말했다. 시그리드의 주홍색 눈이 그를 빤히 바라보다가 대꾸 없이 베라무드에게 말했다.

"쇠사슬을 쓰는 게 나을까요?"

"쇠사슬?"

"일격으로 죽이지 않으면 안 되는 상대라는 말이지요. 목을 내리치는 게 확실할 테니, 넘어뜨리기라도 해야겠지요."

"마수가 잡아당기며 날아갈걸?"

오러로 근력을 강화할 수는 있어도 중량을 늘릴 수는 없다.

"우리 쪽이 먼저 잡아당기면요?"

"아, 그것도 어려울 거야. 왜냐면 팔이 바닥에 닿을 만큼 길다고 했잖아. 아마 사족 보행도 가능할걸? 사족짜리를 넘어뜨리려면 다리를 동시에 두 개는 베어야 하는데, 다리야 바닥에 고정되어 있다고 해도 움직이는 팔을 자르는 건 아무래도 어렵지. 힘줄을 자르는 쪽이면 편하겠지만 어차피 재생할 테니까."

"그러니까 한 번에 목을 자를 기술이 필요하다는 거군요."

"그래."

시그리드는 곰곰이 생각에 잠겼다. 잠시 후 그녀가 말했다.

"제가 할 수 있습니다."

"시리가?"

베라무드의 말에 시그리드가 "네." 하고 간결하게 대답했다.

"어떻게?"

질문은 베라무드가 아니라 우툴루에게서 나왔다. 시그리드는 검 손잡이를 만지작거리며 대답을 망설였다. 참격을 날리면 된다.

'하지만—'

이 기술을 알려 줘도 될까? 하는 의문감은 그녀의 안에 여전히 존재했다.

'그렇다고 해도.'

'아군으로 만들 것'이라고 베라무드는 말했다. 이건 부당한 요구도 아니고 희생을 강요하는 것도 아니다. 게다가 말을 꺼낸 건 자기 자신.

"오리를 날리면 됩니다."

시그리드의 말에 모두가 어리둥절한 표정을 지었다. 베라무드가 물었다.

"하지만 신체 접촉이 사라지면, 오러도 사라지잖아?"

"그게 보통입니다만, 전 유지할 수 있습니다. 시범을 보여도 될까요?"

시연은 더욱 빨리 기술을 카피할 수 있게 해 주는 것이지만 다른 방법도 없었다. 사람들은 잠시 웅성거렸지만 곧 그녀의 요구를 들어주었다.

십여 미터의 거리를 두고 통나무를 세운 후 시그리드는 검 손잡이를 잡았다. 시그리드는 오러를 압축하기 시작했다. 검이 웅웅웅 몸을 떨었다.

'너무 많이 넣으면 안 돼.'

적당히 압축되었다 싶을 때에 시그리드는 발검했다. 검을 뽑는 소리 외에 피잉— 하는 날카로운 소리가 연무장에 울려 퍼졌다. 모두가 긴장해서 통나무를 바라보았지만 나무에는 아무런 이상도 나타나지 않았다.

그러자 곧 웃음이 터져 나왔다. 노골적으로 비웃는 웃음이었다.

"중앙의 기사들은 발검으로 팔운동을 하나 보지?"

"여자 눈에만 보이는 오러인가?"

"아냐, 겨울이라 나무가 너무 단단했을지도 몰라. 봄바람 같은 오러였던 거지."

왁자한 소리를 들으며 시그리드는 통나무로 다가가 발로 차

나무를 넘어트렸다.

퉁—

바닥에 쓰러진 나무가 그제야 사선으로 나눠졌다. 순식간에 웃음소리가 싹 들어갔다. 시그리드가 검을 검집에 꽂아 넣으며 돌아섰다.

"이런 겁니다."

"어떻게 한 거야?!"

침묵을 깬 건 베라무드였다. 시그리드가 집게손가락을 입가로 가져가며 말했다.

"비밀입니다."

"그건— 그야 그렇지만."

"파괴력 정도는? 사정 범위는? 통나무 하나 자른 걸로 마수의 목을 자를 수 있다는 교만함을 버리는 게 어떤지?"

우툴루가 퉁명하게 말해 왔다. 시그리드가 손가락으로 툭툭 검대를 두들기며 말했다.

"이건 제 오러 양의 십분의 일도 쓰지 않은 겁니다. 전부 다 쓴다면 가능할 겁니다. 물론 목 위도 재생한다고 하면 답이 없지만……."

"불사는 아닐걸. 그러면 1급이 아니라 재앙으로 쳐야지."

베라무드가 대답하며 생각에 잠겼다. 그가 허벅지를 탁 치며 말했다.

"말하고 있어 봐야 소용없으니 실물을 보러 가자."

"네."

시그리드는 재빠르게 그의 뒤에 붙어 섰다. 베라무드가 피엔샤 후작을 바라보며 말했다.

"안내 부탁드립니다."

다른 하급자를 시키려나 했는데 의외로 피엔샤 후작은 망설이지 않고 앞장서서 걷기 시작했다. 그 뒤를 허둥지둥 우르르 사람들이 따라붙었다. 피엔샤 후작의 바로 뒤에서 베라무드가 말했다.

"병사 백 명이 아니라 삼백 명으로 늘려야겠네요."

피엔샤 후작이 서늘한 눈초리를 그에게 주자 베라무드가 히죽 웃었다.

"저희 둘 말입니다."

피엔샤 후작은 콧방귀를 뀌었다. 성벽 안쪽의 계단을 따라 맨 위로 올라가니 바람이 더 강하게 휘몰아쳤다. 시그리드는 털 망토 앞을 여미며 멀리 시선을 던졌다.

"저거군요."

"크네."

회백색의 거대한 물체가 걸어오고 있었다. 하나뿐인 누런색 눈은 징그러울 정도로 큰 데다 이리저리 희번덕거리며 바라보고 있었고, 녹색 침이 입에서 질질 흘러나왔다. 엄니 때문에 입이 다 다물어지지 않는 듯했다. 한 걸음씩 옮길 때마다 쿵쿵하는 무거운 소리가 났다.

베라무드가 손날로 이리저리 외눈박이를 가르는 시늉을 하다가 신음을 흘렸다.

"제대로 목을 자르기에는 각도가 좀 안 나오는데."

최대한 가까이 붙어서 날려야 위력이 충분히 나올 텐데, 붙으면 머리가 너무 높은 곳에 있어서 베기가 어려워 보였다.

"위에서 베면요."

시그리드가 손날을 외눈박이의 머리 위에서 사선으로 내리그으며 말했다.

"위에서 어떻게?"

시그리드의 눈이 빙 돌아 한쪽 팔을 다친 기사에게 닿았다.

"절 던져 주실 수는 있겠죠."

팔이 다친 기사—매튜는 불안한 눈으로 옆에 서서 고글을 쓰는 시그리드를 바라보았다.

"진짜로 괜찮은 겁니까?"

"다른 방법이 없으니까요. 제대로 잘 던져 주십시오. 투창 정도는 던지실 테죠."

"그건 손에 잡고 던지는 거고……."

매튜는 말을 잇지 못했다. 시그리드는 어깨를 가볍게 돌리며 가볍게 깡충깡충 뛰었다. 몸이 식지 않게 하려는 것이었다. 그녀의 시선은 외눈박이에게 고정되어 있었다.

정확히 말하자면 외눈박이와 두 사람.

우툴루의 대검이 녹색 빛에 휩싸였다. 베라무드가 옆에서 목을 돌리며 말했다.

"벌써 오러 꺼내?"

"공격 시에 최상의 상황으로 있는 게 기사의 미덕이지."

"아니지, 승리하는 게 기사의 미덕이지."

베라무드는 그렇게 중얼거리고 점점 가까워지는 외눈박이를 보았다.

"진짜 크네."

그가 질렸다는 어투로 말하자 우툴루가 "무서우면 도망쳐도 좋다." 하고 선심 쓰듯 말했다. 베라무드가 픽 웃었다.

"왜 그렇게 까칠하게 굴어. 며칠 굶은 사람처럼."

"뭐?"

"등 맞대고 싸울 건데 얄팍하게 굴지 맙시다, 좀."

말하고 베라무드는 크게 숨을 들이마셨다. 스르륵 검은색 오 러가 검날을 타고 내려갔다.

"꾸워어어—!"

두 사람을 발견한 외눈박이가 소리를 질렀다. 풍기는 악취에 베라무드는 눈을 찡그렸다가 외쳤다.

"지금!"

그리고 둘은 동시에 양쪽으로 갈라졌다.

쿵—!

둘이 있던 자리를 외눈박이가 손으로 내리쳤다.

'도구를 안 쓰는 놈이라 다행이야.'

베라무드는 그렇게 생각하며 마수의 공격을 피하고 안으로 파고들었다. 자신을 붙잡으려는 손가락을 통째로 베어 넘기자 마수는 비명을 질렀다. 잘린 손가락 조직이 꿈틀거리더니 천천히 손가락 모양으로 다시 돋아나기 시작했다.

'직접 보니 생각 이상으로 징그러운데.'

"비켜!"

"엇? 야!"

베라무드는 우툴루의 검을 피하며 소리 질렀다. 괴물의 손가락이 다 재생되기 전 우툴루가 마수의 손목을 날렸다. 손목이라 해도 상당한 굵기인데 대검이라 가능한 퍼포먼스였다.

"꾸오오—!"

잘린 손목에서 갈색 피가 쏟아져 나왔다. 분노한 외눈박이가 다른 한 손으로 그들을 잡으려고 했으나 둘은 다람쥐처럼 그것을 피했다. 바싹 다리에 붙은 베라무드가 검으로 마수의 다리를 그었다.

"쯧—"

역시 굵기가 있는 만큼 통째로 잘리지는 않았다. 둘이 계속 번갈아 외눈박이를 공격해 가면서 한 자리에 묶어 두는 동안 시그리드는 도움닫기 준비를 했다.

매튜는 긴장한 얼굴로 오러를 전신에 가득 흘러 넣었다. 그가 한쪽 손을 앞으로 내밀자 시그리드는 도움닫기를 시작했다.

'하나, 둘, 셋, 넷, 다섯!'

다섯 걸음 뛰어서 매튜의 손바닥을 밟고 그녀가 뛰어오름과 동시에 매튜 역시 있는 힘껏 시그리드를 공중으로 밀어 올렸다.

마치 투창처럼 시그리드는 허공으로 쏘아 올려졌다. 내장이 울렁거리는 기묘한 감각에 그녀는 눈을 찌푸렸다. 그리고 잠시 허공에서의 멈춤과 약간의 비행감, 곧 몸이 쏜살같이 아래로 떨어지기 시작했다. 시그리드는 전신의 근육으로 허공에서 균형을 잡았다.

압축, 압축, 압축, 압축—

오러 코어가 텅 빌 때까지 시그리드는 끊임없이 검에 오러를 밀어 넣었다. 검 안에서 오러의 밀도가 높아지고 차곡차곡 쌓이면서 검이 미친 듯이 울기 시작했다.

"착하다."

마치 아이를 달래듯 시그리드는 중얼거리며 목표를 보았다. 엄청난 속도로 땅이 가까워져 오고 있었다.

기회는 단 한 번.

"하앗—!"

답지 않게 기합을 지르며 시그리드를 검격을 날렸다. 높은 농도로 압축된 오러는 눈에 보일 정도로 선명한 주홍빛을 띠우고 있었다.

주홍빛 초승달은 외눈박이의 머리를 가르고 땅으로 흡수되듯이 소리 없이 사라졌다.

"으아아압!"

우툴루가 동시에 소리를 지르며 검을 깊게 외눈박이에게 꽂아 넣었다. 고통에 찬 외눈박이가 고개를 돌리자 거짓말처럼 목이 천천히 굴러떨어졌다. 외눈박이 그 자신도 영문을 알 수 없는 얼굴이었다. 마수에게 표정이라는 것이 있다면 말이다.

우툴루가 최후의 일격을 가한 그때, 시그리드의 자세가 무너진 걸 본 베라무드는 검을 던지고 필사적으로 달려 팔을 뻗었다.

푹 하고 시그리드는 베라무드의 품 안으로 떨어졌다. 오러를 몽땅 써서 창백해진 얼굴로 시그리드가 말했다.

"성공했네요."

"땅에 착지할 정도의 오러는 남겨!"

베라무드가 으르렁거리며 소리쳤다.

"죽게 내버려 두지 않으실 줄 알았습니다."

꽤 뻔뻔한 얼굴로 하는 말에 베라무드는 기가 찼다. 하지만 그녀를 내팽개치지는 않고 한 번 추어올리며 투덜거렸다.

"정말이지, 그 성격 좀 고쳐. 너 그러다가 이상한 데서 이상하게 죽기 딱 좋다."

시그리드는 그 말에 그를 한 번 꽉 안아 준 다음 말했다.

"걱정 마십시오."

이어 내려 달라고 종용했고 베라무드는 머뭇거리며 망설이다가 한숨과 함께 그녀를 내려 주었다.

시그리드는 총총 달려가서 떨어트린 자신의 검을 주워 얼른 살폈다. 베라무드가 달려오는 것을 보고 손에 든 검을 멀리 던져 버렸던 것이다. 검을 든 채로 그와 엉키면 무슨 사태가 발생할지 모른다.

천천히 손끝으로 검을 쓸며 날이 하나도 상하지 않은 것을 확인하고 시그리드는 만족스럽게 검집에 도로 검을 넣었다. 베라무드도 집어 던진 자신의 검을 주웠다. 그가 어슬렁 우툴루에게 걸어가며 물었다.

"재생 조짐은?"

"아직."

"좀 더 지켜봐야겠지?"

"한 시간쯤."

"여기서 한 시간 이러고 있으면 얼어 죽겠네."

투덜거리는데 저쪽에서 매튜가 절뚝이며 달려왔다. 그가 팔을 휘두르며 소리 질렀다.

"굉장합니다! 끝냈어요! 끝냈다고요!"

헐떡이며 달려온 그가 시그리드의 손을 잡았다.

"굉장합니다, 앙케르트나 경. 그런 건 처음 봤습니다."

"별거 아닌 재주입니다."

"아니죠, 그게 있으면 원거리 공격도 가능하다는 건데, 얼마나 큰 기술입니까! 놀라울 따름입니다!"

흥분으로 얼굴이 달아오른 매튜는 연신 칭찬을 늘어놓았다. 이렇게 밝은 사람이었나 싶어 시그리드는 놀랐다. 하지만 그것도 잠시, 곧 몰려온 병사들과 기사들의 환호성에 비하면 아무것도 아니었다.

시그리드는 처음으로 헹가래라는 것을 경험했다. 베라무드와 우툴루는 한눈에도 무거워 보여서 쉽게 그들을 들어 올릴 수는 없지만 시그리드는 다르다.

몇 번 그녀를 던졌다 받았다 하며 그들은 만세를 부르고 그녀의 어깨를 두들겼다.

절대로 죽일 수 없었던 괴물을 죽였다는 기쁨의 물결에 시그리드는 얼떨떨해하며 이리저리 끌려다녔다.

간신히 정신이 든 것은 연회장 상석에 앉은 뒤였다.

연회장이라고 해 봐야 식당이지만 아침과는 분위기가 확연히 달랐다. 내온 음식들도 나름대로 신경을 쓴 것이었고 무엇보다도 술통이 나와 있는 것이 달랐다. 노래한다 하는 병사들이 각기 연주하며 노래를 해 댔고 몇몇이 술에 취해 노래를 따라 불렀다.

상석—이라고 해 봐야 높은 단인 것도 아니고 그냥 긴 테이블 하나를 통째로 떼어 준 것이지만—에는 싸구려 술이 아닌 잘 빚은 사과주가 나왔다.

"왜 이렇게 좋아하는 걸까요?"

시그리드가 자신의 주석 잔 안에 가득 찬 사과술을 바라보다가 옆자리의 베라무드에게 물었다. 베라무드는 식탁에 팔꿈치를 괴는 방만한 자세를 취하고 있다가 "어?" 하고 시그리드를 돌아보았다.

"이런 치하도, 환호도 할 필요 없지요. 저희는 그 일을 하기 위해서 왔고 그걸 완료한 것뿐인걸요."

그 말에 베라무드가 씩 웃으며 말했다.

"할 일을 했을 뿐인데 환호 받는 거 최고지?"

그 말에 시그리드는 눈을 깜박였다. 그런 식으로 생각해 본 적은 한 번도 없었다. 베라무드가 자신의 잔을 들어 시그리드는 얼른 가볍게 잔을 부딪쳤다. 예전의 경험에 따라 그녀는 술을 아주 조금씩 천천히 마시는 중이었다. 더 이상 숙취는 사양이다.

베라무드가 제 몫의 사과주를 비우고 술병에 손을 댔다. 달콤하고 부드러운 게 사서 돌아가고 싶을 정도였다. 잔을 채우며 그가 물었다.

"아니면 싫어?"

"싫……지 않습니다……."

시그리드는 연회장을 바라보았다. 노래하고 떠드는 사람들, 흥분한 기사 중 여럿이 인사를 청하고 교류를 요청했던 것—

"좋았어요."

시그리드가 양손으로 잔을 꼭 붙잡으며 말하자 베라무드가 다시 웃었다.

"네가 만들어 낸 거야."

그가 그녀의 허리를 탁 치며 말했다. 반사적으로 허리를 펴며 시그리드는 눈을 동그랗게 떴다.

'내가 만들어 낸 것. 내가 한 일이 사람들에게 미치는 영향…….'

그런 걸 생각해 본 적은 없었다.

'멋지다.'

저도 모르게 그녀는 그렇게 생각했다.

훌륭한 기사는 주군의 명령을 잘 듣는 사람이 아닌 걸까? 이렇게 웃는 얼굴을 만들어 내는 사람이…….

상념에 잠겨 있는데 눈앞에 그림자가 졌다. 시그리드는 자리에서 일어났다.

"미하스 경."

"우툴루 정도로 괜찮소."

음?

갑자기 하오체로 바뀐 어투에 시그리드는 마주 대답했다.

"저도 시그리드 정도로 괜찮습니다."

베라무드가 옆에서 육포를 질겅질겅 씹으며 그 광경을 바라보는데 우툴루가 말했다.

"그대에게 부탁하고 싶은 것이 있소."

"뭡니까?"

기술이라도 가르쳐 달라는 건가 싶어서 시그리드는 긴장했다. 우툴루가 정중하게 말했다.

"내 아이를 낳아 주지 않겠소?"

베라무드는 풋 하고 마시던 술을 뿜었고 주변이 조용해졌다.

"거절합니다."

시그리드가 단호하게 말해 베라무드는 소매로 입가를 닦으며 안도했다. 우툴루가 물었다.

"내가 내내 무례하게 굴었던 것 때문이라면 사과하오. 물론 그냥 낳아 달라는 건 아니오. 원하는 게 있다면 들어주겠소. 서부에서는 강한 자만이 살아남고, 후사는 중요하오. 당신과 나의 아이라면 분명히 튼튼할 거라고 생각하오만."

주변의 병사들은 눈을 굴렸다.

프러포즈라고 하기에는 지나치게 무드가 없으며, 모욕하는 발언이라고 하기에는 진지하다.

—누가 우리 마스터에게 연애는 가르쳐 주지 않았던가?

—아니, 저게 연애를 원하기는 하는 건가?

서로 옆구리를 쿡쿡 찔러 가며 그렇게 수군거리는데 시그리드가 다시 거절했다.

"경께서 어떤 조건을 가지고 오시더라도 안 됩니다. 전 아이를 낳을 생각이 없습니다."

그 말에 우툴루는 놀란 듯 눈썹을 꿈틀했다.

"생각이 없다?"

"임신과 출산은 여성의 몸에 너무 많은 영향을 끼칩니다. 대부분은 악영향이고요. 전 기사로 죽고 싶기 때문에 몸의 컨디션을 떨어트리는 행위는 하지 않을 작정입니다."

"그렇군."

우툴루는 턱을 어루만지다가 한숨을 내쉬었다.

"그렇다면 어쩔 수 없지. 실례했소. 갑작스러운 무례를 용서하시오."

"아닙니다."

"하지만 혹시 마음이 바뀌어 아이를 낳고 싶어진다면, 내가 있다는 걸 잊지 말아 주시오."

시그리드는 고개를 기울였다가 다시 똑바로 하며 답했다.

"그러죠."

우툴루는 묵례를 하고 다시 자기 자리로 돌아갔고 시그리드가 자리에 앉으며 말했다.

"서부 사람들은 독특하네요."

"아니 쟤가 미친 거지."

베라무드가 으르렁거리며 말했다. 시그리드가 고개를 끄덕였다.

"그렇군요."

잠시 생각하다가 그녀는 픽 웃었다. 그 미소가 신경 쓰여 베라무드는 컵을 만지작거리다가 물었다.

"왜 웃어?"

"네?"

"저 자식이 마음에 들어?"

고갯짓으로 우툴루를 가리키며 하는 말에 시그리드는 시선을 그에게로 주었다가 다시 베라무드에게 돌렸다.

"로맨스 소설이 생각나서 그랬습니다."

"로맨스 소설?"

"네. 그리고 마리쉐즈가 이 일에 대해서 들으면 뭐라고 할까, 하고 생각하니 웃음이 나왔고요."

"아~ 그래서."

베라무드는 자그맣게 웃고 술잔을 비웠다.

연회는 늦게까지 이어졌고, 사람들이 하나둘 쓰러지자 실내는 조용해졌다.

"우리도 일어날까?"

베라무드가 자리에서 일어나며 하는 말에 시그리드는 군말 없이 따라 일어났다. 둘은 연회장 문을 나서자마자 저도 모르게 어깨를 움츠렸다. 연회장을 나서면 바로 바깥과 연결된 회랑이었던 것이다.

두다인 지방은 서북쪽이라서 그런지 수도보다 더 추운 것 같았다.

"바람이 굉장하네."

베라무드가 중얼거리자 시그리드는 고개를 끄덕였다. 찬바람에 얼굴이 따끔거렸다.

"얼른 들어가지요."

"그 전에 잠시 이야기를 할 수 있을까?"

뒤에서 들려온 목소리에 두 사람은 뒤를 돌아보았다. 피엔샤 후작이 서 있었다. 베라무드가 웃으며 말했다.

"설마 이 추위에 기다렸다고는 하지 마십시오."

"자네들 나오는 걸 보고 나왔지."

"현명하신 판단입니다."

베라무드가 고개를 끄덕였다. 피엔샤 후작이 그를 물끄러미 보다가 말했다.

"잠시 걷지."

"좋습니다."

베라무드는 고개를 끄덕이며 얼른 피엔샤 후작의 뒤에 따라 붙었다. 시그리드가 그 뒤를 따르자 피엔샤 후작이 멈춰 섰다. 그가 그녀를 돌아보며 말했다.

"처음 봤을 때의 무례를 용서해 주시오, 경."

'아가씨'가 아니라 '경'이라고 제대로 호칭해 주는 것이 기뻐 시그리드는 살짝 미소 지으며 말했다.

"아닙니다, 각하."

"아니지, 내가 무례하게 굴었던 건 사실이오. 그대는 훌륭한 기사지. 나이가 들면 자꾸 시각이 좁아지기만 한다오."

시그리드는 뭐라고 대꾸할 말을 찾지 못하고 그저 고개를 숙였다. 피엔샤 후작이 이어 말했다.

"하지만 여기서부터는 둘이서 이야기하고 싶네."

그 말에 시그리드가 고개를 들어 베라무드를 보자 그가 살짝 고개를 끄덕였다. 시그리드는 충실하게 뒤로 물러섰다.

"그럼 기다리겠습니다."

"방에 먼저 가 있어."

베라무드의 말에 시그리드가 고개를 저었다.

"기다리겠습니다."

다시 하는 말에 베라무드는 멈칫했다가 픽 웃고 고개를 끄덕였다. 그는 광택 나는 암녹색의 망토를 펄럭이며 피엔샤 후작의 뒤를 따라서 회랑을 지나 성벽 쪽으로 걷기 시작했다. 무장은 전부 갖추고 있는 상황이니 큰 불안감은 없지만…….

'술을 너무 마신 게 아닐까.'

그런 걱정에 시그리드는 물끄러미 벽을 바라보았다. 돌로 된 벽에서는 한기가 뿜어져 나왔다. 시그리드는 손을 뻗어 돌벽을 만졌다. 방한용 두꺼운 가죽 장갑을 통해서도 차가움이 느껴질 정도였다. 벽난로와 화로가 있던 연회장과 아무것도 없는 바깥인 회랑은 추위의 차원이 달랐다. 돌을 손끝으로 어루만지며 그녀는 천천히 회랑을 걸었다.

'본래대로라면 계속해서 피해가 나야 했어.'

그녀의 기억으로는 '자원병' 같은 건 뽑지 않았다. 뽑았다면, 자신도 분명히 손을 들었겠지. '마수가 나타났지만, 길이 막혀서 지원이 늦어지고 있다.' 정도의 이야기만이 그녀의 귀에 흘러들어 왔다.

애초에 제2기사단은 정보의 중심지도 아니고 변두리니 말이다. 그리고 중앙에서 지원을 서부에 내려보냈을 때는 이미 상당히 피해가 난 후였다. 수도 사람들이 소문으로 시체가 산을 이뤘다든가, 성벽이 무너졌다 하는 이야기를 수군거릴 정도였으니까.

우툴루 역시 중상을 입었다고 들었다.

'그럼 이번에는 왜 자원병을 모집한 거지? 왜 베라무드를 보낸 걸까? 뭐가 달라졌지?'

황태자 전하는 왜 그런 의견을 제시했을까.

'내가 1근위대에 들어온 거랑…… 황태자비 전하가 살아 계신 것……?'

전하의 주변에 달라진 것은 이 두 가지일 뿐이다.

'설마 내가 1근위대에 들어갔다고 해서 그런 선택을 하신 건 아닐 테고, 비전하가 살아 계신 것과 서부 연합을 지원하는 건 무슨 관련이…….'

아―!

우뚝 시그리드는 멈춰 섰다.

'비전하가 습격당한 그 사건을 서부에서 그랬다고 생각하신 거라면, 전하도 분명히 서부를 좋게 보지는 못하셨을 거야. 그러니 서부에 지원을 보낼 마음도 없었을 거고, 서부에서는 지원을 보내지 않으니 피해가 가속화되면서 중앙을 향한 불만이 팽배했겠지, 그리고 결국에는—'

서부 귀족 연합 반란

하— 하고 그녀는 길게 숨을 내뿜었다. 새하얀 입김이 퍼졌다가 사라졌다. 탁탁 발을 구르며 시그리드는 멍하니 허공을 보았다.

'그러면 반란이 이제 일어나지 않는 건가?'

그렇다면 완전히 일의 흐름이 달라져 버리게 된다. 전율이 몸을 쓸고 지나갔다. 그녀는 비전하의 목숨을 구했을 뿐이다. 그것도 베라무드에게 빚을 갚기 위해서.

'그런데 모든 게 달라졌어.'

모든 것이.

시그리드는 자신의 양손을 내려다보았다.

'그렇게 바뀌지 않았다고 생각했는데.'

훨씬 많이 변한 건가.

나 혼자 바뀐 것이 아니라, 나로 인해서 주변이 변한다는 건 새롭게 느껴지는 사실이었다. 시그리드가 '나 좀 대단한 건가?' 하며 자신의 손을 쥐었다 폈다 하는데 옆에서 인기척이 느껴졌다. 돌아보니 우툴루였다.

"우툴루."

"추운데 왜 들어가지 않고?"

시그리드는 잠시 사람 둘의 실루엣이 보이는 성벽을 바라보았다가 다시 시선을 그에게로 돌렸다.

"기다리는 중."

'생각해 보니 상대가 존대를 안 해 주는데 내가 해 줄 필요가?' 시그리드는 문득 그런 생각이 들었다. 게다가 계급적으로 별 차이도 없었다. 서부에 잘 보여야 한다니 존대를 했지만, 이제는 그럴 필요도 없어 보였다.

우툴루는 그녀의 말에 멈칫했다가 말했다.

"화로를 가지고 오라고 하지."

"그래 주면 고맙지."

우툴루가 근처의 병사를 손짓해 불러 화로를 가져오게 했다. 잠시 후 두 명의 병사가 조명 겸용으로 쓰는 커다란 화로를 가져왔다. 시그리드는 불가에 서서 손을 뻗었다. 주홍색 불꽃이 겨울바람에 이리저리 흔들렸다.

우툴루는 지그시 시그리드의 얼굴을 바라보았다.

중앙은 결코 달갑지 않은 곳이다. 그곳에서 왔다는 사람도 당연히 달갑지 않다. 처음에 베라무드가 그녀를 데리고 온 걸 봤을 때는 기가 찼다.

베라무드에 대한 소문이야 서부에도 자자했다.

자신, 베라무드, 카서스.

셋을 두고서 끊임없이 말로 승패를 결정하고 순위를 정하는 것에는 이골이 나 있었다. 물론 서부 사람들은 자신이 최고일 거라고 말한다.

자신에 비하면 베라무드는 중앙에서 실전 경험 없이 약해 빠진 데다 반반한 얼굴로 여자나 후리고 다니는 놈팡이고, 카서스는 이러쿵저러쿵 풍문은 많이 돌지만 결국 어디에 자리 잡지도 못한 계집애 같은 방랑 기사.

그런 말에 휘둘리지 않고 있다고 생각했는데, 그렇지도 않았나 보다.

합을 맞춰 본 베라무드는 승패를 쉽게 점칠 수 없을 만큼 강했고, 여자인 시그리드는 자신이 듣도 보도 못한 기술을 가지고 있었다.

서부 촌놈이 된 기분이었다.

"아까 내 갑작스러운 말에 놀랐다면 사과하지."

그는 답지 않게 똑같은 사안에 대해 두 번째로 사과를 했다. 그 말에 시그리드가 고개를 들고 고개를 저었다.

"아니. 하지만 서부에서는 그런 식으로 청혼을 해?"

"청혼? 아니, 그, 나는 그냥—"

우툴루가 갑자기 버벅거려서 시그리드는 더욱 이상한 기분이 되었다.

"그러면 정말로 아이만 낳아 달라는 말이었단 말이야?"

"중앙 여자들은 서부에 머물고 싶지 않아 하니까."

우툴루가 자기변명처럼 재빠르게 말했다. 시그리드가 불가에서 손을 내리며 말했다.

"그렇다면 괜찮지 않아. 난 아이를 낳는 도구가 아닐뿐더러, 아이를 낳아 두고 내팽개치는 사람도 아냐. 금전적인 이득으로 아이를 팔아넘길 생각도 없고."

시그리드의 표정이 딱딱해졌다. 그녀의 말이 옳아 우툴루는 변명할 말이 없어졌다. 더 솔직히 이야기하자면 아이를 낳아 달라는 것도 충동적인 발언이었다. 도대체 왜 그런 말이 툭 튀어나왔는지도 이제 와서 생각하자니 모르겠다.

술을 너무 마셨던 걸까?

"사과하겠네. 절대로 그대를 폄하하려는 것은 아니었어. 내 발언은 전부 취소하도록 하지. 용서해 주시오."

우툴루가 깊게 고개를 숙였다. 시그리드는 잠시 생각하다가 고개를 끄덕였다.

"알겠어."

"말로만 사과하는 건 서부 사람의 사과가 아니오. 뭔가 원하는 것이 있소?"

우툴루의 말에 시그리드는 눈을 깜빡이다가 씩 웃었다.

피엔샤 후작은 어두운 성벽 너머를 바라보았다. 베라무드는 숨을 길게 토해 냈다. 어둠 속에서 하얀 숨이 바람에 날려 등 너머로 사라졌다.

"성벽 위로 올라오니 더 추운걸요."

"이 너머는 야만족의 땅이지."

"마수도 많고 말입니다."

베라무드는 묵직한 후작의 말을 여상하게 받아쳤다. 피엔샤 후작이 픽 웃으며 돌아섰다. 사십 대 중반인 후작의 머리카락은 희끗희끗했지만, 한 올도 흐트러지지 않았고 수염도 완벽하게 손질되어 있었다.

"자네의 그런 경박한 점은 질색일세."

"그런 점만 보신다면 절 잘못 보신 건데요."

빙글빙글 웃으며 베라무드가 이어 말하자 피엔샤 후작이 미간을 모으며 말했다.

"그러니까 지금 같은 그런 점이. 중요한 순간이니 긴장한 상태로 내 말을 들어야 하지 않겠나?"

"훈련소 신병처럼 말이지요."

웃으며 그렇게 말하고 베라무드는 쉬어 자세를 취했다.

"그럼 말씀하시지요, 각하."

베라무드의 얼굴에서 웃음기가 싹 사라졌다. 피엔샤 후작이 지팡이로 툭툭 바닥을 내리치며 말했다.

"전하께서는 여전하신가?"

"예."

"비전하께서도 안녕하시고?"

"물론입니다."

대답하는 그의 얼굴에서는 일체의 표정을 찾아볼 수가 없었다. 피엔샤 후작은 정말로 베라무드의 눈 색이 기묘하다고 생각했다. 동물도 아니고 인간이 저런 눈 색일 수가 있는가?

"자네 형님도 내가 알지."

"공작 전하도 무탈하십니다."

"그거 다행이로군. 태자 전하의 안부를 들어서 좋군. 저번에 그런 일이 있은 후로 두 분 내외께 무슨 일이 있으면 어쩌나 했었거든."

"저희도 후작 각하의 안위를 걱정했습니다."

"의심한 게 아니고?"

직설적으로 던져 오는 말에도 베라무드는 속눈썹 하나 까닥하지 않았다.

"각하께서도 마찬가지 아니십니까?"

"그럼 역시 제3자인가……."

피엔샤 후작은 흘리듯이 말하고 생각에 잠겼다. 잠시 후 후작이 입을 열었다.

"우리는 반쯤 야만인들이지. 중앙에서 내려온 귀족들의 피만으로는 이곳에서 살아갈 수 없으니, 성 벽의 야만인들과 혼인 정책도 하며, 싸우기도 하며, 우리는 우리의 성을 만들었네. 중앙으로서는 그게 못마땅할 수도 있겠지. 우리도 허약해 빠진 귀족들 따위는 질색이지만."

탁—!

후작이 지팡이로 강하게 바닥을 내리쳤다.

"그런 생각은 서부를 싸잡아 예의도 모르는 야만인이라고 생각하는 놈들과 똑같아지는 거겠지."

베라무드는 고개를 살짝 숙였다. 서부가 사교계 사이에서 어떤 위치인지는 그 역시도 잘 알고 있었다.

"게다가 우리도 슬슬 중앙으로 진출할 때가 되었어. 무력보다 정치로 더 많은 사람을 죽일 수 있으니."

"살릴 수도 있지요."

베라무드의 한마디에 피엔샤 후작은 히죽 웃었다.

"전하와 만나 보도록 하지."

"관대하신 판단 감사드립니다, 각하."

뒤꿈치를 착 붙이며 베라무드가 가슴에 오른손을 대고 허리를 숙였다. 피엔샤 후작은 콧방귀를 뀌고 시선을 돌리다가 눈을 가늘게 떴다.

"뭘 하는 거지?"

베라무드가 돌아서서 성 안마당을 내려다보았다. 병사들이 화로 여러 개를 빙 둘러서 두고, 횃불도 손에 들고 있었다. 안마당이 환해져서 베라무드는 뭘 하는지 금방 알 수 있었다.

"제 부하가 싸우려나 봅니다."

'저런.' 하고 베라무드는 느긋하게 성벽에 기댔다. 피엔샤 후작은 기가 차서 말했다.

"우툴루와?"

"시리가 호승심이 좀 강해서 말이죠."

"대련 중의 부상은 책임져 주지 않는다만."

"그건 저희도 마찬가집니다."

씩 웃으며 베라무드가 말했다. 피엔샤 후작이 한숨을 내쉬고 말했다.

"저건 앙케르트나 경에게 너무 불쌍하지 않은가?"

멀리서 봐도 두 사람의 덩치 차이는 확연했다. 우툴루가 대검을 휘두르면 시그리드는 그걸 막다가 멀리 날아갈 것 같았다.

"그렇지는 않을걸요."

나에게도 죽자구나 하고 달려드는 애인데.

게다가 높은 실력을 갖춘 상대와의 싸움은 분명 좋아할 것이다. 불빛에 어른어른하는 얼굴이 좋아하는 마음을 감추지 못하고 웃음으로 꽉 차 있을 것이 선했다.

곧 두 사람이 마주 인사를 했다. 빙글빙글 돌며 검을 몇 번 부딪치는데 아무래도 리치(reach)가 부족한 시그리드 쪽이 훨씬 더 불리해 보였다.

피엔샤 후작은 불편해졌다.

중앙에서 내려온, 그것도 방금 마수를 퇴치해서 영웅이 된 기사를 우툴루가 일방적으로 누르는 일은 보고 싶지 않았다. 이겨도 불편하고 져도 불편하다.

"지금이라도 멈추게 하는 게 어떤가?"

베라무드가 턱을 괸 자세로 말했다.

"아뇨, 아직입니다."

시선을 아래쪽으로 고정하고 중얼거리듯 하는 말에 피엔샤 후작은 더 이상 말을 않기로 했다. 다음 순간 후작은 저도 모르게 상체를 획 앞으로 내밀었다.

"저, 저—!"

병사들 역시 탄성인지 뭔지 모를 소리를 짤막하게 내질렀다.

시그리드가 단숨에 리치를 줄여 안쪽으로 뛰어든 것이다.

"!"

놀란 건 우툴루도 마찬가지였다.

대검에 그녀가 동강 나는 장면을 보겠다 싶었는데, 움직임이 멈췄다. 베라무드는 멍하니 대련 장면을 보다가 버럭 소리 질렀다.

"내가 그런 거 하지 말랬지!"

멀리 성벽 위에서 들리는 소리에 시그리드는 슬그머니 우툴루의 검날을 잡은 손을 놓았다. 놀랍게도 그녀는 우툴루가 옆구리 쪽으로 휘두르는 검을 손으로 막아 내고, 자신의 검날을 그의 목에 가져다 댄 것이다.

우툴루는 자신의 검과 검을 쥔 손을 바라보았다.

'지금? 분명히……?'

자신의 오러가 움직였다. 자신이 원하지도 않았는데. 꼭 시그리드에게 흡수되기라도 한 양…….

시그리드가 검을 내리고 물러섰다.

"좋은 대련 감사드립니다."

"방금—"

우툴루는 사실을 확인하고 싶었다. 시그리드를 붙잡고서 '내 오러를 조종한 게 맞냐'고 몰아붙이며 털털 사실을 털어놓게 하고 싶은 마음이 치밀어 올랐다.

하지만 검술은 어디까지나 비밀스러운 것이다.

우툴루는 호기심을 억누르며 마주 인사했다.

"좋은 대련이었습니다."

"시그리드 앙케르트나!"

뒤에서 다시금 버럭 베라무드가 소리를 질러 시그리드는 흠칫하며 뒤를 돌아보았다. 완전 굳은 얼굴을 한 베라무드가 성큼성큼 걸어오고 있었다. 피엔샤 후작은 느긋하게 그 뒤를 따랐다.

"너, 진짜—!"

베라무드는 어디부터 말을 해야 할지 모르겠다고 생각했다.

화가 난다.

화가 나는데 그렇다고 해서 이 모든 사람들 앞에서 시그리드를 무조건 매도할 수도 없다. 시그리드는 아차 싶었다.

'서부와 잘 가야 한다고 했는데……'

서부의 자존심과 마찬가지인 우툴루를 베라무드도 아닌 자신이 이겨 버렸으니, 사람들의 기분이 좋을 리가 없다.

'그렇다고 져 줄 수도 없잖아.'

질 수 없던 이유를 생각했다가 '아예 처음부터 대련을 하지 않았으면 됐을걸.' 하고 그녀는 반성했다. 시간을 돌릴 수 있다면 되돌리고 싶다.

"괜찮네, 나도 배우는 점이 있었던 대련이니까. 너무 화내지 말지."

우툴루가 시그리드를 감쌌다.

"하—"

길게 한숨을 내쉬고 베라무드는 미간을 문질렀다. 그가 손을 뻗어 시그리드의 왼쪽 손목을 잡아 뒤집었다.

"……?"

이리저리 자신의 손을 뒤집는 베라무드를 시그리드가 의아하게 바라보고 있으니 그가 그녀의 손을 탁 놓고 말했다.

"그럼 전 이만 들어가 보겠습니다, 후작 각하."

"대담은 즐거웠네."

"다행이군요."

인사하고 베라무드가 물러나자 시그리드 역시 화급하게 인사를 한 후 그 뒤를 따랐다. 방으로 올라갈 때까지 베라무드는 한마디도 하지 않았다. 평소의 그답지 않은 분위기인 데다가 자신의 잘못을 알고 있는지라 시그리드는 풀이 죽었다.

'서부를 우리 편으로 끌어들여야 한다고 말했는데.'

임무를 망각하다니.

그야말로 수치스러운 일이다. 이 실수를 어떻게든 만회하고 싶었다. 설마 자신 때문에 후작과의 면담이 잘되지 않은 걸까?

방에 들어서자 시그리드는 문에 딱 붙어 섰다. 베라무드는 타오르는 벽난로에 힐끗 눈길을 주었다.

'하룻밤 만에 대접이 바뀌었군.'

'난롯불은 직접 켜라.'에서 '켜 드리겠습니다.'로. 전날엔 방 근처에도 오지 않던 시종이 들어와서 벽난로에 불을 붙여 놓은 듯했다.

"징계는 달게 받겠습니다."

'허?'

베라무드는 느닷없는 시그리드의 말에 망토를 벗다 말고 돌아섰다.

"무슨 징계?"

"우툴루와의 대련 말입니다. 제가 실수했습니다. 그와 싸우면 안 되었는데요."

고개를 푹 숙이고 자신의 잘못을 늘어놓는 모습에 베라무드는 갑자기 피로감이 몰려왔다. 그는 느릿하게 망토를 벗어서 침대에 던졌다. 건틀릿 죔쇠를 풀어 손가락을 당겨서 벗고 안에 입은 제복 코트까지 벗은 후에 베라무드가 말했다.

"그것 때문에 화난 거라고 생각해?"

이 여자는 대체 자신을 뭐라고 생각하고 있는 걸까?

베라무드는 기가 찼다.

소중한 사람이 다치지 않기를 바라는 건 당연하다.

침묵을 지키던 시그리드가 그 말에 고개를 들었다.

그것 때문이 아니라고?

그럼 내가 또 무슨 잘못을 한 건가?

시그리드가 머릿속으로 열심히 고민을 하고 있으려니 베라무드가 다가와 오른손으로 벽을 짚었다.

그는 직설적으로 말했다. 그렇지 않으면 못 알아듣는 듯하니.

"시그리드 앙케르트나, 너 팔 날아가고 싶어?"

그 말에 시그리드는 '앗!' 하는 얼굴을 했다. 그 얼굴을 본 베라무드는 기가 찼다.

"그게, 아니, 다치지 않을 거라는 자신이 있어서……. 그러니까…….."

임무적인 얘기가 아니라 개인적인 걱정이라는 게 밝혀지자, 시그리드는 어떻게 반응해야 할지 알 수 없었다.

"손으로, 손으로 검을 막았단 말이지? 응?"

베라무드는 자신의 왼손으로 시그리드의 왼손을 잡아 휙 뒤집었다. 그제야 시그리드는 아까 연무장에서 베라무드가 자신의 손을 뒤집었던 게 부상을 살피느라 그런 거라는 걸 알았다.

"다치지 않았습니다. 멀쩡해요!"

열심히 손가락을 꼼지락거려서 시그리드는 자신의 무사함을 증명하려 애썼다. 필사적인 그 모양새를 보자 베라무드는 마음이 풀렸다.

까먹었다고 해도 일단 가책은 느끼는 모양이지?

'당신이 무슨 상관입니까?' 하는 식의 대답이 시그리드에게서 돌아오지 않은 게 다행이다. 머리에 가볍게 꿀밤을 먹이는 것으로 베라무드는 시그리드를 용서해 주었다.

'어차피 좋아하는 사람에게는 약할 수밖에 없고.'

시그리드가 이마를 문지르는 걸 보고 심술궂게 미소 지은 베라무드가 덧붙였다.

"그리고 아무리 서부와 가까워졌다고 해도 패를 보이는 건 아냐."

그 말에 시그리드는 다시 반성했다. 사실은 새 기술을 시험해 보고 싶었다. 그것도 베라무드나 우리 편에게는 알리지 않고.

우툴루에게 통한다는 걸 알았으니까—

'베라무드에게 이길 수 있을지도?'

아무래도 승률이 낮은 것이 분한 시그리드였다.

"이야기는 잘되셨습니까?"

시그리드의 물음에 베라무드는 고개를 끄덕였다. 그가 머리를 쓸어 올렸다.

"일단 물고는 텄는데 어떨지는 세리오스에게 달린 거지, 뭐. 믿을 만하다고 판단된다면 후작도 협조하겠지."

"다행입니다."

시그리드는 가슴을 쓸어내렸다. 혹여나 자신 때문에 잘못되는 건 아닐까 했는데 그건 아닌 모양이었다. 베라무드가 히죽대며 말했다.

"넌 이제 수도 올라가면 각오해 둬."

"네?"

"네 무용담을 듣고 싶어 하는 인간들에게 둘러싸이게 될 테니까."

"아—"

시그리드는 기뻐해야 할지 슬퍼해야 할지 알 수 없어서 애매한 대답만을 하고 말았다.

'사람들이라.'

둘러싸여 본 적이 있어야지?

하지만 시그리드는 당분간 그 경험을 할 수 없었다.

서부에 눈 폭풍이 사흘 동안 몰아쳐서 성안에 고립되어 버리고 말았던 것이다.

* * *

제국의 동부, 야트막한 평지와 적당한 숲이 있는 토지.

야렐은 데포레스트 자작가의 영지였다. 이제 130년을 약간 넘은 데포레스트 자작가는 큰 풍파 없이 이 아늑한 영지에서 살아왔다.

다른 곳에 비해 동부의 날씨는 온건한 편이었고, 중앙과 서부, 북부가 눈으로 난리가 난 지금도 동부는 조용했다. 눈이 내리기는 했지만 폭풍은 아니었고 소복소복 쌓인 눈은 정겹기까지 했다.

―온화한 눈이다.

북부 사람은 동부의 눈을 그렇게 평가했다.

모리스는 커튼을 닫았다. 자신은 고향의 이 모든 풍경을 사랑했다.

'하지만 다시는 볼 수 없을지도 모르지.'

아버님이 돌아가시고 나면 이 영지에 다시 돌아오지 못할지도 모른다. 가문에서 추방될 가능성까지 모리스는 고려했다.

영지로 내려오는 동안 돌아가시지 않을까 걱정했는데 다행히도 무사히 영지에 도착했다. 이제 깨어 있는 날보다 주무시는 날이 더 많은 아버지를 보면 모리스는 가슴 한쪽이 아팠다.

형님에게는 최악의 아버지였다고 해도, 자신에게는 좋은 아버지였다.

경애하는 부친.

어머니는 상냥하기는 했지만 기본적으로 우유부단한 사람이었다. 그런 분이었으니, 고집이 강한 아버지와 맞았을지도 모르지만.

모리스는 방을 나섰다.

성안은 조용했다. 모든 장례식 준비가 끝나 있었다. 상복도, 검은 커튼도, 조기도, 관도—

모리스는 방문을 두들겼다.

"누구야?"

"접니다."

한 박자 쉬었다가 모리스는 문을 열었다.

"무슨 일이냐?"

"저와 함께 아버님을 뵈러 가시죠."

"뭐?"

"아버님 앞에서 이야기를 끝내고 싶습니다."

아미스는 그 말에 무섭게 모리스를 노려보다가 말했다.

"알았다. 잠시 기다려라."

그리고 문을 닫고 들어간 아미스는 십오 분 후쯤 옷을 갈아입고 나왔다. 모리스는 말없이 그를 앞에 걷게 하고 따라 걸었다.

영주의 방은 성의 가장 위쪽에 있었다. 병사를 물리고 안으로 들어가니 커튼이 쳐져서 어두운 가운데 촛불이 희미하게 밝혀져 있었다.

"아미스, 모리스."

옆에서 간호하고 있던 어머니가 자리에서 일어나 두 아들을 맞았다.

"아버님은 어떠십니까?"

아미스의 물음에 그녀가 어두운 얼굴로 말했다.

"여전히 똑같으시단다."

"깨어 계시나요?"

모리스의 물음에 어머니는 살짝 고개를 끄덕였다. 모리스는 다행이라고 생각하며 침대가로 다가섰다.

"아버님?"

모리스의 부름에 데포레스트 자작은 눈을 떴다.

"모, 리스……."

가르랑거리는 아버지의 목소리에 모리스는 마음이 아팠다. 하지만 지금 외에는 말할 기회가 없다. 아니, 사실은 예전에 좀 더 용기가 있었다면 이렇게 삼자대면을 하고 자신의 의견을 말했을 수도 있었을 것이다.

모리스는 아버지의 손을 잡으며 말했다.

"형님과 제가 드릴 말씀이 있어서 왔습니다."

그러며 모리스가 아미스에게 오라고 손짓했다. 아미스는 무표정한 얼굴로 다가가 모리스의 옆에 섰다. 자작은 몇 번 기침을 하더니 말했다.

"그래……. 간신히 동생에게 작위를 넘길, 마음이…… 든 게 냐……?"

아미스의 입매가 팽팽하게 당겨졌다. 모리스가 고개를 세차게 저었다.

"그게 아닙니다."

"아니면, 쿨럭, 이 죽어 가는 아비에게, 마지막까지, 불효를, 할 셈이냐……?"

"아버지의 장남은 접니다!"

아미스가 참지 못하고 소리쳤다.

"못난 놈."

병상에서 죽어 가는 아버지의 경멸 어린 한 마디에 아미스의 얼굴이 시뻘겋게 달아올랐다. 항상 이랬다. 무슨 짓을 해도 자신의 아버지를 만족시킬 수 없었다.

단 하나, 죽어 주는 것이 아버지를 만족시키는 일이었을 것이다.

'하지만 내가 왜 그래야 해?'

데포레스트 자작가의 장남은 자신이다.

"아버지, 전 아버지께 확실히 말씀드리고 싶어서 온 겁니다."

모리스가 자작에게 낮지만 단호하게 말했다.

"전 작위를 잇지 않을 겁니다. 형님이 돌아가신다고 해도, 자작가를 잇지 않겠습니다. 황실 기사단에 들어가서 새로 작은 작위라도 받을 겁니다."

"너……!"

놀란 아미스가 저도 모르게 휙 모리스를 돌아보았다. 모리스가 아미스를 보고 말했다.

"뭐라고 하셔도 좋습니다. 위선이라고 비웃으셔도 좋고, 선한 척을 한다고 뭉개서도 좋고요. 하지만 이게 제 진심입니다. 전 형님과도 사이좋게 지내고 싶습니다. 다른 사이좋은 형제들이 항상 부러웠지요."

모리스는 그렇게 말하고 일그러지는 아미스의 얼굴을 보며 저도 모르게 웃었다.

"압니다. 형님은 절 증오하시지요. 제가 형님께 어떤 짓을 했든지 상관없이 말입니다. 차라리 제가 정말로 형님을 미워했다면 우리 형제의 관계는 더 편했을지도 모르겠군요. 하여간에."

모리스는 크게 숨을 들이마시고 아버지를 돌아보았다.

자작의 눈은 크게 떠지고 얼굴은 온통 일그러져 있었다. 그런 아버지에게 모리스는 필사적으로 자신의 의지를 전하려고 애썼다.

아버지는 자신을 사랑했지만, 그의 방식으로 사랑했다. 모리스의 의견 따위는 그에게 중요한 것이 아니었다. 아버지는 자신이 만족할 방법으로 모리스를 사랑했고, 모리스 역시 거기에 반응해 아버지를 기쁘게 하려고 애썼다.

하지만 이제는 정면으로 아버지의 의지를 거스를 때다.

'좀 더 빨리 할 수 있었으면 좋았을 텐데요.'

그리 생각하며 모리스는 단호하게 말했다.

"죄송합니다, 아버지. 전 자작이 되지 않을 겁니다. 그리고 아버님은 형님을 자작으로 맞으시는 걸 기뻐해야 할 겁니다."

자작은 아무 말도 하지 않고 모리스를 바라보았다.

모리스는 그 시선에 흠칫했다. 평소의 아버지가 보내던 시선이 아니었다.

"나가라."

자작은 낮게 말하며 손을 놓았다. 모리스는 "아버지." 하고 불렀지만 자작은 그를 무시하고 아미스에게 말했다.

"넌 남고."

"!!"

아미스가 놀라 흠칫했다. 그 말에 모리스는 조심스럽게 침대에서 멀어져 방을 나왔다. 얼핏 본 어머니의 얼굴은 창백했다.

아버님의 침실을 나온 모리스는 자신의 방으로 돌아가지 않았다. 아버지 침실 문 옆에 서서 그는 형이 나오기를 기다렸다.

이 이야기의 끝이 어떻게 되었을지 확인해야만 했다.

얼마 되지 않아 아미스가 문을 열고 나왔다.

"형님."

모리스가 벽에서 몸을 떼며 그를 불렀다. 아미스는 모리스의 부름에 흠칫하고 그를 돌아보았다. 모리스가 조심스럽게 물었다.

"어떻게 되셨습니까?"

아미스는 한참을 침묵했다. 그는 기묘한 얼굴로 입을 꾹 다물고 서 있었다. 도저히 일이 잘된 건지 아닌지를 알 수 없었다.

"내가 너라면."

간신히 아미스가 입을 열었다. 모리스는 귀를 쫑긋 세웠다.

"당장 도망갈 거다."

"네?"

놀란 모리스가 되물었지만 그게 끝이었다. 아미스는 빠른 걸음으로 복도를 걸어서 사라졌다. 모리스는 허무해져서 멍하니 서 있다가 자신의 방으로 돌아갔다.

—*내가 너라면 당장 도망갈 거다.*

대체 이 말이 왜 나온 걸까?

자신의 방에 들어온 모리스는 한참을 서성거렸다. 문득 그는 방 가운데 멈춰 섰다. 알케르토와의 대화가 떠올랐다.

"엥? 그러면 아버지는 널 후계로 삼고 싶어 하신다는 거잖아?"

알케르토가 술잔을 빙글빙글 돌렸다. 모리스는 '적당히 자제를 해야지.' 하면서도 잔에 포도주를 따르며 대답했다.

"그렇지."

"그러면, 음, 이건 좀 미안한 말인데— 네 형을 아버지가 죽이는 게 더 쉽지 않냐."

"저기? 내 아버지랑 내 형이거든?"

"미안, 역시 그건 너무 나간 거겠지?"

대화는 그렇게 마무리가 되었었다.

'갑자기 왜 이 대화가 떠오른 걸까.' 하다가 모리스는 전신에

소름이 돋았다. 그는 이를 악물고 짐을 챙기기 시작했다. 최대한 효율적으로 간편하게—

모피 망토를 두르고 모리스는 자신의 방문을 나섰다. 아직 성안은 고요했다. 짐이 보이지 않게 망토 속에 잘 넣고, 그는 최대한 침착하게 마구간으로 내려갔다.

뛰지 않기 위해서 필사적으로 노력해야 했다.

마구간에 도착했을 때는 이미 심장이 미친 듯이 뛰고 있었다. 말구종에게 평범하게 인사를 해 보이고 모리스는 말을 풀어 안장을 직접 얹었다.

"눈이 잔뜩 쌓이셨는데 어딜 가십니까?"

말구종의 걱정스러운 말에 모리스가 웃으며 대답했다.

"답답해서 잠깐 바람 좀 쐬고 싶구나."

말구종은 의아한 얼굴이었지만 순순히 고개를 숙였다. 모리스는 말의 옆구리를 찼다. 훈련된 말은 가볍게 앞으로 달려가기 시작했다.

저택에서 어느 정도 멀어지자 모리스는 상체를 말에 딱 붙이고 말을 전속력으로 달리게 했다.

'일단 길로 달리자!'

아버지가 자신을 죽이기 위해서 병사를 보내려면 얼마나 남았을까?

아마 자신이 말을 꺼내 갔다는 말을 듣자마자 추격을 명할지도 모른다. 아니면 자신의 바보 같은 망상일 수도 있다.

'망상이길.'

형의 엉뚱한 소리에 자신이 넘어간 것이길. 모리스는 빌었다.

생각하지 못했다. 아버지가 마음을 바꿔서 형님을 후계자로 지목한다면, 자신은 후계자에게 위협이 되는 우수한 라이벌이 된다는 걸.

이를 악물고 모리스는 말의 옆구리를 걷어찼다.

만일 그런다고 해도 아버지가 자신을 죽이려고 하지는 않을 것이다. 지금까지 형님이 살아 있었던 것처럼 말이다.

하지만 그건 이러니저러니 해도 '모리스가 결국은 아미스를 누르고 후계가 될 것이다.'라는 강력한 믿음에서 온 것일지도 모른다.

자신의 뜻대로 될 거라 생각했는데 사랑했던 아들이 자신이 죽기 직전에 그 뜻을 정면으로 반박한다면? 그래서 그동안의 계획을 다 무너트린다면?

'날 죽여 버리고 싶겠지.'

모리스는 실실 웃으며 생각했다.

이런 상황인데도 웃음이 나왔다. 마치 웃음을 조절할 수 없는 것처럼 말이다.

형님에게도 분명히 말했을 것이다.

―모리스를 죽여라.

모리스는 이를 악물었다. 자신의 엉뚱한 생각이기를, 헛생각이기를.

하지만 해가 지기도 전에 그는 그게 사실이라는 것을 깨달았다.

"헉, 헉—"

모리스는 숨을 헐떡였다. 모든 것을 아름답게 덮었던 눈은 이제 자신을 괴롭히는 족쇄가 되었다. 동부의 비옥한 토양은 눈 녹은 물과 섞여 진창이 되었고, 말은 더 이상 달리지 못했다.

이 이상 말을 혹사시키는 것도 불쌍한 데다가 자신의 몸무게까지 짊어지고 진창을 걷게 하는 건 무리였다.

모리스는 고삐를 잡아당기며 진창을 걸었다.

산으로 도망가고 싶지만, 눈 때문에 흔적이 남을 테니 그것도 불가능했다.

'먹을 거라도 가져올 것을.'

진창 역시 너무나도 흔적이 남았다.

살랑—

그때 눈앞으로 새하얀 것이 떨어졌다. 모리스는 고개를 들고 환성을 질러야 할지 비명을 질러야 할지 고민했다.

함박눈이 내리기 시작했다.

모리스는 중간쯤에서 말을 포기했다. 어차피 먹일 수도 없고, 깊은 눈밭을 걷게 하는 것도 어려웠다. 지친 말을 다독이며 모리스는 속삭였다.

"집으로 돌아가. 수고했다."

눈이 내려 푹푹 빠지는 새하얀 숲 속을 모리스는 눈신을 신고 걷기 시작했다. 겨울용 마구에 눈신이 세트여서 다행이라고 생각하면서 말이다.

겨울의 해는 곧 떨어졌고, 모리스는 털 망토 속에서 몸을 웅크렸다.

'죽겠네.'

이대로 자면 얼어 죽겠다 싶어서 모리스는 잠이 오려는 것을 계속 눌러 참았다. 고개를 휘저으며 잠을 깨려고 하는데 멀리서 불빛이 반짝였다.

전신이 굳었다.

눈을 가늘게 뜨고 살피니 횃불이었다.

횃불 십수 개가 이리저리 퍼져 있었다.

"잡아라! 도망치려고 하면 그 자리에서 사살해도 좋다!"

익숙한 목소리였다.

'형님……'

모리스는 몸을 더욱 웅크렸다. 여기서 이동해야 할지, 아니면 지나가기를 기다려야 할지 알 수 없었다. 횃불 중 하나가 이쪽으로 방향을 틀었다.

모리스는 검 손잡이를 붙잡고 숨을 죽였다.

횃불로 그는 가까워지는 상대의 얼굴을 쉽게 알아볼 수 있었다.

아미스였다.

모리스의 심장이 미친 듯이 뛰었다. 검 손잡이를 잡은 손에 저절로 힘이 들어갔다. 그러나 곧 모리스는 손잡이를 놓았다.

벨 수 없다.

도주할 방도를 찾는데 아미스는 점점 가까워져 왔다. 모리스는 도주도 포기했다. 아미스는 횃불을 높이 들었다.

형제의 눈이 마주쳤다.

둘은 침묵하며 오랫동안 서로를 바라보았다. 아미스는 자기 벨트에서 지갑을 꺼내어 툭 눈 위에 던지고는 그대로 돌아서 걸으며 외쳤다.

"여기는 아무것도 없어! 이 얼간이들아, 좀 더 눈을 굴려 봐라! 반드시 모리스를 잡아야 한다!"

병사들이 일사불란하게 대답했다.

"저쪽 산을 조사해 보자!"

아미스의 말에 우르르 횃불들이 반대편 산으로 올라가기 시작했다.

모리스는 손을 뻗어 지갑을 주웠다. 묵직한 지갑 안에는 금화가 잔뜩 들어 있었다. 모리스는 그걸 품에 쑤셔 넣고 미친 듯이 산을 가로지르기 시작했다.

기절하기 전에는 멈추지 않을 생각이었다.

아미스는 발을 멈추고 뒤를 돌아보았다. 저 어둡고 눈 내리는 숲 속을 지금 자신의 동생이 필사적으로 가로지르고 있을 것이다.

모리스가 방을 나가고 난 뒤 자작은 아미스에게 가까이 오라고 손짓했다.

"아미스……. 내 아들……."

아버님이 그렇게 자신을 부른 것은 처음이라 그의 가슴속이 요동쳤다. 이게 기쁨인지 아니면 놀람인지도 알 수 없었다.

"네, 동생은…… 너무 유약하다……."

숨을 헐떡이며 자작은 손을 내밀었다. 아미스가 반사적으로 그 손을 잡자 마른 나뭇가지 같은 손가락이 그의 손을 꽉 쥐었다. 도저히 죽어 가는 사람의 힘이라고는 믿어지지가 않았다.

"모리스를 죽여라."

간신히 아미스는 평정을 유지할 수 있었다. 배신감과 증오로 번들거리는 아버지의 눈을 바라보며 그는 생각했다.

'결국 난 아버지께 아무것도 아니로군.'

아버지가 자신을 선택한 것은 모리스에 대한 배신감 때문이다.

"여보—!"

그 말을 들은 어머니가 비명 같은 목소리를 내질렀다. 자작은 아내를 무시하며 말했다.

"나가자마자 기사 듀라를 불러라. 모리스를 붙잡아. 분명히 모리스에게 찬동하는 세력들도 있을 거다. 가서 일을 끝내고 돌아와 내 축복을 받거라, 아들아."

쌕쌕거리며 자작은 긴말을 간신히 끝내고 손을 놓았다.

아미스는 잠시 서서 아버지를 내려다보았다. 비썩 마르고, 검버섯이 핀 노인.

왜 자신이 이 사람에게 인정받으려고 발버둥 쳤을까?

갑자기 눈에서 콩깍지가 떨어져 나간 기분이었다. 시야가 투명해졌다.

그 생각을 하며 아미스는 시선을 앞으로 돌렸다.

굳이 그 죽어 가는 노인네의 소원을 들어줄 필요는 없겠지.

* * *

갇힌 성에서 시그리드가 할 수 있는 일이라고는 검술 연습뿐이었다. 수도에 있을 때보다 여기가 더 집중이 잘되는 기분마저 들었다.

아침에 새벽같이 일어나 베라무드에게 특별한 업무가 있나 확인한 다음 바로 연무장으로 내려가서 유연성을 위한 스트레칭과 가벼운 운동으로 몸을 살짝 데우고 아침 식사를 했다. 식단은 빈약했지만 물과 빵, 물과 감자 이런 조합만으로도 버텨온 시그리드였다.

'그래도 입맛이 그사이에 고급이 되었다고, 몸이 힘든 것 같기는 하군.'

잘 먹을 때보다 왠지 힘이 덜 나는 것 같다.

심리적인 걸까, 아니면 진짜인 걸까?

"시리."

들려오는 목소리에 시그리드는 고개를 돌렸다. 여기서 자신을 그렇게 부르는 사람은 딱 한 사람뿐이다.

"베라무드."

시그리드가 휘두르던 검 끝을 바닥으로 내리며 땀을 닦았다. 그녀의 몸에서 희미하게 김이 피어오르는 것이 보였다. 베라무드가 가뿐한 걸음걸이로 다가와 물었다.

"잠깐 나갈래?"

"나간다고요?"

"계속 빈약한 식단만 먹으려니 지겨워서."

"주변에 갈 만한 식당이 있는 겁니까?"

'이 국경선에서?'라고 묻는 듯 의아함이 가득한 시그리드의 얼굴을 보고 베라무드가 엄지로 등 뒤를 가리켰다. 성벽 쪽이다.

"벽 너머에 숲이 있잖아."

"그렇죠?"

야만족과 마수의 땅이지만, 숲은 숲이지.

"고기 잡으러 가자고."

씩 웃으며 하는 말에 시그리드가 진지한 표정으로 말했다.

"언제 눈 폭풍이 몰아칠지 모르는 숲에, 지리도 잘 알지 못하는 사람 둘이서 눈이 가득 쌓인 숲으로 사냥을 가자는 말이라면 사양하겠습니다."

"우툴루도 같이 꼬시면 되지. 현지인이잖아. 게다가 다들 영양부족이기도 하니까, 보충은 필요할 것 같고."

'우툴루도 함께라면 괜찮겠지.' 하고 시그리드는 고개를 끄덕였다. 베라무드가 "그럼 설득하러 가자." 하고 외쳤다.

"네? 네네."

허둥지둥 시그리드는 겉옷을 걸치고 망토를 둘렀다. 잠시 후

우툴루는 자신의 책상 앞에 떡 버티고 서서 "사냥 가자." 하고 말하는 베라무드를 볼 수 있었다.

"사냥?"

"고기 먹고 싶으니까. 저쪽 숲 지리 대강은 알지 않아?"

"알지만……."

"실패하면 어쩔 수 없는 거고, 하지만 시리가 요즘 힘이 없어 보이니 고기를 먹이고 싶어서."

"네? 저 때문이라면 안 가도 상관없습니다."

뒤에 서 있던 시그리드가 놀라 대답했다. 우툴루가 자리에서 거구를 일으켰다.

"가지."

"좋아."

베라무드가 히죽 웃었다.

우툴루의 지휘에 따라 단단히 무장한 세 사람은 병사들의 행운을 비는 소리와 함께 성문을 나섰다.

사냥감을 잡았을 때를 대비해서 눈썰매도 가지고 나왔는데 그 썰매를 끄는 것은 우툴루였다. 딱히 오러를 쓰지 않고 순수한 근력으로 썰매를 슥슥 끄는데, 그게 어려워 보이지도 않았다.

시그리드는 부러운 눈으로 그걸 바라보며 다시 신에게 빌었다.

'절 돌려보내 주셨으니 절 크게도 해 주실 수 있겠죠. 이 미터는 바라지 않겠습니다. 키가 백팔십만 넘게 해 주십시오.'

공손하게 빌고 시그리드는 시선을 멀리 던졌다. 눈에 반사되는 빛 때문에 평원이 하얗게 보였다. 그나마 눈구름이 잔뜩 껴서 날씨가 흐린 게 다행이었다.

"숲에 짐승들이 있어?"

시그리드의 질문에 우툴루가 고개를 끄덕였다.

"하지만 겨울이라서 많지는 않을 거다. 보일지 어떨지…….따로 미끼를 놓지도 않았으니까."

"운에 달린 문제라는 거군."

베라무드가 중얼거렸다.

숲 입구에서 썰매를 나무에 매어 두고 셋은 안쪽으로 깊게 들어갔다. 눈꽃이 만개한 숲 속은 고요했다. 뽀드득 하고 발밑에서 눈이 밟히는 소리가 다 들릴 정도였다.

셋은 말없이 계속 걸었다. 침묵으로 경의를 표현하기 알맞은 경치였다.

푸드득—

갑작스러운 소리와 함께 눈이 우르르 떨어졌다. 침묵이 깨지자 셋은 동시에 한숨을 내쉬었다. 베라무드가 시선을 하늘로 주며 말했다.

"새고기?"

"누구 코에 붙이려고?"

우툴루가 그렇게 말하며 베라무드를 힐끗 바라보았다.

"빈손보다야 낫겠지."

베라무드는 그렇게 중얼거렸다. 시그리드는 걸음을 옮기며

'눈밭은 확실히 근력 운동에 좋다.' 하는 생각을 했다. 맨땅보다 훨씬 체력 소모가 빠르다.

조금씩 오러를 돌려서 적절하게 보조하며 그녀는 빠르게 걸었다. 한 시간여 동안 헤매서 그냥 빈손으로 돌아가야 하나 하는데 우툴루가 발자국을 발견했다.

"사슴일까?"

시그리드의 물음에 우툴루가 활을 꺼내 시위를 걸며 말했다.

"아마도."

"눈이 있으니 추적하기 쉽군."

베라무드가 그렇게 말하며 주변을 살폈다. 셋은 기척을 최대한 줄이고 사슴의 흔적을 따라 숲 안으로 더 걸어 들어갔다. 마른 나무 덤불 근처에서 셋은 멈췄다. 셋 모두 새하얀 후드가 달린 망토를 입고 있었기 때문에 사슴은 그들이 나타난 걸 모르고 있었다.

가을 사슴처럼 통통하지 않은 마른 사슴이었지만 크기는 상당했다. 우툴루는 시위를 당겼다. 사슴이 귀를 앞뒤로 쫑긋거리며 고개를 들었다.

핑—

화살은 사슴 엉덩이에 명중했다. 펄쩍 뛰어오른 사슴은 뛰려고 했지만 베라무드의 손을 벗어나지 못했다.

베라무드는 곧 돌멩이 두 개를 양 끝에 매단 줄— '볼라'라고 불리는 것을 던져서 다리를 감아 버렸다. 사슴은 맥없이 옆으로 쓰러졌다.

"일단 한 마리 잡았다."

베라무드가 싱글싱글 웃으며 말했다. 우툴루의 얼굴도 밝아졌다.

이걸로 빈손으로 돌아가는 일은 없어진 것이다.

우툴루는 잡은 사슴의 멱을 따서 거꾸로 나무에 걸었다.

그때 공기가 바뀌었다.

습도와 밀도가 바뀌는 걸 셋은 피부로 느낄 수 있다. 오러라는 것은 어쨌든 자연의 힘이라 그들은 그런 것에 민감했던 것이다.

"제길."

우툴루가 낮게 욕설을 내뱉었다. 시그리드가 말했다.

"어디로 이동하죠?"

"성까지 돌아가는 건 무리인 것 같은데. 진짜 변덕스럽네."

베라무드가 투덜거렸다. 우툴루가 사슴을 양어깨에 짊어지고 말했다.

"저쪽으로."

"피난처가 있어?"

베라무드의 말에 우툴루는 "아마도." 하는 모호한 대답을 했다. 셋은 거의 달렸다. 밤이 갑작스럽게 온 양 세상이 어두컴컴해지고 있었다. 바람이 점점 더 강해졌다.

시그리드가 걱정스럽게,

"눈을 파고들어 가는 게 더 낫지 않을까요?"

하는 발언까지 했을 때 우툴루가 사슴을 내려놓고 눈을 밀기 시작했다. 베라무드와 시그리드는 군말 없이 그를 따랐다.

"이 근처에 동굴 입구가 있을 거야."

우툴루의 말에 셋의 손길은 더욱 바빠졌다. 이제 눈 폭풍이 날리기 시작했다. 눈 알갱이들이 얼굴을 때려서 따끔거렸다. 전방 일 미터도 구별할 수 없을 정도로 눈발이 날리기 시작했다.

"여기다!"

우툴루의 말에 베라무드와 시그리드는 재빠르게 그의 곁으로 이동했다. 셋은 잽싸게 동굴 안으로 들어갔다.

안쪽은 꽤 넓고 아늑했다, 더불어서······.

"곰?"

베라무드는 눈을 깜박였다. 우툴루가 말했다.

"동면 중인 거겠지. 이제 곧 깨겠군."

"곰이면 다들 충분히 먹을 수 있겠네."

시그리드가 활짝 웃으며 말했다.

잠시 후 잡은 곰으로 입구를 대강 막고 세 사람은 어둠 속에 나란히 앉았다. 베라무드가 단검을 꺼내서 부싯돌처럼 이용해 휴대하고 있던 토막 초에 불을 붙였다.

"날씨가 진짜 엉망이군."

베라무드가 투덜거리자 우툴루가 조용히 대답했다.

"올해가 더 심해."

"그래? 얘기는 들었어. 가을에 우박이 떨어져서 농사를 망쳤다고."

우툴루가 어두운 얼굴로 고개를 끄덕였다. 자연재해는 귀족도 황족도 어떻게 할 수 있는 일이 아니다. 베라무드가 이어 말했다.

"게다가 서부는 상비군이 많으니까."

"필요한 군대다."

"딱히 뭐라고 하는 거 아니었는데?"

"중앙에서는 항상 군대를 줄이라고 하지. 그 돈을 다른 곳에 돌리라고. 하지만 그러다가 야만족이나 마수가 쳐들어오면? 누가 지켜 주지?"

"서부 연합의 오러 사용자는 모두 넷이지……."

베라무드가 중얼거렸다.

"근위대의 절반인 수준이지."

베라무드는 그 말에 피식 웃었다.

"제국의 오러 사용자의 반이 근위대에 있지. 어쩔 수 없잖아? 엘리트 중에 엘리트가 모이는 곳이다 보니까."

"안전한 곳에서 검날만 무뎌지겠지."

"나랑 시리를 만나고도 아직도 그런 얘기를 한다면—"

베라무드의 엄포에 우툴루는 콧방귀를 뀌었다.

"설마 중앙의 모든 오러 사용자가 너희 같다는 건 아니겠지. 우리도 눈과 귀가 있다. 허세는 그만둬."

"어, 그러니까 중앙 기사 깔보는 것도 그만둬 줄래."

두 사람의 눈길이 허공에서 맞부딪쳤다. 서로 한마디만 더 한다면 터질 것 같은 팽팽한 공기 속에서도 시그리드는 태연했다.

'어차피 좁아서 제대로 싸우지도 못하니까.'

그렇게 생각하며 그녀는 힐끗 밖을 바라보았다. 폭풍이 몰아
치는 소리가 요란했다. 게다가 곰 누린내와 피비린내가 합쳐져
서 코가 얼얼할 정도였다.

'마비돼서 지금은 잘 모르겠지만……'

그래도 불쾌한 냄새 정도는 느낄 수 있다. 시그리드는 그런
생각을 하며 주머니에서 준비해 온 육포를 꺼내서 입에 넣었다.
오물오물 씹는데 시선이 느껴졌다.

고개를 드니 우툴루와 베라무드가 자신을 바라보고 있었다.
시그리드가 갸웃하며 물었다.

"두 분도 드릴까요?"

베라무드가 길게 신음을 흘리며 말했다.

"우리 둘 사이 중재할 생각은 안 해?"

그런 질문을 노골적으로 던지는 것이 베라무드다웠다. 우툴
루는 그의 질문에 동질감을 느끼면서도 베라무드와 달리 약간
부끄러움을 느꼈다. 시그리드가 육포를 삼키고 말했다.

"어차피 여기는 좁아서 두 분이 싸우시기 어려우니까요."

베라무드는 푹 한숨을 내쉬었다. 시그리드가 덧붙였다.

"그리고 가볍게 싸우는 건 나중에 화해할 수만 있다면 서로를
이해하는 좋은 방법이라고 그랬어요."

모리스가 했던 말이다.

"이해?"

어림도 없다는 어투로 우툴루가 말했다. 베라무드가 능글맞게 웃으며 말했다.

"왜? 모르는 거지, 응?"

그의 말투에 우툴루는 질색하는 얼굴을 했다. 그가 뒤로 몸을 슥 빼며 말했다.

"그런 일은 없을 거다."

"세상에 변하지 않는 건 없는 거야~"

베라무드가 편하게 자세를 바꿔 앉으며 킬킬거렸다. 시그리드가 물었다.

"육포 드릴까요?"

"응."

체력 비축에는 먹는 것만 한 게 없다. 셋은 희미한 어둠 속에서 육포를 우물거렸다. 시그리드가 물었다.

"언제쯤 끝날까요?"

"짧으면 지금이라도. 늦는다면 일주일도 계속되지."

"일주일?"

베라무드가 놀라서 되묻자 우툴루가 고개를 끄덕였다.

"올해는 더 변덕스러우니까."

"서부도 큰일이군."

"중앙에서 예전처럼 지원을 해 준다면 괜찮아."

"그거야 서부가 절대적인 충성을 한다고 할 때의 이야기고."

베라무드의 완전히 패를 싹 뒤집은 말에 우툴루의 얼굴이 굳었다. 그가 으르렁거렸다.

"야만족의 피가 섞여서 언제 배신할 줄 모른다고?"

"그럼 중앙 귀족들은 배신 안 하냐?"

베라무드가 어처구니없다는 식으로 말했다. 그가 목덜미를 긁적였다.

"가장 좋은 건 서부가 제국에 충성함으로 충분히 이익을 얻는 거겠지. 그리고 서부가 충성함으로 제국도 이익을 얻을 때."

"이익을 주고받는 것만으로 이어지는 관계는 다른 곳에서 이익을 준다고 하면 무너지지."

"그것도 그렇지만 이득도 없이 충성을 강요할 수는 없잖아."

"왜 없죠?"

시그리드가 눈을 동그랗게 뜨고 물었다.

"충성이 밥 먹여 주고 옷 입혀 주나?"

깔끔하게 시그리드의 질문을 정리하고 베라무드가 우툴루에게 말했다.

"하긴 이런 얘기 우리가 해서 뭐하겠냐. 윗분들이 정할 텐데."

"……."

침묵하다가 우툴루가 물었다.

"전하는 좋은 분이신가?"

"나에게는."

베라무드의 말에 우툴루는 희미하게 웃었다.

"자기 사람에게 좋은 사람이라면 그 정도로 충분하겠지. 그러지 못하는 작자들도 널렸으니."

"기준이 낮네."

"너 같은 건방진 작자를 살려 두고 있으니 관대하신 분인 것 같군."

"그건 반박할 말이 없군."

자신의 건방짐을 시원하게 인정하고 베라무드는 시선을 밖으로 돌렸다.

"슬슬 날씨가 개는 것 같은데."

시그리드는 반사적으로 그의 시선을 따라 밖으로 시선을 돌렸다. 아까보다 더 밝아져 있었다. 나가기 전에 시그리드는 묻고 싶은 게 있었다.

충성만으로 먹고 살 수는 없다. 물론 그거야 그렇지.

"보상을 바라는 것은 충성이 아니지만, 충성하는 사람에게 보상을 베푸는 게 주군이 당연히 해야 할 일이라는 건가요?"

"보상을 바라면서 열심히 하는 것도 충성이라고 생각하는데?"

"어째서죠?"

"보상을 줄 거라는 걸 믿는 거잖아? 자신을 팽하지 않을 거라고."

'그런가.' 하고 시그리드는 고개를 갸웃했다. 우툴루가 둘을 번갈아 보다가 말했다.

"꼭 스승과 제자 같군."

"그건 좀 봐줘."

베라무드가 정색하며 말했다. 시그리드가 고개를 끄덕였다.

"상사와 부하지요."

"아니, 그것도 맞는 말이기는 한데 내 말은 그게 아닌데."

중얼거리다가 베라무드는 푹 한숨을 내쉬었다.

"됐다. 너에게 뭐라고 하겠냐."

"아! 친구 사이! 친구 사이입니다!"

'친구라고 안 해서 화났구나.' 하고 시그리드는 재빠르게 말했다. 자신이라도 로웬그린이나 마리쉐즈가 관계를 물었을 때 "같은 기사단의 기사입니다."라고 하면 실망했을 것이다. 미안한 마음이 들어서 시그리드는 열심히 정정했다.

"아주 좋은 친구라고 생각하고 있습니다."

베라무드는 그 말에 다시 허허 웃고 "그래, 그래." 했다가 고개를 돌렸다.

"눈 그쳤네. 나가자."

자리에서 일어나 이제 딱딱해진 곰을 밀쳐 내고 셋은 토끼 굴에서 나오는 토끼처럼 순서대로 조심스레 흰 눈밭으로 나왔다.

사슴과 곰을 각각 짊어지고 일행은 걸음을 빨리해서 눈썰매를 묶어 둔 곳으로 걸어왔으나 끈은 끊어졌고 썰매는 보이지 않았다.

결국 성까지 잡은 고기를 짊어지고 가야 했다. 성에 가까워지자 눈 폭풍 때문에 조난을 당했을까 걱정하며 나온 병사들을 만난 세 사람은 그제야 곰과 사슴을 내려놓을 수 있었다.

병사들은 커다란 두 짐승을 보고 환호했다.

"이 날씨에 대단하십니다!"

"누가 잡으신 겁니까!"

"오늘은 실컷 고기를 먹겠군요. 곰 고기라니, 캬— 얼마만입니까."

모두가 들떠서 성으로 돌아가자 다시 성안에서도 만세 소리가 들려왔다. 당장 병사들에 의해서 토막토막 해체된 고기는 부엌으로 들어갔다. 셋은 곰 누린내와 피 냄새가 밴 옷을 갈아입었다.

"아, 시그리드 님. 이쪽입니다!"

"여기 앉으세요."

식당으로 들어가자 병사들이 얼른 상석 자리를 내주었다. 그 짧은 사이 시그리드는 충분한 인기를 얻었던 것이다. 시그리드는 자리에 앉으며 베라무드를 챙겼다.

아까 그 사건이 아직도 마음에 걸렸던 것이다.

동료이자 친구는 쉬운데, 상사이자 친구는 역시 대하는 방식을 어찌해야 할지 어렵다. 자꾸만 부하로서의 대응이 먼저 나오고 만다.

자신의 옆자리에 베라무드를 앉히고 시그리드는 아까 일을 다시 사과했다.

"아까 동굴 안에서는 죄송했습니다. 친구라고 했어야 하는데 제가 실수했어요."

"됐어."

베라무드가 짤막하게 대답했다. 시그리드는 "마음이 상하지 않으셨다면 다행입니다." 하고 안도했다.

"시리는—"

베라무드는 턱을 괴고 시그리드를 바라보았다. 그녀가 갸웃하고 고개를 기울이자 그는 그냥 웃었다.

"빨리 좀 자라라."

"저도 그렇고 싶은데 잘 안 자랍니다. 안 자라고 싶은 게 아니라고요."

시그리드는 항의했다.

"베라무드 정도만 되면 바랄 게 없을 텐데요."

그의 쭉 뻗은 팔다리를 바라보며 시그리드는 한숨과 섞어 중얼거렸다. 베라무드가 '잉?' 하고 물었다.

"뭐가?"

"키요."

"그럼 지금 뭘 얘기하는 줄 아셨습니까?" 하는 시그리드의 대답에 베라무드는 웃음을 터트렸다.

"그래, 그래."

그가 손을 뻗어 가볍게 그녀의 머리를 토닥였다. 누군가가 자신의 머리를 쓰다듬는 건 싫어한다. 그런데 어쩐지 가슴 한쪽이 꾸욱 눌리는 기분이었다. 불쾌하지 않게.

그때 취사병이 커다란 철판을 들고 왔다. 베라무드가 그녀의 머리에서 손을 떼자 시그리드는 순간 아쉬운 생각이 들었다. 그러나 곧 그 생각은 허기에 밀려 사라졌다.

철판 위에는 향신료를 친 곰 고기 스테이크가 지글지글 소리를 내고 있었다. 며칠 부실한 식단이었던지라 생고기 구이 냄새에 저절로 입에 침이 고였다.

짙은 갈색으로 먹음직스럽게 구워진 스테이크를 탁탁 내려놓고 취사병이 웃으며 말했다.

"잡아 오신 분들에게 특별식입니다."

"고마워."

"잘 먹을게."

두 사람은 번갈아 대답했다. 나이프로 쓱쓱 썰어서 입에 넣은 곰 고기는 놀랍게도 맛있었다. 아니, 지금 상황에서라면 어떤 고기도 맛있겠지만.

"맛있어요!"

"그러게, 나 곰 고기는 처음인데 말이야."

"저도요."

"중앙 촌놈들."

우툴루가 타박을 주며 테이블 맞은편에 앉았다. 시그리드가 말했다.

"먹을 일이 거의 없으니까. 곰 사냥은 애초에 기사단의 일도 아니고."

"곰 고기를 진미라고 하기도 한다던데?"

"글쎄, 딱히 먹을 일은……. 가끔 나오는 곰 고기는 비싸기도 하고."

"염소는?"

"염소는 먹은 적 있어. 무난한 가격이니까."

우툴루가 베라무드에게 시선을 돌렸다.

"근위대 월급이 적은가?"

"그럴 리가."

"기사가 굳이 사치할 필요는 없잖습니까."

시그리드가 말했다. 그래도 요즘 고기는 잘 먹는다. 예전에 비해서 훨씬 좋아진 식단이었다.

"예전에는 감자만 먹고도 살았는데요."

대체 왜?!

두 사람은 그런 눈으로 시그리드를 보았지만 그녀는 태연했다. 베라무드가 자신의 스테이크를 크게 잘라 시그리드의 접시로 옮겼다.

"많이 먹어라."

"네? 아뇨, 괜찮습니다."

"아니, 먹어, 먹어. 먹어야 잘 크지."

우툴루 역시 스테이크를 크게 자르기는 했지만 시그리드에게 그걸 넘겨주지는 못하고 우물거리다가 그냥 자신이 스테이크를 삼켰다.

이틀 후 길은 눈썰매로 달릴 정도는 되어서 시그리드와 베라무드는 두다인 병사들의 친근한 송별을 받으며 길을 떠났다.

"일이 잘 끝났네요."

시그리드가 모피 앞을 여미며 말했다. 베라무드가 고개를 끄덕였다. 그리고 씩 웃으며 시그리드에게 말했다.

"네 덕분이야. 훌륭했습니다, 앙케르트나 경. 귀관의 공적은 내가 꼭 아뢰겠소."

그 말에 시그리드의 양 뺨은 홍조로 물들었다.

"아닙니다."

인정받는 것은, 칭찬받는 것은 항상 기분이 좋다.

"아니긴, 나만 왔으면 저거 넘어트리는 데 엄청 오래 걸렸을 걸……. 그나저나 재생이라니. 저거 붙은 마수는 책에서만 봤지, 실물은 처음 보네."

"저도 본 건 처음이네요."

"그 신기한 기술 덕분에 이겼으니까. 그리고 신기술도 있더라?"

"?!"

어떻게?!

시그리드가 눈을 깜박이자 베라무드가 자신의 눈을 가리키며 명랑하게 말했다.

"눈이 좋거든."

우툴루의 검의 오러가 어떻게 움직이는지 그는 '볼 수' 있었다.

"우툴루 검의 오러를 순간적으로 네가 흡수하던데? 요령은 모르겠지만."

'들켰다.' 하고 시그리드는 시무룩해졌다.

"나름 비장의 한 수였는데요."

"그렇게 날 이기고 싶어?"

"당연하지 않습니까."

베라무드가 히죽 웃으며 시선을 앞으로 돌렸다.

"좋아, 그럼 좀 더 노력해 봐. 상대는 얼마든지 환영이니까."

"할 겁니다."

"그래, 쫓아와 주는 건 마다하지 않거든."

베라무드가 웃음기 서린 목소리로 대답했다.

5 장
아흐트슈비에츠

　제도의 사교계는 그야말로 단 한 사람에 대한 소식으로 들썩였다.

　여기사 마스터.

　거대한 마물을 단칼에 척살.

　우툴루 미하스에게 청혼 받음.

　게다가 미녀.

　어딜 가나 시그리드 앙케르트나에 대한 이야기뿐이었다. 영웅담에 무용담에 연애담이라니, 이보다 더 자극적인 가십거리가 있겠는가?

　모두가 실물을 보고 싶어서 안달이었다. 하지만 사교계의 특성상 안면이 없는 상대에게 무턱대고 초대를 하는 일은 불가능했다.

그러니 시그리드를 자신의 살롱이나 무도회에 초대하고 싶은 사람들의 대부분은 그녀 주변 사람들을 찔러 댔다. 적극적인 사람들은 궁 안에서 시그리드와 우연을 가장한 만남을 하려고 애썼다. 한 번이라도 그렇게 서로 안면을 트고 나면, 그다음 초대를 하는 건 쉬운 일이었기 때문이다.

물론 그런 자극적인 가십과 다른 이야기도 사교 클럽에서 돌고 있었다.

서부 귀족 연합이 황태자와 손을 잡느냐 하는 이야기였다.

베라무드 루나틸이 황태자 측근이라는 것은 눈이 있는 사람이라면 다 아는 것이었다. 그런 그가 서부로 직접 내려가 문제를 해결했으니, 황태자와 피엔샤 후작의 회동이 코앞이라는 것이었다.

그러면서 시그리드 앙케르트나에 대한 이야기도 함께 물망에 올랐다.

그녀는 역시 황태자의 측근인가? 아닌가? 뒷배나 스폰서가 있던가? 지금까지는 없었지만 앞으로는 과연?

중립파인 알세키드나 후작가의 영애와도 가깝다고 하던데 어떨까?

어쩌다 보니 이야기의 중심이 된 시그리드는 이 상황이 전혀 달갑지 않았다.

이렇게나 사람들의 주목을 받아 본 적이 없었다. 아니, 주목까지야 그렇다고 치자. 사실 돌아오기 전에는 따가운 시선과 수군거림을 동시에 받았던 건 사실이니까.

그러나 마수를 잡고 돌아온 지금은 과거와 달랐다.

우연을 가장해서 길 앞을 가로막고, 자신을 어필하고, 초대하고, 친해지려고 애쓰는 건 익숙하지 않았다.

"하하, 그래서 앙케르트나의 무용담을 듣고 싶다고 생각하게 됐지 뭡니까."

호탕하게 웃음을 터트리는 남자를 바라보며 시그리드는 한숨을 삼켰다.

"감사하지만, 요즘 일이 바빠서 찾아뵙기 어렵겠습니다. 죄송합니다."

인사를 하자 남자는 아쉬운 듯 입맛을 쩝쩝 다시며 그래도 생각해 보라고 몇 번이나 거듭 말했다. 시그리드는 그를 지나치면서 분명히 저 사람은 초대장을 보낼 거라고 생각했다.

같이 걷던 카일이 심드렁하니 말했다.

"인기가 지나치게 좋군. 업무에 지장이 가지 않게 하는 게 좋겠는데."

"나도 그러고 싶어."

시그리드가 절실하게 말해 와서 카일은 피식 웃었다.

"너무 거절하는 것도 좋지 않을걸."

카일은 넌지시 충고했다.

1근위대 안에서도 시그리드는 부드럽게 받아들여지고 있었다. 그녀를 질투하는 사람이 없는 건 아니지만, 카일은 그런 입장이 아니었다.

그 역시 오러 사용자고, 귀족가의 후계자니까.

"그런가?"

시그리드가 되묻자 그가 고개를 끄덕였다.

"너무 거절해도 반감만 사게 되니까."

"그렇군."

시그리드는 다시 한숨을 내쉬었다.

'마리쉐즈랑 로웬그린에게 의논을 좀 해 봐야겠네.'

"내 누님의 살롱도 괜찮은데—"

슬쩍 흘리는 카일의 말에 시그리드는 그의 옆구리를 주먹으로 가볍게 치고 말했다.

"마음만 받지, 마음만."

"그래."

카일은 미련 없이 고개를 끄덕였다.

근무를 끝낸 시그리드는 황궁을 나가기 전에 황실 제2기사단에 잠시 들렀다. 자신이 입구에 들어서자마자 병사들이 선망의 눈을 하면서 어느 때보다도 절도 있게 인사를 해 보였다. 시그리드는 묵례를 마주 하고 기사단실 앞에서 머뭇거리다가 노크를 했다.

어쨌든 이제 소속이 다르니 그냥 들어가기가 어려웠다.

"왜 노크는 하고— 시리?"

문을 열어 준 것은 다행히도 마리쉐즈였다. 마리쉐즈가 웃으며 문을 활짝 열었다.

"뭐야? 무슨 일이야?"

"잠깐 얼굴이나 볼까 하고."

"그야 언제든지 환영이지."

시그리드가 안으로 들어서자 앉아 있던 2기사단원들이 전부 자리에서 일어나 그녀는 당황했다. 로웬그린이 "어머?" 하고 자리에서 일어났다.

"알케르토랑 모리스는 아직 영지인가?"

시그리드가 묻자 마리쉐즈가 눈을 찡그리고 말했다.

"알케르토는 비번이고, 모리스는…… 소식 못 들었어?"

"소식?"

"데포레스트 자작님 돌아가셨다고 하던걸. 상중이라서 못 올라오는 게 아닐까."

"정말?!"

시그리드가 놀라 외쳤다. 로웬그린이 다가오며 말했다.

"나가서 이야기하자. 우리 만나러 온 거지?"

"어? 으응."

시그리드가 고개를 끄덕였다. 마리쉐즈는 시그리드와 친한 자신을 부러워하는 시선에 "흐흥~" 하고 웃어 보이고는 그녀를 밖으로 밀어냈다.

마리쉐즈에게 밀려서 밖으로 나오자 곧 로웬그린이 겉옷을 들고 따라 나왔다. 로웬그린이 진녹색의 털 망토를 마리쉐즈에게 건네주고 자신은 도톰한 코트를 걸쳤다. 무릎 아래까지 내려오는 롱 코트는 그녀에게 잘 어울렸다. 거기에 담비 가죽 머프까지 끼고 로웬그린이 말했다.

"그러면 이야기할 만한 곳으로 가자."

"응."

시그리드는 초조해져서 고개를 끄덕였다. 모리스에게 그런 일이 생겼는데 전혀 모르고 있었다. 친구라면 몰라서는 안 될 문제였다. 그녀가 입술을 깨무는 걸 보고 로웬그린이 말했다.

"자리 옮기자. 오랜만에 보는데 안 좋은 이야기로 시작하네."

마리쉐즈가 고개를 끄덕이며 시그리드의 팔을 잡아당겼다.

"얼마 전에 찾아낸 곳으로 가자. 시리도 마음에 들 거야."

"으응……."

시그리드는 고개를 끄덕였다. 가슴속이 걱정과 죄책감으로 꽉 차올랐다. 마리쉐즈의 시종에게 말을 맡기고, 시그리드는 로웬그린의 마차에 몸을 실었다.

마리쉐즈가 찾아낸—이라고 하기에는 유명한 것 같은 카페는 그린하우스였다. 유리온실로 아름답게 지어진 건물 안은 이 날씨에도 훈훈함을 유지하고 있었다. 마치 봄의 숲에 온 것처럼 나무들은 푸른빛을 띠고 있었고, 가운데 있는 직사각형으로 긴 분수대에서 물이 뿜어져 나와 경쾌한 소리를 냈다. 정말로 오랜만에 들어보는 물소리였다.

정중한 안내를 따라 연녹색 잎이 가득한 나무 밑 푹신한 소파에 앉으니 현실 감각이 없어질 정도였다. 로웬그린이 말했다.

"무사 귀환 기념으로 내가 살게."

"와—!"

마리쉐즈가 만세를 하며 기뻐했다. 메뉴판을 받아 들고 시그리드는 눈이 찢어져라 크게 떴다. 무시무시한 가격이었다.

마리쉐즈는 그사이 냉큼 가장 비싼 걸 시켰다. 로웬그린이 메뉴를 고르지 못하는 시그리드에게 물었다.

"잘 모르겠으면 내가 시켜 줄까?"

"응, 부탁할게."

메뉴판을 접으며 시그리드가 말하자 로웬그린이 자신과 같은 것으로 그녀의 메뉴를 주문했다. 다과가 나오는 것을 기다리며 시그리드가 물었다.

"모리스는? 괜찮은 거야? 찾아가 봐야 하지 않을까?"

마리쉐즈가 미간을 찡그렸다.

"하지만 영지까지 내려가는 것도 좀 그렇고……."

"모리스 위치도 미묘하니까 말이야."

고개를 끄덕이며 로웬그린이 덧붙인다.

"그래도……."

시그리드가 입 안으로 웅얼거렸다. 자신은 부모님이 없어서 실감이 안 나지만, 그래도 부모님의 상이 엄청 큰일이라는 것 정도는 안다.

"어차피 모리스는 수도로 다시 올라오니까 그때 찾아가 봐."

마리쉐즈도 거들었다.

둘의 이야기에 시그리드는 "그런가." 하고 입을 다물었다. 마리쉐즈가 물었다.

"서부는 어땠어? 미하스 경의 청혼을 찼다는 게 사실이야? 응? 어떤 사람이야? 역시 야만족이니까 거친 남자려나?"

"키가 크고 무뚝뚝하기는 했지. 진짜 부러운 몸이었어."

시그리드는 한숨과 함께 손을 높이 뻗어서 대충 우툴루의 키를 가늠해 주었다.

"나란히 서면 나보다 이만큼은 높았거든."

"진짜 크다~"

마리쉐즈가 감탄했다. 로웬그린 역시 "과연 그런 별명이 붙을 만하네." 하고 고개를 끄덕였다. 시그리드의 키도 여자치고는 결코 작은 것이 아닌데 저 정도의 차이라면 진짜 크다는 이야기였다.

"그리고 좌우로는 이렇게."

시그리드가 그의 몸뚱이도 가늠해서 보여 주자 두 여자는 놀란 얼굴을 했다. 마리쉐즈가 웃으며 말했다.

"완전 곰이잖아?"

시그리드가 고개를 끄덕였다.

"응, 딱 그런 느낌이야."

"든든하겠네."

로웬그린이 혀를 내둘러 시그리드가 미묘한 얼굴로 말했다.

"아군이면 그렇지."

"아군이 아닐 이유도 없잖아."

로웬그린이 간단히 문제를 일축했다. 아무래도 그런 정치적인 이야기는 이런 공개적인 장소에서 나누고 싶지 않았다. 안 그래도 시그리드와 함께 온 것만으로 사람들의 시선이 쏠리는데 이보다 더한 건 사양이다.

마리쉐즈가 "맞아, 맞아." 하고 물었다.

"그래서? 뭐라고 청혼했어? 네가 없으면 죽겠다고? 무릎은 꿇었어?"

"음……. 아냐, 그거 발언 다 취소했어. 나에게 청혼하거나 그런 것도 아니었어. 그냥, 아이를 낳아 달라고 하던데."

"뭐야?!"

마리쉐즈의 목소리가 날카로워졌다. 그녀가 상체를 앞으로 휙 숙이고 불타오르는 눈으로 으르렁거렸다.

"꽃은? 촛불들은? 분위기 있는 음악은? 오케스트라는? 텅 빈 무도회장은? 응? 다 어디로 간 거야? 전혀? 하나도 없었다고?"

"어? 으응."

시그리드가 어색하게 대답했다.

"뭐 그딴 자식이 다 있어! 그리고 너에게 그냥 아이를 낳아 달라고 했다고? 진짜로?"

시그리드는 마리쉐즈의 박력에 밀려 몸을 뒤로 빼며 고개를 끄덕였다. 마리쉐즈가 숨을 '후욱' 들이마시고 입을 열려는데 때마침 시종이 다과를 가지고 와서 마리쉐즈는 그대로 단어를 꿀꺽 삼켰다.

고급스러운 식기를 조심스럽게 내려놓고 마지막으로 음료가 든 포트까지 내려놓은 후 시종은 깊이 인사하고 물러났다. 로웬 그린이 손으로 먹으라고 재촉하며 말했다.

"여기 허브티가 특제 조합인데 맛있어. 설탕을 넣지 않아도 달달한 게, 꿀로 절인 열매 같은 걸 넣는 것 같더라고."

잔에 따른 약재는 확실히 홍차 빛깔은 아니었다. 노랑에 가까운 짙은 금색의 액체를 시그리드는 조심스럽게 맛보았다.

"맛있어—!"

차와 달리 이거라면 설탕 없이도 얼마든지 마실 수 있겠다고 시그리드는 생각했다.

"그지? 좋아할 것 같았어. 건강에도 좋다고 하더라."

로웬그린이 싱긋 웃었다. 시그리드는 아까와 달리 편하게 차를 마시며 고개를 끄덕였다.

"그렇구나. 건강에도 좋고 맛도 좋다니."

비싼 것이 이해가 되었다. 물론 이 온실을 유지하는 비용 역시 상당히 들겠지만 말이다.

마리쉐즈는 붉은색의 차를 마시고 있었다. 홍차 같은 붉은색이 아니라 루비같이 선명하게 새빨간 차였다. 마리쉐즈는 아직도 용서할 수 없어서 입을 비죽 내밀고 조잘거렸다.

"그런 청혼이라니 진짜로 최악이야. 대체 여자를 뭐라고 생각하는 거야? 아니, 시리를 뭐라고 생각하는 거야? 진짜 자기가 세 손가락 안에 드는 기사면 다야? 웃겨, 진짜. 누가 야만족 아니랄까 봐."

시그리드가 손을 저었다.

"아냐, 그러고 나서 나중에 실수였다고 사과했어. 발언도 다 취소했고."

"그게 더 기분 나빠!"

마리쉐즈가 팔짱을 끼며 말했다. 어떻게든 우툴루의 명예를

회복시켜 주려고 노력했지만 시그리드의 노력은 소용없었다.

"진지함이 없었다는 거잖아? 대체 왜 청혼한 거래?"

"우리 둘 사이에 나올 아이가 튼튼할 거라고……."

"뭐어—? 진짜 싫다."

마리쉐즈는 고개를 절레절레 저었고 로웬그린도 눈을 가늘게 떴다. 이러니저러니 해도 쉽게 청혼하고 쉽게 취소한다는 것은 로웬그린의 기준에도 좋지 않아 보였다.

게다가 상대가 시그리드인 이상 더욱 그랬다. 그녀는 분명히 진지하게 고민하지 않았겠는가? 로웬그린이 입을 열었다.

"그래서? 네가 거절하니까 발언을 취소한 거야?"

"응, 전에도 말했지만 난 아이를 낳을 생각이 없으니까, 거절했지."

로웬그린도 거기에는 콧방귀를 뀔 수밖에 없었다.

"거절하니까 발언 취소라니, 미하스 경도 속이 좁군."

"아니, 그런 건 아니었어. 진짜로 갑작스러운 이야기를 미안해하는 것 같았어."

둘이 생각하는 그런 뉘앙스가 아니었다고 시그리드는 말했지만 소용없었다. 마리쉐즈와 로웬그린에게 우툴루는 '답 없는 꼰대' 정도로 자리 잡혔다.

"시그리드, 만약 남자가 생기면 꼭 우리에게 말해. 알았지?"

"걱정이니까!" 하고 마리쉐즈가 강조했고 시그리드는 고개를 끄덕였다.

"그런 일은 없겠지만……. 알았어."

"그건 모르는 거다?"

마리쉐즈가 눈을 동그랗게 뜨며 말했다.

"아이를 안 낳겠다는 거지, 연애를 하지 않겠다는 건 아니잖아?"

"……그런 건가……?"

시그리드는 약간의 충격을 받아 작게 말했다. 그러다가 화급히 고개를 저었다.

"연애라니, 어울리지 않아."

"에엥, 그런 게 어딨어. 시그리드는 미인이고, 프로모션도 좋고, 능력자니까 분명히 수작 걸어오는 남자들 생길걸. 연애는 좋은 거야. 많이 해서 손해 볼 건 없다고?"

"흠—"

시그리드는 여전히 미심쩍다는 얼굴을 할 뿐이었다. 로웬그린이 그런 마리쉐즈를 보고 자그맣게 웃으며 말했다.

"애인도 없는 사람이 말은 잘하네~"

그 말에 마리쉐즈가 "흥" 하고 말했다.

"안 사귀는 거지, 남자가 없는 건 아니거든? 하여간 그런 청혼이라니……. 세상에, 낭만은 다 어디 간 거야? 무릎이라도 꿇으라고. 무릎, 무릎."

투덜투덜하며 마리쉐즈는 차를 마저 마셨다. 로웬그린이 물었다.

"그 외에는? 다친 곳은 없어? 마수를 없앴다는 이야기는 들었지만……."

"응, 베라무드랑 우툴루 둘 다 훌륭한 사람들이라서 그다지 어렵지 않았어."

"구체적으로 말해 봐."

마리쉐즈가 재촉해서 시그리드는 자신의 기술에 대해서 설명하고, 상황을 설명했다. 로웬그린이 눈을 동그랗게 떴다.

"그러면 그건 비장의 수인 거잖아? 이렇게 이야기해도 괜찮아?"

"어차피 다 퍼질 텐데, 뭐. 병사들이 다 보는 데서 펼쳤으니까."

그리고 진짜 비장의 수는 또 있다. 이렇게 된 거, 차라리 그걸 비장의 수라고 생각해 주기를 바랐다. 그러면 자신의 다음 수에 당하고 말 테니까.

"그렇구나. 그래도 아쉽군. 하지만 서부에는 확실한 신뢰의 표시였을 거야. 과연, 제법인데?"

로웬그린의 칭찬에 시그리드는 당황해 손을 저었다.

"아니, 그런 생각으로 한 게 아닌데."

"하지만 그렇게 보였을 거야. 게다가 아니라고 해도 시리가 성실한 건 사실이니까."

시그리드는 모든 일에 진지하며, 성의가 있다.

그건 고지식하고 답답한 일일지도 모르지만, 성의가 없어서야 일이 진행되지 않는다. 그리고 진짜로 성의를 가지고 임하는 사람을 찾기는 의외로 어려웠다.

'어찌 보면 최선의 인사란 말이지.'

베라무드를——상관을 혼자서 적진과 다름없는 곳에 내려 보낼 수는 없다고 따라 내려가겠다고 했을 때는 말렸었다. 하지만 사건이 끝나고 보니 시그리드가 더 없는 적임자였다.

'문제는…….'

시그리드가 전하와 폐하 사이에서 그녀가 원하는 대로 균형을 잡을 수 있을까 하는 것. 로웬그린은 자신보다 연하인 친우를 바라보았다.

"시리."

"응?"

"언제까지나 중립은 없어."

로웬그린이 찻잔을 들어 올렸다. 짙은 금색 찻물이 부드럽게 찰랑였다. 시그리드는 그 말에 로웬그린을 뚫어져라 바라보았다.

"결국은 선택을 하게 될 때가 올 거야. 그때가 오기 전에 난 먼저 선택하라고 하고 싶어. 그게 더 비싸게 넘기는 거거든."

싱긋 웃으며 로웬그린이 말했고 마리쉐즈가 옆에서 투덜거렸다.

"그게 그렇게 쉬우면 세상일이 다 쉬웠겠지."

그 말에는 로웬그린도 웃을 수밖에 없었다.

"맞아, 그건 그래."

차를 다 마시고 난 뒤 저녁을 같이 먹자는 둘의 말을 시그리드는 정중히 거절했다.

"모리스네 들러 보려고."

"비어 있을 텐데?"

마리쉐즈의 물음에 시그리드는 고개를 끄덕였다.

"응, 그래도 전언이라도 남겨 둘까, 하고."

"그럼 어쩔 수 없지."

시원시원하게 고개를 끄덕이고 마리쉐즈는 로웬그린의 마차에 올라탔다. 마리쉐즈의 시종이 시그리드에게 말을 돌려주었다. 그 사이에 에코는 뭔가 얻어먹었는지 꽤 만족스럽게 푸룽거리고 있어서 시그리드의 기분도 좋아졌다.

마차에 탄 두 사람을 배웅하고 시그리드도 에코에 올라탔다. 처음 와 보는 곳이라서 조금 헤매기는 했지만 시그리드는 곧 큰길로 나갈 수 있었다. 겨울이라고 하지만, 서부에서 올라오니 중앙의 겨울은 가볍게 느껴졌다.

저녁이 된 거리를 걷는 사람은 거의 보이지 않았다. 시그리드처럼 말을 타는 사람도 드물었다. 겨울에는 바람을 막아 주는 마차 쪽을 사람들은 훨씬 선호했다. 게다가 슬슬 정찬 시간.

거리는 한산 그 자체였다.

건물 사이로 불어오는 날카로운 바람에도 시그리드는 어깨를 쭉 펴고 가볍게 에코를 달리게 했다. 겨울이라 안장 아래 화려하고 도톰한 천을 걸치고, 네 발굽에도 니트로 짠 양말을 신은 에코 역시 경쾌하게 달렸다.

해가 떨어지면서 어둑어둑한 하늘을 배경으로 건물들의 윤곽선이 뚜렷하게 드러나고, 그 아래로 희미한 노을의 마지막 빛깔이 번졌다. 고개를 반대로 돌리면 벌써 별이 떠올라 있는 것이 보였다.

큰길가에 설치된 가로등에 푸르스름한 빛들이 드문드문 들어왔다. 저걸 설치하기 위해 황실에서 얼음탑에 어마어마한 비용을 지불했다고 들었다. 수도의 명물 중 하나였다.

—밤에도 이렇게 밝다니?

수도에 처음 오는 사람들은 한참 이 가로등을 들여다보고는 했다. 하지만 오늘은 그런 관광객도 찾아보기 어려웠다.

차갑다 못해 삼키면 따끔거릴 정도인 공기를 들이마시고 시그리드는 천천히 에코의 걸음을 늦췄다. 오랫동안 호흡을 맞춰 온 말은 주인이 안장 위에서 살짝 몸만 비틀어도 원하는 것이 뭔지 알고 움직였다.

시그리드는 모리스의 집 앞에 에코를 멈추고 가볍게 안장에서 뛰어내렸다.

똑똑똑—

노커를 몇 번 두들기고 시그리드는 기다렸다. 생각보다 훨씬 더 오랜 시간이 지나서야 조심스럽게 문이 열렸다. 문틈으로 상대가 누군지를 확인하고서야 시종은 문을 활짝 열었다.

"앙케르트나 경, 어서 오십시오."

들어오라는 듯 한쪽으로 물러서는 그를 보고 시그리드는 서 있는 에코에 슬쩍 시선을 던지며 말했다.

"말의 몸이 식기 전에 돌아가려고, 잠깐 용건만 말하려는데—"

"말은 구종에게 맡기시죠. 자, 안으로."

시그리드는 눈썹을 실룩였다. 분위기가 이상했다. 시종의 표정도, 몸짓도 딱딱했다. 그녀는 무의식적으로 왼쪽 허리의 검을 확인하며 말했다.

"그럼 부탁하지."

시그리드는 검 손잡이에 손을 올리며 안으로 천천히 들어섰다. 갑자기 문 뒤에서 공격이 날아올 것을 대비하며 들어섰지만 현관은 조용했다. 시종이 주변을 살피고 얼른 문을 닫았다. 그가 작은 목소리로 하인을 불러 시그리드의 말을 챙기도록 시키고 나서 그녀를 응접실로 안내했다.

"잠시만 기다려 주십시오."

"어, 응."

대체 뭐지?

시그리드는 자리에 앉지 않고 계속 서 있었다. 분위기가 이상한데 정확하게 뭔지 알 수 없었다. 시종이 떠난 사이에 적이 들어오기라도 하는 걸까?

시그리드는 슬그머니 소파 뒤쪽으로 향했다. 여차하면 엄폐물로 쓸 작정이었다. 하지만 오 분여 정도의 시간이 흐르고 들어온 것은 시종 혼자였다.

"안쪽으로 들어오시랍니다."

"누가?"

"데포레스트 경께서."

"모리스가 있어?!"

깜짝 놀라 시그리드가 소파 뒤에서 나왔다. 급한 마음에 시종보다 한두 걸음 더 빠르게 그녀는 걸었다. 집의 구조야 한 번만 보면 익숙하다. 그녀는 금방 예전에 들렀던 모리스의 내실을 찾아갈 수 있었다.

촛불 아래 반짝이는 놋쇠 손잡이를 휙 잡아 열고 시그리드는 안으로 들어갔다.

"모리스?"

그녀는 방 안을 쭉 훑었다. 시종이 조심스럽게 방 밖에서 방문을 닫았다. 문이 닫히는 소리가 났지만 시그리드는 신경 쓰지 않았다. 그녀는 소파 위에 앉아 있는 그를 보고 후다닥 달려갔다.

"모리스?!"

모리스의 몰골은 엉망이었다. 평소의 단정한 모습은 찾아볼 수가 없었다. 망토는 진흙탕에서 구르고 온 것 같았고, 머리도 산발이었다. 장갑 가죽 역시 겉이 떨어져 있었다. 이제 보니 카펫 위에도 진흙 발자국이 남아 있었다.

그렇게 더러운 모리스는 소파에 앉아 양손에 얼굴을 묻고 미동도 하지 않았다. 시그리드가 그 앞에 무릎을 털썩 꿇었다. 그녀가 더러움 따위는 아랑곳하지 않고 손을 뻗어 그의 어깨를 잡았다.

"모리스? 괜찮아? 무슨 일이야?"

모리스는 한참을 가만히 있다가 손을 뻗어 그녀를 꽉 끌어안았다. 갑작스러워서 시그리드는 그의 얼굴을 살필 수도 없었다. 그녀의 목덜미에 얼굴을 묻고 모리스는 힘주어 시그리드를 안았다. 모리스에게서는 결코 위생적이라고 할 수 없는 냄새가 났지만 시그리드는 아무렇지도 않았다. 곰 누린내와 피 냄새도 익숙한 사람이었다.

'부상이라도 입은 건가?'

그녀는 걱정이 되어 손을 뻗어 모리스의 망토 안으로 손을 집어넣었다. 안에 입은 코트를 만져 보니 밑에 갑옷을 입었다는 걸 알 수 있었다. 그녀의 걱정은 더욱 강해졌다. 혹시 피에 젖은 건 아니겠지?

그녀는 모리스를 더듬거렸다. 코트가 젖은 게 느껴져서 시그리드는 흠칫했다. 슬그머니 자신을 끌어안은 모리스의 눈치를 살피며 시그리드는 젖은 부분을 집중적으로 손가락으로 조사해 보았지만 다행히도 구멍은 없었다.

"뭐 하는 거야."

모리스가 웅얼거리듯 물었다. 그가 말하자 그녀는 목덜미가 간질간질해지는 것을 느끼며 말했다.

"부상을 입은 곳이 있나 살피는 중이야."

모리스는 한참을 아무 말도 하지 않다가 길고 긴 한숨을 내쉬고 몸을 일으켰다. 그리고 "아." 하고 그녀를 바라보았다.

"왜?"

시그리드가 걱정스러운 눈으로 그를 올려다보았다. 모리스가 손을 뻗어 그녀의 망토에 묻은 얼룩을 문질렀지만, 자신이 문지르는 곳이 더러워지는 것을 보고 손을 내렸다.

"옷 망쳐서 미안."

"신경 쓰지 마. 그보다 어떻게 된 거야? 응? 뭐야, 얼굴은 또 왜 이래?"

시그리드가 수염이 덥수룩해진 모리스의 얼굴을 양손으로 감싸며 물었다. 거칠어진 그의 피부와 피로감이 가득한 충혈된 눈을 보자 안절부절못하는 기분이 되었다.

"왜 그래? 응?"

모리스는 그녀의 손바닥에 가만히 뺨을 기대고 눈을 감았다. 걱정해 주는 목소리가 기분 좋게 귓가에 감겨들었다. 그를 걱정스럽게 보던 시그리드의 눈초리가 날카로워졌다.

"설마 형 때문이야?"

뾰족하게 나온 목소리에 모리스는 눈을 떴다. 시그리드의 주홍색 눈이 타오르고 있었다.

"그 자식이 이랬어?!"

모리스는 살짝 고개를 저었다. 하지만 시그리드의 화는 가라앉지 않았다.

"그럼 누군데? 그딴 거 형도 아니야! 감싸 줄 필요 없다고!"

"……버지야……."

모리스의 목소리는 아주 작았지만 시그리드는 한 번에 알아들었다. 그녀는 순간 무슨 말을 해야 할지 알 수가 없었다.

"아, 모리스……."

시그리드는 얼굴을 일그러뜨렸다가 상체를 세워 모리스를 꽉 끌어안았다. 아까와는 반대인 모양새였다. 모리스가 중얼거리듯 말했다.

"더러워, 시그리드 떨어져."

하지만 시그리드는 안은 팔에 더더욱 힘만 주었다. 모리스는 마치 숨이 막힌 사람처럼 가볍게 헐떡였다.

"시그리드—"

그가 몇 번 더 그녀를 낮게 불렀지만 시그리드는 도리질하며 그를 안고 떨어지지 않았다. 결국 모리스도 항복하고 눈을 감았다.

모리스의 헐떡임은 점차 줄어들었다.

한참을 그러고 있는데 방문이 삐걱 열리는 소리가 났다. 모리스가 후다닥 밀치듯 시그리드를 양팔로 밀어내자 의외의 일격에 그녀는 쉽게 떨어져 나갔다. 잘못했으면 나동그라졌을 만한 힘이었다.

"무슨 일이야?"

쉰 모리스의 목소리가 낯설게 흘러나왔다.

"아, 저기—"

아까 그 시종이었다. 그가 민망하다는 듯이 몇 번 주억거리고는 말했다.

"목욕물이 준비됐습니다만……."

"아, 그래. 고마워."

모리스는 대답하고 몇 번 헛기침을 했다. 그가 소파에서 일어나자 시그리드도 따라 일어났다. 모리스가 엉망이 된 그녀의 옷을 보고 신음을 흘렸다.

"미안, 옷 진짜 다 망가졌다."

"이딴 옷보다 모리스가 더 중요해."

시그리드가 마리쉐즈 흉내를 내듯 양손을 허리에 얹으며 말했다. 당당한 그녀의 모습에 모리스가 손으로 얼굴을 쓸어내리며 말했다.

"너도 옷 좀 갈아입어야겠다."

"그런가."

시그리드는 자신의 옷을 내려다보았다. 군청색 코트는 모리스의 말마따나 진흙투성이가 되어 있었다.

'말리고 솔질하면 되려나?'

그런 생각을 하며 시그리드가 단추를 풀기 시작했다.

"코트만 더럽혀진 거니까 괜찮아. 가서 일단 너 좀 씻고 와. 식사는 했어?"

"아니, 아직."

"그럼 그것도—"

시그리드가 말꼬리를 끌며 시종을 돌아보았다. 시종이 즉시 고개를 숙이며 말했다.

"식사를 준비하라고 이르겠습니다. 그럼 물이 식기 전에 들어가 보십시오."

빠져나갈 구멍을 찾은 시종은 재빠르게 방에서 나갔다. 모리스가 시그리드에게 말했다.

"그럼 실례할게."

"편하게 다녀와."

마치 자신의 집처럼 하는 말에 모리스는 슬며시 웃어 버렸다.

욕실 안에서 모리스는 옷을 벗었다. 망토를 벗고, 겉옷을 벗으니 그제야 그게 얼마나 무거웠는지 실감이 났다.

'피곤해.'

눈에 젖은 부츠와 옷을 벗고 뜨거운 탕 안으로 들어가니 저도 모르게 신음 소리가 흘러나왔다.

'죽겠다.'

모리스는 몇 번 뜨거운 물로 세수를 했다. 온몸의 근육이 아우성치는 기분이었다. 욕조에 기대어 모리스는 멍하니 허공을 응시했다.

아무런 생각도 하고 싶지 않았다.

아니, 딱히 할 수 있는 생각이라는 것도 없었다.

'쫓기는 거 엄청나게 힘든 일이지.'

누적된 피로감에 머릿속이 멍했다. 몸도 힘들었지만 정신적인 압박감이 더 강했다. 무엇보다도 자신을 죽이려고 드는 상대가 친아버지라는 것이, 참으로.

실감이 나지 않으면서도 절절히 실감이 난다고 해야 할까.

발밑이 전부 부서지는 기분이었다. 그동안 받아 왔던 애정이 거짓말처럼 느껴지는, 동시에 그것이 거짓이 아니기에 이 사태에 이르렀다는 것도.

'아니, 진정한 애정이었으면 이해했을까?'

자신의 방식대로 사랑하고, 자신의 방식대로 미워하는 부모라니.

'어머님도 찬성하신 걸까. 아니, 아버님이 어머님의 의견을 들으실 리가 없지.'

천천히 몸이 욕조 안으로 미끄러졌다. 졸음이 참을 수 없을 만큼 밀려왔다.

'마지막에 사냥개를 풀어서 진짜 죽는 줄 알았어……. 개에게 물려죽는 건 사양이라고…….'

그때 정말로 이 사람들이 날 죽일 작정이구나.

아버님이 내 죽음을 원하시는구나.

실감이 났다.

'형님에게 작위를 포기하라고 말했던 것처럼 나에게 자살하라고 말하지 않으셨던 게 친절일까, 양심일까.'

그런 생각을 하다가 스르륵 잠들어 다음 순간 모리스는 물을 토해 내며 깨어났다.

"쿨럭, 쿠헉—"

코도 기도도 전부 아팠다. 잠이 단숨에 달아났다.

'거기서 살아와서는 욕조에서 익사라니, 가십지에 실리겠어.'

연신 기침을 해대며 모리스는 탕에서 빠져나왔다. 면도를 하자 살이 빠진 듯 날카로워진 턱 선이 드러났다.

드레스 룸으로 나오자 퀴퀴한 냄새가 나고 있었지만 벗어 둔 옷은 수거해 간 듯 보이지 않았다. 대신 놓여 있는 새 옷으로 갈아입었다. 그러고 나자 드디어 살아 돌아온 실감이 났다. 모리스는 깊게 숨을 들이마시고 자신의 방으로 향했다.

방에 들어서자마자 그는 저도 모르게 킁킁거렸다. 맛있는 냄새가 공기를 꽉 채우고 있었다.

"모리스, 와서 먹어."

소파에 앉아 있는 시그리드가 손짓했다. 코트를 벗은 그녀는 근위대 제복 차림이었다.

남색 재킷에 금장 단추.

소파 테이블에는 뜨거운 빵과 야채수프가 놓여 있었다. 모리스는 자리에 앉아서 순식간에 야채수프를 전부 마셨다. 제대로 된 야채를 먹는 게 너무 오랜만처럼 느껴졌다. 뜨거운 빵에 버터를 듬뿍 발라 잔뜩 녹아들게 한 다음에 잼을 올려 게 눈 감추듯 먹어 치웠다.

시종이 새로 빵 바구니를 가져오고, 야채수프를 큰 접시에 퍼 왔다. 오랫동안 못 먹었던 위에 적당한 식단이었다.

모리스가 많은 양을 먹는 동안, 시그리드는 배고프지 않을 정도로 식사에 손을 댔다.

어느 정도 먹는 속도가 느려지자 시그리드가 말했다.

"로웬그린과 마리쉐즈 말로는 자작님께서 돌아가셨다고 하던데."

"내 생각에도 그런 것 같아. 중간에 추격이 멈췄거든."

'추격'이란 단어에 시그리드는 눈살을 찌푸렸다가 말했다.

"대체 어떤 일이 있었던 거야?"

물었다가 아차 하고 그녀가 조심스럽게 덧붙였다.

"알려 줄 수 있는 거라면 알려 줘. 어려운 거라면 말해 주지 않아도 괜찮아."

모리스는 그 말에 잠시 손을 멈췄다가 다시 움직이며 말했다.

"아버님께 내 의견을 명확하게 한 것뿐이야."

'명확히라고 하면……'

'어라?' 하고 시그리드가 물었다.

"작위를 잇지 않겠다고 말이야? 이미 여러 번 말했던 거였잖아?"

"응, 하지만— 이번처럼 단호하게 말한 적은 없었어. 아버님이 죽음을 목전에 둔 상태에서 믿었던 아들이 배신을 한 거지."

모리스는 웃었다.

어째서일까? 웃음이 자꾸 흘러나왔다. 웃을 일이 아니라는 건 안다. 사실 마음속 깊이 이 사실이 웃기지도 않다. 하지만 모리스의 안면 근육만은 따로 노는 것처럼 웃음을 띠고 있었다.

"그래서 아버님은 생각하신 거지, 맏이가 제대로 가문을 이으려면 유력한 후보인 둘째가 걸림돌이군. 죽이자."

시그리드가 목소리를 높였다.

"말도 안 돼! 모리스가 그럴 리가 없잖아! 대체 네 아버님은 널 어떻게 생각하고 계시는 거야?"

그 말에 모리스는 멍하니 시그리드를 보았다. 그런 생각은 해본 적 없었다. 모리스가 살짝 입가를 일그러트리고 말했다.

"자신의 뜻을 이어 줄 아들이라고 생각하고 계셨던 거 아닐까."

"그거랑 이건 다르지!"

시그리드는 팔짱을 꼈다.

"이상해, 이상하다고. 모리스의 아버지지만, 모리스를 전혀 모르잖아."

그 말에 모리스는 힘없이 웃었다. 그 모습에 시그리드는 아차

해서 말했다.

"그…… 모리스의 아버님을 나쁘게 말하려는 건 아니었어. 하지만 상황이 그래서……. 물론 모리스에게는 좋은 아버지셨겠지만……."

"글쎄……. 사실 이제 와서는 잘 모르겠어."

멍하니 모리스가 중얼거렸다. 시그리드는 빵을 잘게 조각조각 내며 작게 물었다.

"그러면 아버님이 널 죽이려고 해서 영지에서 도망쳐 온 거야?"

"응, 말 없이 오려니까 죽겠더라. 게다가 타 영지에 파발까지 보내 놓으셔서 진짜로 잡혀 죽는 줄 알았어. 수도로 와서도 불안해서, 집에 왔는데도 진정이 안 되더라고. 와 줘서 살았어."

모리스가 시그리드에게 미소를 지어 보였다. 시그리드가 조각낸 빵을 한꺼번에 입 안에 집어넣어 삼키고 말했다.

"오늘 내가 보초도 서 줄게."

"보초?"

"응, 안심하고 푹 자라고."

가슴을 두들기며 하는 말에 모리스는 난감해져서 손을 저었다.

"아니, 와 준 걸로도 충분해."

그 말에 시그리드는 고개를 저었다. 쫓겼던 경험이라면 본의 아니게 한 적 있었다. 부상당한 베라무드를 끌고 적진을 나오던 그 경험은 결코 즐겁지 않았다. 그렇게 돌아와 며칠 잠을 설쳤다. 돌아왔다는 걸 알지만 몸은 긴장 상태를 쭉 유지하고 있었던 것이다. 분명히 모리스도 그럴 것이다.

물론 수도고, 자신의 집이지만 여기에는 제대로 된 무장 병력이 없다.

"나에게 맡겨."

시그리드가 힘주어 말했다.

그 뒤로도 모리스가 몇 번이나 돌아가라고 권했지만 시그리드는 요지부동이었다. 식사를 끝내고 간단하게 씻고 그녀는 방문 앞에 턱 버티고 섰다.

"손님방에서 자고 가."

모리스는 거기에 '제발'이라는 말을 붙였다.

"그렇게 불편해……?"

결국 한풀 꺾인 시그리드가 되물었다. 모리스는 고개를 끄덕였다. 자신의 침실에 시그리드를 보초로 세워 두고 잠이라니, 올리가 없잖은가?

"알았어. 그러면 난 복도 쪽으로 서 있을게. 잘 자, 모리스."

싱긋 웃고 시그리드는 문을 열고 나갔다. 모리스는 말려야 한다고 생각했다.

그는 그렇게 생각했음에도 한편으로는 안심도 되었다. 그리고 안심하는 자신이 한심하게 느껴졌다.

'오늘만 신세를 지자.'

모리스는 그렇게 생각하며 침대 속으로 몸을 던졌다. 매끄러운 침구의 감촉은 황홀 그 자체였다. 서늘하게 손에 감기는 올이

가는 피륙과 푹신한 매트리스. 좋은 향기마저 난다. 침대가 마치 자신을 빨아들이는 것 같았다.

베개에 머리를 얹자마자 모리스는 곧장 잠 속으로 빠져들었다.

조금의 긴장도, 경계도 없이.

* * *

점심때까지 잠에 빠졌던 모리스가 깨어나서 점심을 먹으라고 붙잡는 걸 거절하고 집으로 돌아온 시그리드를 기다리는 건 푸른색 초대장이었다.

푸른색에 섬세하게 은박으로 넣은 테두리.

그리고 붉은색의 인장은 쌍두독수리—황제의 인장.

밤을 새워서 머릿속이 멍하다고 생각했는데 그걸 보니 새하얗게 변해 버렸다. 아무런 생각도 할 수 없었다.

"시그리드 님?"

걱정스러움이 담긴 세리아의 부름에 시그리드는 펄쩍 뛰어올랐다. 세리아가 눈을 휘둥그레 떴다.

"무슨 일이세요? 괜찮으세요? 안 좋은 소식이신가요?"

"아니, 괜찮아."

대답하고 시그리드는 초대장을 집어넣었다. 손끝이 떨리고 있었다.

"저기, 혼자 있을게."

시그리드의 말에 세리아는 황급히 인사를 하고 퇴실했다. 시그리드는 초대장을 다시 보았다.

황제의 인장.

그러니까 이건 폐하의 초대장이다. 초청장이다. 그녀는 페이퍼 나이프로 조심스레 편지를 오픈했다. 안에서 나온 것은 질 좋은 묵직한 무게의 종이. 맨 위에는 역시나 황가의 문장이, 그리고 그 아래는 간략한 필체로 알현 시간이 적혀 있었다.

부디 와서 자리를 빛내 주십사 애원하는 귀족들의 초대장이 아니다. 부르면 자신은 당연히 달려가야 한다.

그걸 사람을 쓰지도 않고, 이렇게 편지로 명령하다니.

시그리드는 웃고 싶었다. 하지만 웃음이 나오지 않았다.

'왜 날 부르신 걸까?'

물음이 먼저 떠올랐다.

'서부의 일을 치하하시려는 건가?'

아직 그 일을 공적으로 치하받지 않았다.

'그러면 베라무드도 같이 가는 걸까?'

안심이 되었다. 그와 함께 간다면 떨지 않아도 될 것이다. 그게 아니라면 다른 것으로 부를 만한 일이 없어 보였다.

'베라무드에게 물어볼까.'

이런 일은 없었으니까 미리 물어보고 어떻게 하면 좋을지를 알아보는 게 좋겠지. 마음먹고 시그리드는 옷을 갈아입었다. 그때 꾸르륵 하는 요란한 소리가 배에서 울려 퍼졌다.

'빵은 먹고 나가자.'

시그리드는 그렇게 생각하며 배를 문질렀다.

세리아를 불러 식사를 준비하게 하고 그사이 시그리드는 머리를 다시 올려 묶었다. 양쪽으로 땋아 내려서 복잡하게 올려 묶는 것을 시도해 보았으나, 어쩐지 마리쉐즈처럼 잘되지가 않았다. 결국 시그리드는 포기하고 '식사 후 다시 묶자.' 하고는 머리를 포니테일로 올려 묶었다.

세리아는 이제 하녀들 사이에서 당당히 윗자리를 차지하고 있었다. 일단 상관인 시그리드가 그녀를 요리사로 밀어주는데, 요리사는 고급 직종이었던 것이다. 게다가 세리아의 요리 솜씨는 눈에 띄는 데다 그녀가 다른 하녀들에게 공손하지 않은 것도 아니었다. 하녀들도 그녀를 시그리드의 측근 시녀 정도로 생각하게 되었다.

세리아는 자신의 자신작인 양파 수프를 내놓으며 조심스럽게 시그리드의 얼굴을 살폈다. 초대장을 받고 얼굴이 굳어서 놀랐는데, 지금은 다행히도 안색이 좋아 보였다.

"이거 맛있다!"

시그리드가 탄성을 질러 세리아는 흐뭇하게 웃으며 "나머지도 가져올게요." 하고는 물러났다.

시그리드는 맛있는 걸 먹으니 기분도 금방 좋아졌다.

'맛있는 요리는 쉽게 사람을 행복하게 하는구나.'

시그리드는 새삼 여러 가지를 생각했다. 마리쉐즈와 로웬그린과 같이 갔던 곳들도 전부 맛있는 걸 팔았지. 그래서 더 즐거웠던 것도 같다.

그런 생각을 하며 식사를 하는데 세리아가 곤란한 얼굴로 다가왔다.

"시그리드 님, 손님이 오셨는데요."

"손님?"

이 시간에 무슨 손님이지? 시그리드는 갸웃했다.

"네, 베라무드 루나틸 경께서 오셨습니다."

"아!"

시그리드는 '역시 베라무드도 편지를 받았구나!' 하고 안도했다. 그 초청장을 받고서 자신에게 어떻게 할지 얘기하러 온 모양이었다. 덜렁덜렁해 보이는데도 의외로 부하의 세세한 곳까지 신경 쓰는 사람이다.

"알았어, 잠시만 기다리라고 해 줘."

"네."

시그리드는 남은 스크램블과 팬케이크를 입속에 와구와구 밀어 넣고 차를 마셔 꿀꺽 삼킨 후에 자리에서 일어났다.

허겁지겁 시그리드가 응접실로 나가니 베라무드가 소파에 앉아 있었다. 그는 시선을 장식장으로 보내고 있었는데 아직 그녀가 온 걸 눈치 못 챈 듯했다. 무표정한 얼굴이 약간 피곤해 보여서 시그리드는 저도 모르게 물었다.

"괜찮으십니까?"

그 말에 베라무드는 시그리드가 들어온 걸 눈치채고 싱긋 웃어 보였다.

"시리, 왔어?"

"네."

"괜찮은데~ 시리야말로 괜찮은 거야?"

"네? 네."

"흐음— 느닷없이 반차를 쓰기에 아픈가 했더니만?"

"아, 제가 아니라 친구 때문에— 전 괜찮습니다."

"그렇군."

대답하며 베라무드가 다리를 쭉 뻗어 편안한 자세를 취했다. 시그리드가 그의 옷차림을 보고 물었다.

"사복이시군요, 오늘은 근무일이 아니십니까?"

"시리 만나러 오느라고 갈아입었지."

"왜요?"

"왜일까?"

히죽 웃고 베라무드는 되물었다. 질문에 질문으로 대답이라니, 좋아하지 않는 방식이라 시그리드는 눈을 찡그렸다. 베라무드가 이어 말했다.

"건강하다니 다행이네, 난 무슨 일 생긴 줄 알았지."

"일……이라면 딱히 없지만……."

힐끔 시그리드가 베라무드를 보았다. 폐하의 초대장을 '무슨 일'이라고 표현할 수는 없지만, 무슨 일은 무슨 일이다.

"왜?"

베라무드가 그 간격을 눈치 못 챌 리가 없어 되물었다. 시그리드가 물었다.

"그 일 때문에 오신 거 아닙니까?"

"무슨 일?"

"폐하께 초대장이—"

그 말에 베라무드의 자세가 단숨에 일변했다. 느긋했던 자세는 사라지고 소파에 바로 앉은 그가 상체를 그녀에게로 숙였다.

"뭐라고 왔는데?"

"알현하러 오라는 이야기만 적혀 있었습니다."

"하."

웃음인지 아닌지 모를 것을 내뱉고 베라무드는 생각에 잠겼다. 시그리드가 머뭇머뭇 되물었다.

"베라무드는 안 받으셨습니까?"

"어."

"서부에서 일어난 일을 치하하려고 부르신 건 줄 알았는데요."

"그건 미끼겠지."

베라무드가 이를 드러내고 웃었다.

"그럼 절 왜 부르실까요?"

"몰라서 물어?"

시그리드는 생각에 잠겼다가 물었다.

"저를…… 자기편으로 하려는 걸까요?"

"노골적인 말이지만, 그렇지."

베라무드가 손가락으로 툭툭 자신의 무릎을 두들겼다. 시그리드는 갑자기 목이 말랐다. 그녀가 물었다.

"차나 아니면 다른 거라도 드릴까요?"

"아무거나."

"알겠습니다."

시그리드는 종을 울려 차를 주문했다. 그러고 나서도 여전히 진정이 되지 않았다. 안절부절못하는 게 눈에 보여 베라무드가 조용히 그녀를 불렀다.

"시그리드."

"네, 네."

"괜찮아?"

시그리드는 고개를 끄덕였다. 베라무드가 눈을 찌푸리고 말했다.

"하나도 안 괜찮아 보이는데. 그러고 보니 전에 폐하와 만났을 때도 그랬지."

그의 두 눈이 빤히 그녀를 직시했다. 시그리드의 오러가 그에게 뭔가 말이라도 해 주는 건가 싶을 정도였다. 베라무드와 시선을 마주칠 수가 없어 테이블만 바라보고 있으려니 메리가 차를 가지고 들어왔다.

분위기가 이상한 걸 눈치챘지만, 메리는 내색하지 않고 다기 구들을 늘어놓은 후 공손히 인사하고 물러났다. 시그리드는 찻잔을 바라만 봤다. 그런 그녀의 모습을 본 베라무드가 주전자로 손을 뻗어 시그리드의 찻잔을 채웠다.

"아, 제가—"

놀라 고개를 들며 손을 뻗자 베라무드가 저지하고 자신의 잔을 채우며 말했다.

"됐어. 그런 얼굴 하는데 캐물을 정도로 나쁜 인간은 아냐. 사실은 물어보고 싶지만 말이지. 사적으로 말이야. 기분 나빠. 네가 그런 표정을 짓게 만든 짓을 했다는 게."

베라무드가 주전자를 내려놓으며 말했다.

"마셔."

"아, 네네."

시그리드는 자신의 잔을 들었다. 따뜻한 찻물을 머금자 긴장이 풀렸다. 향기로운 차향을 깊게 빨아들이며 시그리드는 긴 숨을 내쉬었다.

"다른 거 물어봐도 돼?"

"어떤 것 말입니까?"

"폐하가 무서운 건가?"

그 말에 시그리드는 멍하니 베라무드를 바라보았다. 그의 얼굴에는 웃음기가 없었고 농담을 던지는 것 같지도 않았다. 그녀는 생각했다.

난 폐하가 무서운가.

몇 번이나 머릿속에서 반복해 보았다. 난 폐하가 무서운 걸까? 무서울 이유가 있나?

시그리드가 침묵하는 동안 베라무드는 끈기 있게 대답을 기다렸다.

한참 후에 시그리드는 드디어 대답을 냈다.

"아뇨."

"진짜로?"

"네."

대답하고 그녀는 미소 지었다.

유리 황제가, 폐하가 무서울 일은 없었다.

이제 그는 그녀를 배신하지도 못한다.

그 고문도, 누명도, 철저한 외면도, 자신의 비명도, 차가운 지하 감옥도, 달군 인두도, 살이 찢어지는 채찍도—

전부 다시 일어나지 않을 일이다.

시그리드는 자신이 폐하를 만나기 싫은 이유가 무엇인지 지금 똑바로 보았다. 유일하게 과거에서, 돌아오기 전에 자신과 가장 가까웠던 사람. 유일하게 잘 아는 사람. 아니, 잘 안다고 생각했지만 잘 몰랐던 사람.

그 사람을 만나는 것이 무서웠다. 마치 과거가 현실이 되어 마주 보는 듯한 감각.

그랬다.

자신은 무서웠던 거다.

하지만 '공포'가 자신의 감정이라는 걸 알게 되자 그를 무서워하지 않아도 될 이유 역시 떠올랐다.

"고맙습니다."

그녀의 말에 베라무드가 "뭐가?" 하고 물었다. 시그리드는 가지런한 이를 드러내며 웃었다.

"그냥 전부 말입니다."

"고마우면 데이트나 한 번 해 줘."

"원하시면요."

으쓱하고 시그리드가 대답해서 베라무드는 오히려 허를 찔렸다.

"진짜?"

"네."

베라무드의 얼굴이 수상쩍게 변했다.

"너 데이트가 뭔지는 알아?"

"남녀가 같이 빵 먹고 차 마시고, 이야기하고 그런 거 아닙니까."

"……그런 거기는 한데……."

그거야 그렇지만 그것만이라고 단정하면 뭔가가 좀 부족하다. 하지만 이 기회를 놓칠 베라무드가 아니었다. 그는 냉큼 기회를 낚아챘다.

"좋아, 그러면 데이트 한 번. 약속한 거다?"

"네."

시그리드는 고개를 끄덕였다. 베라무드는 좋으면서도 왜인지 부족한 기분이었다. 그가 묘한 얼굴을 하고 시그리드를 보았다.

방금 전까지만 해도 얼굴이 새하얗게 질려서는—

'깜짝 놀랐네.'

전에 폐하와 만났을 때도 그랬지. 갑자기 시그리드가 토해서 정말 놀랐었다. 뭐랄까? 상대방의 약점을, 비밀을, 원하지도 않는데 정면으로 보게 된 기분이었다.

그게 싫지 않았다.

하지만 동시에 걱정도 되었다. 그 황제 새끼가, 이 여자에게 무슨 짓을 한 걸까? 아무것에도 굴복하지 않을 것 같은 이 기사에게 무슨 짓을 한 걸까?

그런 생각만 해도 피가 거꾸로 솟는 것 같았다.

그는 그녀가 고개를 치켜들고 걷는 게 좋았다. 위풍당당하게 사자마냥 무리를 헤치고 걷는 걸 보기만 해도 웃음이 나왔다.

기를 쓰고 자신에게 도전하는 게 좋았고, 종종 자신을 이기는 것조차도 좋았다.

시그리드의 그 고지식함마저도 이제는 귀엽게 보일 지경이었다.

"같이 갈까?"

"네?"

"폐하에게 말이야. 상관으로서."

뒷말을 덧붙여서 시그리드는 고민하다가 고개를 저었다.

"아뇨, 괜찮습니다."

"정말로?"

"네, 이제 괜찮습니다."

단호하게 시그리드가 말했다. 베라무드는 잠시 고민하다가 고개를 끄덕였다. 사실은 '폐하의 편에 설 거냐.'라는 질문도 하고 싶었다. 하지만 거기까지는 가면 안 된다는 것 정도는 알고 있다. 베라무드는 천천히 자리에서 일어났다.

"그럼 얘기 끝났으니 가 보도록 할까."

"베라무드."

"응?"

"그럼 정말로 걱정되어서 오신 건가요?"

"말했잖아?"

"농담이신 줄 알았습니다……."

베라무드는 픽 웃으며 뒷덜미를 슬쩍 문지르고 말했다.

"나도 농담 같아."

무슨 뜻인가 하고 갸웃하는 그 얼굴이 역시 귀엽다. 베라무드는 커다란 주홍색 눈을 지그시 들여다보고는 말했다.

"그럼 간다."

"네, 네."

"데이트도 잊지 말고."

"네, 원하시는 날짜와 시간을 말씀해 주십시오."

"좋아, 날이 좀 더 따뜻해지면."

"알겠습니다."

깍듯하게 자신을 배웅하는 시그리드에게 손을 흔들어 주고 베라무드는 그녀의 집을 나왔다.

'그러고 보니 그 정원사 녀석이 안 보이잖아?'

신경 쓰이던 녀석이 눈에 안 보이니 속 시원하기는 한데, 어떻게 된 일인지 궁금하기도 했다.

'신경 쓰지 말자.'

'아니, 신경 써야 하나?' 그런 생각이 들어서 베라무드는 길게 숨을 들이마셨다. 차가운 공기가 폐 속을 얼리는 것 같았다.

'신경 쓸 일이 한둘이어야지…….'

서부에서의 일을 잘 해결하자 흐름이 달라졌다는 것이 느껴졌다. 당분간은 좀 더 지켜보겠다—라는 분위기이기는 하지만 서부가 황태자에게 협조적으로 나올 경우 귀족들도 좌시하고만 있을 수는 없겠지.

서부를 끌어들이는 게 좋은 것만은 아니다. 보수적인 귀족들 사이에서는 말이 나올 수도 있으니까. 그렇다고 해도 그들이 보기에는 '골칫덩이'인 서부가 협력적으로 나온다는 것만 잘 꾸며내면 지지를 얻을 수도 있겠지.

'즉, 이제 언제 폐하에게 목이 날아갈까 걱정하지 않아도 된다는 거지.'

반대로 그런 황태자를 향한 황제의 견제는 더 강해지고 있었다. 편집증적이고 신경질적이며, 그만큼 유능한 황제를 생각하면 마음속이 무거워졌다.

언제 아버지가 자신을 죽일까 무서워하며 떨던 그 어린 소년도 기억났다. 베라무드가 세리오스를 처음 만났을 때만 해도 루나틸 공작가와 황가의 사이는 좋지 않았으니까.

볼모로 황자를 공작가에 맡긴 거나 마찬가지였다.

게다가 새 황후도 있다.

세리오스의 계모인 황후에게는 아들이 있었다.

'망나니지만.'

나이가 세리오스의 반에 좀 못 미칠 정도이니, 태자에게 위협이 되지는 않았다. 그렇다고 해도 황후가 어머니이니 무시할 수도 없었다. 더불어 황제의 총애도 얻고 있으니 말이다.

'하지만 에리얼이 임신 중이니까.'

에리얼이 만일 아들을 낳는다면 분위기는 달라질 것이다.

'역시 그냥 물어볼 걸 그랬나. 아냐, 됐어. 베라무드, 네가 시리의 행동을 강제할 수는 없잖아.'

새하얀 숨을 토해 내고 베라무드는 말의 옆구리를 걷어차 속도를 올렸다.

*　　*　　*

시그리드는 꼿꼿하게 서 있었다.

다시 한 번 그녀는 자신의 차림을 내려다보았다. 군청색 제복 코트는 깔끔하게 손질해서 진흙의 흔적이 보이지 않았다. 금 단추는 눈이 부시고, 부츠에는 얼굴을 비칠 수도 있을 것 같다.

이제 무섭지는 않지만, 긴장이 되지 않는다고 하면 거짓말이었다. 알현실은 아주 익숙한 장소였다. 그녀는 항상 그곳에, 폐하의 곁에 서 있었으니까.

하지만 이제는 아니다.

"앙케르트나 경, 들어오시랍니다."

시종이 조용히 말하며 문을 열었다. 시그리드는 붉은 융단이 깔린 안쪽으로 조심스럽게 들어갔다.

"오오, 앙케르트나 경. 들어오시게나."

"황제 폐하를 뵙습니다."

시그리드가 무릎을 꿇으며 인사를 하자 황제는 다가와 그녀의 어깨를 짚었다.

"일어나시게. 마스터를 이렇게 꿇게 둘 수야 없지."

"황공합니다."

대답하고 시그리드는 조심스럽게 자리에서 일어났다. 그녀가 있는 알현실은 옥좌가 있는 곳이 아니라 살롱 같은 분위기의 좀 더 친밀한 공간이었다.

일어나 시그리드는 고개를 들고 드디어 폐하의 얼굴을 보았다.

흔들리지 않는 시야로 제대로 본 얼굴은 기억과 똑같았다. 아니, 조금 더 젊으신 것 같기도 하다. 고작 5년인데 그렇게 많은 변화가 있었던 걸까?

오십 대 중반의 황제는 반백의 머리에 색이 바랜 듯한 회색 눈을 하고 있었다. 날카로운 눈초리는 확실히 세리오스와 닮아 있다. 마른 그의 얼굴에는 찡그림을 자주하기 때문에 생기는 표정 주름이 남아 있었다. 말랐지만 황제답게 화려한 옷을 걸쳐서 그가 왜소하다는 느낌은 결코 주지 않았다.

"내 얼굴이 그리 신기한가?"

유리 황제의 물음에 화급히 시그리드는 고개를 숙였다.

"송구스럽습니다, 폐하. 용서해 주십시오."

"아니, 괜찮네. 얼굴 좀 봤다고 해서 내가 뭐라고 하겠는가. 저번처럼 쓰러지는 것보다야 낫지."

"송구합니다……."

"아닐세."

위로하며 황제는 호탕하게 웃음을 터트렸다.

예전 같으면 '역시 우리 폐하는 호걸이시다.' 하고 생각할 만한 웃음도 지금에 와서 들으니 작위적인 것처럼 들렸다. 웃음을 멈추고 황제는 고개를 숙인 여기사를 바라보았다.

평민이면서 이 정도의 능력자라니.

"서부에서 놀라운 공적을 세웠다지."

"모두가 도와주신 덕분입니다."

"아니야, 그대가 어떤 일을 했는지는 나도 들었다네. 자네 같은 능력자가 지금껏 묻혀 있었다니. 그대는 우리 바하나트 제국의 신성일세."

"황공합니다."

시그리드는 더 깊게 고개를 숙였다.

그녀는 스스로 놀라고 있었다. 예전이라면 이런 말을 들었을 때 눈물이 솟구쳤을 것이다. 폐하가 자신을 알아준다는 그 사실에 눈물이 흘러나올 만큼 기뻐하며 전율에 몸을 떨었을 텐데—

'아무렇지도 않아.'

아무리 생각해도 이상할 정도였다. 폐하를 향한 마음이 단숨에 사라진 것처럼. 얼마 전까지만 해도 당신을 생각하면 심장이 쿵쾅거렸는데, 만나고 싶지 않다고 생각했는데.

아무렇지도 않다.

황제가 그녀의 어깨를 툭툭 두들겼다.

"그래서 내가 시그리드에게 부탁하고 싶은 게 있다네. 그렇게 불러도 되겠지?"

"물론입니다."

"요즘 근위대와 황실 기사단을 보며 여러 가지 생각을 했다네. 자네 같은 인재를 그동안 썩혀 왔다는 것도 이해할 수가 없어. 게다가 불온하게도—"

황제의 목소리가 낮아졌다.

"몇몇 세력들은 황가에 충성을 다하고 있지 않다는 이야기도 돌고 있네. 놀랍게도 말이야."

"그런 불충한 세력이 있단 말입니까?"

저절로 목소리가 딱딱해졌다. 황제가 고개를 깊게 한 번 끄덕였다.

"그래서 난 아흐트슈비에츠를 부활시키려고 한다네. 나의 친위대로서, 불온 세력을 저지할 목적으로 말일세."

시그리드는 깜짝 놀랐다. 저도 모르게 고개를 들자 황제가 미소를 지었다.

"자네를 그 첫 번째 일원으로 부르고 싶다네. 나의 검이 되어 줄 테지?"

시그리드는 혼란에 빠졌다.

아흐트슈비에츠라니, 예전에는 저런 단체 같은 건 있지도 않았다. 친위대라는 건 존재하지 않았다. 그런데 어째서 이렇게 된 걸까?

미래가 바뀌고 있다는 건 알았지만, 정말로 격변이 일어난 것 같았다.

"폐하."

시그리드는 무릎을 꿇었다. 심장박동이 미친 듯이 올라가고 있었다. 바싹 마른 입술을 훑고 그녀가 입을 열었다.

"저에게 그런 임무는 너무나도 무겁습니다. 명을 거두어 주시옵소서."

"무겁고 무겁지 않고는 내가 정한다."

"제 출신으로는 폐하께 누만 될 뿐입니다."

"내가 그대에게 작위를 내리겠네. 아니, 그렇지 않더라도 내가 있는 이상, 그대가 아흐트슈비에츠인 이상 아무도 그런 말은 못 할 걸세."

"저는…… 저는 그런 대임은 감당할 수 없습니다."

그녀가 다시금 강력한 어조로 말하자 침묵이 알현실에 깔렸다. 시그리드는 헐떡거리지 않기 위해 애썼다.

만약 폐하가 날 지하 감옥에 가두면 어떻게 하지?

시그리드는 주먹을 꽉 쥐었다. 그런 일은 일어나지 않을 거다. 않을 거야. 그녀는 몇 번이나 되뇌었다. 무겁게 내리누르는 듯한 침묵이 지속되었다.

시그리드는 자신의 숨소리가 거슬린다고 생각했다. 오랜 시간이 지나 황제는 입을 열었다.

"그렇단 말이지……."

"송구합니다."

"그렇다면 그대에게는 다른 임무를 맡기도록 하겠네."

"하명하시옵소서."

"삼 황자의 호위를 당분간 맡아 주게. 그 정도는 하겠지? 그대는 근위대니까."

"명을 받들겠습니다."

"좋네, 나가게."

"만세를 누리소서."

인사를 남기고 시그리드는 알현실을 나왔다. 심장이 아직도 팔딱거리고 있었다.

'어떻게든 잘 넘긴 것 같은데.'

그녀는 그렇게 생각하며 긴 한숨을 내쉬었다.

'삼 황자님의 호위라…….'

근위대원들을 통해서 시그리드도 삼 황자에 대한 악명이라면 익히 듣고 있었다. 그러니까 이건 일종의 보복성 인사일 것이다.

그리 생각하고 싶지는 않지만 그렇다. 자신이 과거에 섬겼던, 모든 것을 다 내던져서 섬겼던 사람을 이렇게 떨어진 시각에서 보게 된 것을 기뻐해야 할지 슬퍼해야 할지 그녀는 알 수 없었다.

잠시 대기실에 서 있다가 방을 나가니, 알현을 기다리는 많은 사람들이 그녀에게 시선을 주었다. 그녀의 근위대 제복과 은발을 보고 사람들은 누구인지 금방 알아챘다.

"앙케르트나 경 아니십니까?"

"오오, 처음 뵙겠습니다."

곧 자기소개를 하며 다가오는 사람들에게 시그리드는 무례하다 싶을 정도로 잘라 인사를 하고 두 번째 대기실을 빠져나왔다. 뒤에서 사람들이 '건방지다.'라고 말하는 것이 들렸으나 그녀는 그다지 신경 쓰지 않았다.

복도를 빠른 걸음으로 지나는데 불쑥 코너에서 사람이 튀어
나왔다.

"안녕."

씩 웃는 베라무드를 보고 시그리드는 정말 놀랐다.

"베라무드?!"

"무서운 얼굴을 하고 어딜 그렇게 급하게 가?"

"여기는 어쩐 일입니까? 알현하러 오신 건가요?"

폐하가 있는 중앙궁, 게다가 알현장으로 향하는 복도이니 그
녀의 생각은 타당했다. 하지만 베라무드는 다른 말을 했다.

"너 보러 왔는데."

"네?"

"알현, 괜찮았어?"

"아―"

시그리드는 작게 소리를 냈다. 그녀가 양손을 살짝 붙잡고는
베라무드를 올려다보았다. 한참 보다가 그녀가 물었다.

"걱정하신 겁니까?"

"지나치다고 화내려나?"

"아뇨, 그게."

좀 생소한 감각이다. 누군가가 자신을 걱정해 준다는 건 이상
한 일이었다. 물론 모리스도, 알케르토도, 마리쉐즈와 로웬그린
도, 그리고 아르카나도 자신을 걱정하기는 해 준다.

하지만 뭐랄까, 이렇게 노골적으로 그 걱정을 드러내는 사람
은 없었다.

"괜찮습니다."

시그리드는 그렇게 말하고 다시 걸음을 옮겼다. 당연하다는 듯, 베라무드가 그녀의 옆에서 나란히 걷기 시작했다.

"그렇게 보이네. 다행이야."

"괜찮다고 말씀드렸잖습니까."

"그래도. 마음이라는 건 모르는 거니까."

베라무드의 대답에 시그리드는 피식 웃었다. 둘은 궁을 빠져 나왔다.

"근위대로 갈 거지?"

"네, 새로 배속받아야 하고요."

"새로?"

"네, 폐하께서 저를 삼 황자님의 호위로 임명하셨습니다."

순간 베라무드는 말문이 막혔다.

"……뭐라고?"

간신히 되물었다. 아니, 사실 되묻지 않아도 이미 똑똑하게 들린 사실이지만 되묻지 않고는 견딜 수가 없었다.

"삼 황자님의 호위로 임명되었습니다."

시그리드는 군말 없이 간결하게 대답했다. 베라무드는 입을 벌렸다가 얼른 다물었다. 순간적으로 '폐하께서 망령이 나셨나?' 하는 말이 튀어나올 뻔했다.

"마스터를 삼 황자 개인 호위로 말이지……."

으르렁거리는 목소리가 나오려는 것을 베라무드는 필사적으로 눌러 참았다. 그가 조용히 말했다.

"오늘은 그만 돌아가. 내일 정식 발령을 내줄 테니까."

"하지만 아직 근무가 남아 있습니다."

"괜찮아."

"안 괜찮습니다. 제가 할 일은 끝내고 나서 귀가할 겁니다."

"……그러든가."

결국 퉁명하게 내뱉고 베라무드는 걷기 시작했다. 아까와는 반대로 이번에는 시그리드가 그를 따라 나란히 걷기 시작했다.

"베라무드."

"왜?"

"배려는 감사합니다."

"별로."

"하지만 근무는 제대로 하고 싶습니다. 그리고 삼 황자님의 호위도 최선을 다할 생각입니다."

"그렇겠지."

어디 하나라도 허투루 하겠어? 시그리드 앙케르트나가?

"걱정하지 않으셔도 됩니다."

베라무드가 멈춰 섰다.

"내가 걱정하는 건 네가 모든 일에 필사적이기 때문이야."

"네?"

"사람은 말이야, 모든 일에 백 퍼센트 힘을 다 쓸 수 없다고. 그러면 금방 고장 날걸. 그런데 넌 너무 열심이야."

"예?"

생각지도 못한 비난에 시그리드는 어이가 없었다. 아니, 모든 일에 최선을 다한다고 비난하는 사람이 어디 있단 말인가?

그것도 상사가? 부하를 향해서?

"도대체 무슨 말씀을 하시는 겁니까? 제가 열심히 일하는 걸 비난하시는 거라면 받아들일 수 없습니다. 루나틸 경이야말로 좀 더 업무에 열중하시는 게 어떠신가요?"

목소리가 저절로 뾰족해졌다.

"업무는 잘하고 있는데? 나스가 잔소리를 좀 하긴 하지만."

갸웃하면서 대답하는 게 얄밉다. 그러고 보니 예전에도 이랬지. 설렁설렁하는 것 같으면서도 필사적으로 하는 자신보다 더 잘나가지 않나, 비웃지를 않나, 구하러 갔더니 너 진짜 이상하다는 소리를 하지 않나──

"제 일은 제가 알아서 합니다."

시그리드의 목소리가 저절로 날카로워졌다.

"일이 힘들어 쓰러져서 발목 잡지 않을 테니 걱정하지 마시죠. 대장님."

그 말에 베라무드가 눈을 찡그렸다.

"지금 내가 하고 있는 말은 그 뜻이 아닌데."

"그럼 어리석은 제가 잘 알아들을 수 있게 말씀해 주시겠습니까? 지나치게 필사적인 저를 계도해 주신다면요."

베라무드가 픽 웃었다.

"비꼴 줄도 아네? 내 말은 좀 더 의지해도 좋다는 거야. 너 혼자서 모든 일을 할 필요는 없다고. 네가 하지 못해도, 남이 도울 수도 있는 거잖아."

"그건 제가 필요 없다는 말인가요?"

"왜 이야기가 그쪽으로 가는데?"

어처구니없어져 베라무드가 말했다가 "아." 하고 입을 다물었다. 그가 잠시 시선을 옆으로 두었다가 다시 시그리드를 보았다. 팔짱을 끼고 그가 말했다.

"시그리드 앙케르트나, 너 진짜 강해."

"예?"

목소리가 삐끗할 만큼 올라갔다. 느닷없이 칭찬하는 베라무드에 시그리드는 놀랐다.

"잘하고 있어. 일을 맡겨 두면 네 일은 두 번 체크하지 않아도 돼. 상사로서 이보다 더 만족스러울 수는 없지. 이유 없는 결근도, 조퇴도 없어. 자기 발전도 게을리하지 않아. 네 검술은 훌륭해. 오러를 다루는 실력만 따지면 나보다도 더 높겠지."

줄줄 이어지는 칭찬에 시그리드는 어찌해야 할 바를 몰랐다. 손발을 어디다가 두어야 할지, 칭찬에 어떻게 반응해야 할지도 알 수가 없었다.

"널 대체할 수 있는 건 아무것도 없어."

못 박듯이 하는 베라무드의 말에 그녀는 살짝 입을 벌렸다. 베라무드가 웃고 이어 말했다.

"그러니까 네가 쓰러지면 곤란해. 내가 진짜, 진짜 곤란하다고. 그래서 일을 좀 나눠 하거나 쉬어 가면서 하라는 말이야. 알았어?"

"네, 네에……."

줄어들어 가는 목소리로 시그리드가 얌전하게 답했다.

기쁘다.

심장이 터질 것 같았다. 얼굴이 확확 타오른다.

존재를 인정받는 것은 항상 기쁘다.

"시리는 내게 소중한 사람이니까."

그 말에 시그리드는 얼른 고개를 들고 말했다.

"베, 베라무드도!"

"음?"

"베라무드도 제게 소중한 사람입니다. 그, 저기, 감사합니다."

가슴께를 부여잡고 시그리드는 필사적으로 말했다. 친구로서 그가 자신에게 주는 것만큼 자신도 그에게 뭔가 주고 있을까?

"나도 고마워."

베라무드가 희미하게 웃었다. 그가 중얼거리듯 말했다.

"나도 시리가 말하는 게 뭔지 좀 알거든."

"그런가요?"

그녀의 눈이 미심쩍음으로 가득 찼다. 공작가의 둘째 도련님이 어떻게 자신의 마음을 안단 말인가?

그녀의 눈초리에 베라무드가 히죽 웃고 말했다.

"나중에 데이트할 때 말해 줄게."

"알겠습니다."

미심쩍음을 감추며 시그리드는 고개를 끄덕였다.

둘은 나란히 걷기 시작했다. 시그리드는 근위대 건물에 도착할 즈음이 되어서야 베라무드가 폐하에게 어떤 말을 들었냐고 묻지 않았다는 걸 알았다.

사실은 '정보를 수집하기 위해 왔을까?' 하는 생각이 없었던 것도 아니었다. 하지만 그에게서는 그런 기미가 조금도 보이지 않았다.

'왜 폐하께서 삼 황자를 호위하라고 한 거야?' 하는 기본적인 질문도 하지 않았다. 그래서 시그리드는 입을 열었다.

"베라무드."

그가 눈으로 말하라는 듯 그녀를 보았다.

"폐하께서 아흐트슈비에츠를 만드신다고 하셨습니다."

베라무드의 동작이 딱 멈췄다.

"불온한 세력을 없앨 폐하만의 친위대를 만드시겠다고요. 거기에 절 임관시키고 싶어 하셨습니다만……."

"거절했구나."

"네, 전 근위대가 더 좋습니다."

조심스레 덧붙이는 뒷말에 베라무드의 얼굴에 옅은 미소가 스쳐 지나갔다. 그가 가볍게 시그리드의 어깨를 두들겼다.

"고마워, 말해 줘서."

"아닙니다."

"그럼 먼저 가도 될까?"

"네."

공손하게 인사하는 시그리드를 보고 베라무드는 잠시 그녀의 어깨를 잡고 이마에 키스하고 싶다고 생각했다. 하지만 근위대가 가깝고, 또 그녀의 주먹이 무서워서 베라무드는 시그리드의 손을 잡아 손등에 키스하는 것으로 참았다.

놀라 동그래진 눈을 보고 웃어 준 다음 베라무드는 빠르게 장소를 벗어났다.

'친위대라니, 미친 새끼!'

누가 봐도, 자신의 적을 학살할 부대를 만들고자 하는 게 눈에 보였다. 시그리드가 거절하니 보복성으로 그녀를 삼 황자에게 보낸 거겠지.

'쪼잔한 새끼.'

다시 마음속으로 황제를 욕하고 베라무드는 머릿속을 휘휘 굴렸다. 황제가 저렇게 갑작스럽게 나온 것은 황태자와 서부의 사이가 위협적으로 느껴졌기 때문이겠지.

시그리드는 거절했지만, 그 직위를 거절할 기사가 또 있을까?

분명히 1근위대의 마스터들에게도 제의가 들어올 것이다. 그중에 몇 명이 그쪽으로 넘어갈까? 그 아흐트슈비에츠는 얼마나 큰 권력을 보장해 주는 걸까?

그 이름대로 과거의 권력을 전부 다 보장해 준다고 하면 정말로 대단한 권력이 될 것이다. 제국을 좌지우지했던 권력이니까.

'귀족들이 찬동하지 않을 텐데.'

하지만 황제 직속의 친위대를 조직하는데 귀족들의 허락을 굳이 구할 필요도 없겠지.

베라무드는 마음속으로 온갖 욕설을 다 퍼부었다.

친위대의 끝은 언제나 좋지 않다. 알면서도 황제는 그 패를 선택한 것이겠지. 그래서 어떻게 하려고? 황태자를 죽이려고?

'그건 너무 극단적이잖아?' 하고 말할 사람이 있을지도 모른다.

하지만 이미 황제는 황후와 자신의 첫아들을 죽였다.

베라무드는 입술을 깨물었다.

단숨에 세리오스의 집무실까지 도착한 베라무드는 "어?" 하고 멈춰 섰다. 세리오스와 이야기를 나누고 있던 검은 머리의 남자가 뒤를 돌아보며 싱긋 웃었다.

"베라무드."

"형? 어쩐 일이야? 올라온 거야? 왜 기별도 없이 왔어? 형수님은?"

한달음에 베라무드가 가까워지자 루나틸 공작이자, 베라무드의 형인 라비스가 다시 웃었다.

"너 놀라게 해 주려고 일부러 안 알렸지. 멜도 와 있어."

"시즌도 아닌데, 무슨 일 있는 거야?"

"나중에 얘기하자."

라비스의 말에 베라무드는 입을 다물고, 그제야 세리오스에게 시선을 돌렸다.

"안녕."

"이제 내가 보이냐?"

퉁명하게 세리오스가 대답했다. 라비스가 가볍게 그에게 고개를 숙여 보이며 말했다.

"제 동생의 무례를 용서하십시오, 전하."

"음? 아니, 아니, 루나틸 공작이 사과할 필요는 없소."

세리오스가 손사래를 쳤다. 그가 힐끗 베라무드를 보고 말했다.

"그래서? 갑자기 무슨 일로 온 거야?"

"아, 그게."

베라무드는 힐끗 라비스를 보았다. 그가 세리오스에게 말했다.

"그럼 전 이만 물러나겠습니다."

"아, 그래. 나중에 보지."

"네, 전하. 베라무드, 저녁에 저택에서 보자."

"알았어."

베라무드가 고개를 끄덕였다. 라비스가 문을 닫고 나가자 베라무드가 황급히 말했다.

"폐하가 친위대를 조직하고 있대."

"……뭐?"

"아흐트슈비에츠를 부활시키실 거라고 한 모양이야."

"미친."

세리오스가 짤막하게 내뱉었다. 더 이상 뭐라고 해야 할지도 몰랐다. 머릿속이 핑핑 돌아가기 시작했다.

"어떻게 알게 된 건데?"

"시리가 말해 줬어. 오늘 폐하를 알현했는데 그렇게 말했다고 하더라고."

"앙케르트나 경이? 그래서 받아들인 건가?"

"아니, 거절했다는군."

"그래?"

"어."

베라무드가 고개를 끄덕였다. 세리오스는 턱을 문지르며 "의외로군." 하고 중얼거리다가 힐끗 베라무드를 보았다.

"네가 보증한 사람이니까."

"내가 보증했지."

베라무드가 그 말에 히죽 웃자 세리오스가 한숨을 내쉬고 말했다.

"확실히 서부와의 관계에도 일조를 했고, 그런 데다가 폐하의 말을 정면으로 거절했으니까 앞으로 폐하와 같이 잘해 나가기는 힘들 거야."

"안 그래도 삼 황자 호위로 임명되었어."

"저런."

세리오스가 눈을 찌푸렸다. 그가 책상을 손끝으로 가볍게 두들기다가 말했다.

"일단은 보호 아래 두는 걸로 하자."

"진짜?"

베라무드가 의아해져서 되묻자 세리오스가 고개를 끄덕였다.

"날 선택하든 하지 않든 괜찮은 인재라는 건 알게 되었으니까."

"보호가 필요하게 될 일이 없으면 좋겠지만."

"그러면야 나도 편하지. 그나저나 아흐트슈비에츠라니…….
웃기지도 않는군. 사냥개를 만들어서 누구를 먼저 사냥하시려고 그러실까—"

농담하는 것처럼 말했지만 세리오스의 얼굴은 심각했다.

"누가 거기에 가담할 거라고 생각해?"

"상당히 많지."

"그렇지— 물론 반대하는 귀족들도 있을 테니, 그렇게 많은 인원수를 얻을 수 있을 거라고 생각하지는 않지만 오러 사용자는 좀 귀찮아지는군."

아직 서부와 정식으로 손을 잡은 것도 아닌데.

세리오스는 묵직한 숨을 내쉬었다. 이러다가 서부 연합과 좋은 관계를 구축하지 못하면 어떻게 될까?

'만약 그렇게 된다면 아버지는 가장 먼저 서부를 사냥하시겠지.'

서부 역시 그 사실을 알고 있을 테니까, 자신과 손을 잡을 가능성이 더더욱 올라가겠지. 문제는 서부가 아닌 다른 귀족들이다.

친위대를 만든다는 것부터가 숙청의 피 냄새를 물씬 풍기는지라 세리오스는 입꼬리를 올렸다. 그는 거기까지 문제가 심각해지지 않기를 바랐다. 하지만 상대가 그걸 원한다면 어쩐단 말인가?

'최악의 사태가 되지 않기를 바라는 수밖에.'

그렇게 빌면서 세리오스는 최악의 사태가 왔을 경우의 일도 상정했다.

생각에 잠긴 세리오스를 보고 베라무드는 자리에 앉았다. 그가 물었다.

"이 황자님은?"

"루디날은 지금 동부를 떠나서 북부로 향하고 있을걸? 얼마 전에 라바 영지를 지난다고 했으니까."

"걱정이네……."

중얼거린 말에 세리오스 역시 고개를 끄덕였다.

"나이 어린 루디날을, 그것도 겨울에 굳이 시찰을 보내신 아버님의 마음이야 알 수 없지만 말이야."

알 수 없다고 말하면서도 미소는 서늘하다.

루디날은 영지들을 돌면서 좋은 이야기를 듣고 오겠다고 웃으면서 말했지만 그 애는 고작 스물에 불과했다. 겨울의 여행은 거칠고 사망 위험도 높다. 마스터를 호위로 붙여 주고 싶었으나, 아버지는 결코 그걸 용납하지 않았다.

"무사히 일을 잘 끝내기를 바라자고. 지금 내가 그 녀석을 위해 해 줄 수 있는 일은 없으니까."

'내가 할 수 있는 일에 최선을 다해야지.' 하고 세리오스는 이마를 가볍게 문질렀다.

"에리얼은?"

베라무드의 물음에 세리오스의 입가에 미소가 스쳤다.

"이제 얼마 안 남았어. 어찌나 불편해하는지."

"그야 그렇겠지."

"무사히 아이를 낳기를 바랄 뿐이야."

걱정이 그의 얼굴에 가득 찼다. 출산이라는 것이 얼마나 위험한 건지 그도 잘 알고 있었다.

"잘 낳을 거야. 에리얼은 워낙 튼튼하잖아."

히죽 웃으며 베라무드가 농담을 던지고 덧붙였다.

"그리고 최고의 의사들이 붙어 있으니까 괜찮아."

"응."

세리오스가 고개를 끄덕였다. 그도 그러기를 간절히 바랐다.

"맞아, 온 김에 만나고 가지? 안 그래도 외출을 전혀 못 해서 근질근질한 것 같던데."

"그럴까?"

"그래, 나도 요즘 통 바빠서…… 그런데 또 일이 터졌으니……."

뒷말을 흐리는 사촌 매형을 보고 기꺼이 베라무드는 사촌 누님을 뵈러 가기로 했다.

'스트레스 발산 대상이 되어 달라는 거겠지.'

약간 당해 주는 것도 신하로서의 할 일이리라.

베라무드는 세리오스의 방을 나서자마자 바로 에리얼을 찾아갔다.

에리얼의 방은 다른 곳보다 훨씬 더 따뜻했다. 벽난로에 산처럼 쌓인 장작이 활활 타오르고 있었다. 그녀의 발치에도 작은 화로가 놓여 있었다. 거기에 편안한 옷을 입고 앉아 있던 에리얼이 격식 없이 베라무드를 맞이했다.

"어머? 웬일이니?"

그녀가 비꼬는 건지 반가워하는 건지 모를 어조로 말하자 베라무드는 정중하게 대답했다.

"그야 물론 친애하는 사촌 누님을 만나 뵈러 온 거죠."

그 말에 에리얼은 피식 웃으며 손에 들고 있던 꽃줄기를 내려 놓았다. 베라무드가 신기하게 그걸 바라보며 물었다.

"이 계절에 꽃꽂이?"

"아냐, 종이꽃이야."

에리얼이 테이블에서 꽃 한 송이를 들어 베라무드에게 건넸다. 받아 든 베라무드는 감탄했다.

"굉장한데? 진짜 같이 생겼네. 무슨 꽃이야?"

"그냥 만들어 본 거야. 겨울철에 다과회에서 온실에서 재배한 생화를 쓰지 않아도 되면 돈을 좀 아낄 수 있지 않을까 하고."

"그러니까 이름 없는 꽃이라는 거군. 돈을 아낀다고 말하니 궁색하지 않아?"

베라무드가 히죽 웃으며 말하자 에리얼이 피식 웃고는 말했다.

"그럼 사치를 자제한다고 하자."

"그게 좋네."

베라무드가 대답하고 소파에 털썩 앉았다. 그가 말했다.

"형 왔더라."

"어머? 라비스가?"

"그래, 얘기도 안 하고 오고 말이야."

투덜거리는 베라무드를 보고 에리얼은 가볍게 웃었다. 그녀의 짙은 갈색 머리는 오래된 마가목처럼 반짝거렸고, 눈 역시 햇빛을 받은 나무처럼 깊고 따뜻했다.

정서적으로 불안정했던 세리오스가 안정된 것도 에리얼 덕분이다. 베라무드는 그녀를 말괄량이 사촌 누나라고 대하다가도 가끔 확실히 '연상이구나.' 하고 느낄 때가 있었다.

지금 같은 때 말이다.

"라비스와 잘 지내서 다행이야."

"못 지낼 게 있나."

베라무드가 말하고 히죽 웃자 에리얼 역시 마주 싱긋 웃었다.

"넌 너무 널 내던지는 경향이 있어."

에리얼의 말에 베라무드는 눈을 굴렸다.

"이래 봬도 상당히 내 한 몸 보신하는 타입이라고 생각하는데."

"그런 타입은 혼자서 서부로 내려가겠다고 자원하지 않지. 좀 더 자신을 소중히 해."

"하고 있어."

베라무드의 대답에 "그렇다면 다행이고."라고 한 뒤 그녀가 이어 물었다.

"그래서 세리오스와 무슨 이야기를 하고 온 거야?"

"어?"

갑자기 허를 찔려 베라무드는 저도 모르게 되물었다. 에리얼이 눈을 가늘게 뜨고 물었다.

"네가 그냥 왔을 리는 없잖아. 세리오스를 만나는 김에 온 거 아냐? 세리오스가 날 보러 가 보라고 했다는 건— 세리오스는 오늘 밤도 늦는다는 이야기일 텐데……. 무슨 소식이 있었던 거야?"

베라무드는 한숨을 내쉬고 가감 없이 이야기를 털어놓았다. 세리오스와 가장 가까운 정치 파트너는 에리얼이다. 에리얼은 그 말을 듣고 입술을 가볍게 두들기더니 싱긋 웃고 말했다.

"시그리드 앙케르트나 경을 불러 줘."

*　　　*　　　*

에리얼의 아주 짙은 질 좋은 코냑 같은 눈이 반짝였다. 만삭이니만큼 편한 의자에 푹 퍼져서 앉아 있는 에리얼의 앞에 시그리드가 단정한 자세로 앉아 있었다.

갑자기 황태자비에게서 호출을 받아 그녀는 당황한 상태였다.

"너무 그렇게 딱딱하게 있지 마."

에리얼이 가벼운 어조로 말했지만 시그리드는 이보다 더 편한 자세를 취할 수는 없었다.

"이미 편합니다."

"그래? 내가 선물해 준 갑옷은 어때?"

그 말에 시그리드가 화급히 고개를 숙이며 말했다.

"평소에도 애용하고 있습니다. 분에 넘치는 선물 감사드립니다."

"아니, 감사받으려고 물어본 건 아니야."

에리얼이 가볍게 웃으며 손을 흔들었다. 시그리드는 그녀가 움직일 때마다 조마조마한 기분이었다. 사람의 배가 저렇게까지 나올 수 있다니.

임신한 사람을 처음 보는 것은 아니지만, 이렇게 가까이서 바라보는 건 처음이었다. 게다가 에리얼은 작고 호리호리해서 배가 더욱 커 보였다. 에리얼이 습관처럼 배를 쓰다듬으며 말했다.

"삼 황자님의 호위를 맡게 되었다고 들었네."

"네, 황공스럽게도 폐하께서 직접 임무를 맡겨 주셨습니다."

"그러면 황후마마도 만나겠군."

시그리드는 그제야 '아.' 하고 그 사실을 깨달았다. 생각해 보면 황후는 한 번도 본 적이 없었다. 그렇게 오랫동안 황제의 곁에 있었는데, 황후를 본 적은 없었다.

무도회에서야 항상 경비를 서느라 내부로 들어가 보지 못했고, 황제가 따로 그녀를 불러 임무를 맡길 때에 황후가 곁에 있을 리도 없었다.

"마마께서는 전하와 동갑이시지."

에리얼의 말에 시그리드는 생각에서 깨어나 그녀를 보았다. 에리얼은 처음 황후를 본 날을 떠올렸다.

자신과 동갑인 여자아이가 자신의 아버지뻘인 남자에게 낯선 나라로 결혼하러 오는 건 어떤 걸까? 귀족 여성이라면 누구나 겪을 수 있는 일이지만, 결코 달갑지는 않을 것이다.

에리얼과 세리오스는 동갑내기였기 때문에, 세리오스는 자신과 나이가 같은 새어머니를 얻은 것이었다. 황제가 재혼하고 얼마 있지 않아 에리얼과 세리오스도 결혼식을 올렸다. 그리고 황후마마에게—동갑인 여자아이에게 인사를 올릴 때의 그 묘한 기분.

그리고 황후는 무슨 생각을 했을까?

"멀리서 오셔서 고생이 많으실 게야."

"그러시겠지요."

"삼 황자가 망나니라고 하고 황후마마는 손을 놓고 계시지만, 난 그분이 왜 그러신지 알 것 같아. 예전에는 몰랐지만 어머니가 된 지금은 알겠어. 어머니의 생각은 비슷한 법이지."

에리얼이 싱긋 웃었고 시그리드는 의아한 얼굴을 했다.

"앙케르트나 경, 난 자네를 높이 사고 있어."

"황공합니다."

"마음껏 재능을 펼치는 그대가 부럽기도 하다네."

"그런……."

시그리드가 저도 모르게 반박하듯 중얼거렸다. 자신은 황태자비가 부러워할 만한 사람은 아니다. 그녀의 반응에 에리얼은 다시 웃었다.

"아냐, 부디 모든 말괄량이들의 우상이 되어 주게나."

그 말에 시그리드는 뭐라고 대답해야 할지 모르겠다는 얼굴을 했고 에리얼은 소리 내어 웃으며 말했다.

"나도 한때는 기사가 되고 싶다고 생각했거든. 어렸을 때는 제법 검도 휘둘렀었지."

"그러셨습니까?"

놀란 시그리드가 되물어 에리얼은 고개를 끄덕였다.

"베라무드와 세리오스를 흠씬 때려 준 적도 있는걸."

황태자 전하를 때렸다는 건 그야말로 황송하기 짝이 없는 일이지만, 베라무드를 흠씬 때려 주었다는 건 부럽다.

"그건…… 굉장하군요."

"뭐어, 두 사람 다 날 때릴 수는 없으니 봐준 것도 있겠지만."

에리얼의 얼굴에 띤 미소는 지극히 우아해서 도무지 남자 둘을 흠씬 때린 사람으로는 보이지 않았다. 에리얼이 명랑한 목소리로 이어 말했다.

"하여간 삼 황자의 호위를 그대가 맡게 되어 난 잘된 일이라고 생각하고 있네. 앙케르트나 경 아니, 시그리드."

"네, 비전하."

"시그리드, 그대는 강하지. 하지만 궁궐 안의 여자들은 물리적인 힘이 아니라 다른 방법으로 살아가는 방법을 익힌다네."

에리얼의 목소리는 점점 낮아지고 달콤해졌다.

"황후마마 역시 그 내궁의 정점, 강하신 분이라는 걸 잊지 말게나."

"알겠습니다."

"좋아, 시그리드. 그러면 이제 내가 사적인 질문을 하나 해도 될까?"

"네? 네, 물론입니다."

그럼 지금까지는 사적인 이야기가 아니었단 말인가, 하고 시그리드는 나눴던 대화를 전부 마음속에 품었다.

"베라무드를 어떻게 생각해?"

"네?"

"베라무드 루나틸 말이야."

풀 네임으로 불러 주자 시그리드는 잠시 생각에 잠겼다가 말했다.

"좋은 분이라고 생각합니다."

"어떤 점이?"

'폐하를 쓰레기라고 단정했다든가.'

생각하니 다시 웃음이 터질 것 같아 시그리드는 입술을 깨물며 눌러 참았다. 헛기침을 몇 번 하고 간신히 생각을 돌려서 시그리드는 대답했다.

"의외로 착실한 분이라고 생각했습니다."

가문과 혈통만으로 제1근위대 대장 자리를 차지한 게 아니라는 건 곁에서 지켜보면서 확실히 알 수 있었다. 설렁설렁하는 것 같으면서도 전체를 파악하고 있다. 그 '설렁설렁'한데도 '유능'한 점이 다른 사람들의 불쾌감을 부추기는 것 같지만.

적어도 가까이서 그가 일하는 걸 보지 않으면 한량이라고 생각할 법했다.

시그리드가 미간을 찡그리며 말했다.

"으으음— 물론 유흥도 좋아하시고, 놀이도 좋아하시는 것 같고, 일의 대부분을 부대장님에게 밀어 버린다든가, 꼬박꼬박 일을 하는 게 아니라 잔뜩 미루고 나서 일을 처리하시는 것 같은 점이 있기는 하지만—"

"하지만?"

시그리드는 픽 웃음을 흘리고 말했다.

"실력은 확실하십니다."

"그런가, 그 정도의 평가인가—"

"앗." 하고 시그리드가 손을 들며 말했다.

"그…… 험담을 하려는 생각은 조금도 없었습니다."

"알아. 으음— 등을 맡길 수 있다고 생각해?"

에리얼의 질문에 시그리드는 짙게 웃었다.

"물론입니다."

"그렇구나."

에리얼이 고개를 끄덕였다. 그녀가 다리를 반대로 쭉 뻗으며 말했다.

"그렇다면 자네에게 개인적으로 부탁을 하나 하지."

"네, 하명하십시오."

"베라무드를 부탁해."

"'부탁해.'라는 말씀은……?"

"베라무드는 멋대로 자기 자신을 휙 던져 버릴 때가 있으니까 말이야. 그 점이 좀 걱정이라서 말이지."

아무렇지도 않게 웃으면서 위험한 임무를 자청한다.

물론 베라무드의 실력이야 에리얼도 잘 알고 있지만, 그것과 걱정은 별개의 문제였다. 세리오스가 베라무드를 믿어서 그에게 역할을 맡기는 건 알지만, 베라무드는 분명히 자기 힘에 부칠 임무라도 농담과 함께 웃으며 받아들일 것이다.

"알겠습니다."

시그리드는 에리얼의 말에 고개를 숙였다.

어차피 대장을 보필하는 것은 부하의 일이다.

시그리드의 말에 에리얼이 빙그레 웃고는 종을 흔들어 시녀를 불러 뭔가를 소곤거렸다. 잠시 후 시녀가 검은색 상자를 들고 돌아왔다.

"내 선물이야. 그대에게 잘 어울릴 것 같아."

시녀가 상자를 열자 거기에는 산호로 화려하고 붉게 세공된 머리꽂이가 들어 있었다. 한눈에 보기에도 보통의 물건이 아니었다.

"이런 건……."

"어차피 내 머리에는 어울리지 않아서 말이지. 그대의 은발에 더 잘 어울릴 것 같군."

"황공합니다."

"부담 없이 받아 주게."

망설이다가 시그리드는 고개를 숙이고 선물을 받았다. 마리쉐즈의 말에 의하면 신분 높은 사람이 주는 선물은 어지간하면 거절하는 것이 아니라고 했다.

"감사히 받겠습니다."

"나야말로 고맙지."

에리얼이 부드럽게 대답하고는 소파로 몸을 푹 묻었다. 명백히 퇴석을 명령하는 몸놀림이라 시그리드는 "전 그럼 이만."이라고 말했고 에리얼은 물러가라고 손짓했다.

상자를 들고 나와 시그리드는 작게 한숨을 내쉬었다.

'받기는 했지만 쓸 일이 있으려나.'

그런 생각을 하며 그녀는 저택으로 돌아갔다.

이제 시그리드와 많이 가까워진 세리아가 그녀를 기다리고 있었다.

"오셨어요?"

"응, 기다렸어?"

"아닙니다."

시그리드가 손에 들고 있던 상자를 세리아에게 건넸다. 그녀가 의아해하면서 상자를 열어 보고는 눈을 동그랗게 떴다.

"뭐예요? 와, 진짜 예뻐. 무슨 보석인 거죠?"

"산호라고 바다에서 나는 거야."

"바다에서 나오는 보석⋯⋯. 어쩜 이렇게 예쁜 붉은색일까요? 사신 거예요?"

"받았어."

"어머? 남자분께요?"

"아니, 비전하께."

그 말에 세리아는 숨을 삼키며 얼른 상자를 도로 닫았다. 시그리드가 대단하다는 건 알고 있었지만 가끔 이렇게 상상을 초월하는 사람의 이름이 입에서 나올 때면 심장이 떨렸다.

"그럼 엄청 귀한 거네요."

"응."

시그리드가 자신의 방으로 들어가자 세리아는 그 뒤를 졸졸 따라가서 상자를 조심스럽게 책상 위에 내려놓았다. 시그리드가 자신의 머리를 풀기 시작하며 물었다.

"혹시 다른 연락 들어온 건?"

"없습니다."

"그래……."

시그리드는 작게 중얼거렸다. 세리아가 양손을 맞잡으며 애써 웃어 보였다.

"오빠는 괜찮을 거예요. 원체 연락을 안 하는 사람인 데다가, 얼음탑에 들어가면 연락하기도 어렵거든요."

"아, 으응. 하긴 아직 봄도 아니고."

봄이 되면 돌아온다고 했으니까.

하지만 날짜는 이제 곧 봄이다. 아직 춥기는 하지만, 얼마 지나지 않으면 언제 이랬냐는 듯이 날이 온화하게 풀릴 것이다.

시그리드는 한숨을 삼켰다. 동생인 세리아가 웃으며 자신을 위로해 주고 있는데 친구인 자신이 이러면 안 되겠지.

"마법사의 시간 약속은 믿지 말라는 말도 있으니까."

싱긋 웃으며 시그리드가 말해 오자 세리아는 고개를 끄덕였다.

마법사들은 연구에 푹 빠져서 시간 가는 줄도 모르니, 마법사와의 약속은 기다릴 각오를 하라는 옛날 속담이었다.

—마법사의 시간 약속은 믿지 마라.

아르카나는 한숨을 내쉬었다.

"아무리 그래도 이건 너무 늦는 거 아닙니까?"

아르카나의 말에 그의 스승인 스카드가 콧방귀를 뀌었다. 방안은 제국풍이 아니라 먼 남쪽의 이국 같은 분위기를 내고 있었다. 섬세한 꽃 조각이 새겨진 나무 격자 창문, 알록달록한 타일, 화려한 문양의 천으로 만들어진 쿠션과 방석들.

창문 밖에서는 빛이 들어오고 있었으나 아르카나는 그게 태양빛이 아니라는 걸 잘 알았다. 마법의 빛이다.

"네가 서임을 받고 나간다니까 더 이러는 것 아니냐."

그 말에 아르카나의 얼굴이 살짝 굳었다.

"그럼 써먹지도 못할 마법은 무엇을 위해 배웁니까?"

스카드가 물 담배 연기를 내뱉으며 기댄 쿠션을 바로 했다.

"싸우기 위해서는 아니지."

"싸우려는 게 아닙니다."

"하지만 마음에 드는 사람이 있는 게지? 그 사람을 위해서 쓰고 싶은 게잖느냐."

"네."

아르카나의 대답에는 망설임이 없다. 스카드는 다시 한숨을 내쉬었다.

"마법이란 말이다, 사실 별거 아니지만 동시에 엄청나게 큰 힘이다. 우리가 그동안 잘 살아올 수 있었던 건 우리의 힘을 사적으로 사용하지 않았기 때문이야."

"압니다."

전쟁에서 마법으로 사람을 죽인다면 어떨까?

물론 마법은 만능이 아니다. 하지만 한 사람이 여러 사람을 대신할 만한 화력을 가진 것도 사실이며, 허를 찌르는 전술도 가능해진다. 그렇다면 각 나라들은 마법사들을 병기로 어떻게든 확보하려고 할 것이다.

"하지만 제가 겪은 바로는 마법사나 오러 사용자나 별 차이가 없습니다."

아르카나는 자신이 마법을 써서 시그리드와 싸울 경우를 상정해 보았다. 절대로 승리를 장담할 수 없다.

"마탑이 몸을 사린다면 그걸로 좋습니다. 하지만 전 다릅니다."

"네 녀석은 처음부터 힘을 가지는 게 목적이었지."

스카드가 한탄처럼 말했다. 아르카나는 살짝 웃고 말했다.

"받아 주신 건 스승님이지 않습니까."

스카드가 한쪽 눈썹을 치켜올렸다.

"지금 내 탓을 하는 게냐?"

"아뇨, 감사하고 있습니다."

마법사들 사이에서도 스카드는 이방인이었다. 그의 피부색은 갈색을 띠고 있었고 생김새도 달랐다. 몰라드 제도에서 온 그는 힘을 얻기 위해서 마법을 배우길 원한다고 외치는, 다른 마법사들이 거절한 소년을 제자로 받았다.

한마디로 말하자면 이질자들끼리 서로 뭉쳤다고 해야 할까?

스카드는 제자의 얼굴을 물끄러미 보았다가 말했다.

"나도 그런 생각을 하지 않는 건 아니다. 마법으로 구할 수 있는 생명도 목숨도 많겠지⋯⋯."

실제로 얼음탑은 국가의 요청을 받으면 종종 마법사를 파견하고는 했다.

"하여간 좀 더 기다려 보자꾸나."

스카드의 말에 아르카나는 초조한 시선을 내리깔았다. 봄까지 돌아가겠다고 약속했는데⋯⋯.

부디 그 전에는 저들의 이야기가 끝나기를.

6 장
삼 황자

시그리드가 삼 황자의 호위를 맡게 됐다고 하자, 근위대에 있는 모든 사람들이 단숨에 그녀에게 동정하는 시선을 보냈다.

"그 정도로 끔찍해?"

시그리드가 식당에서 묻자 오루트가 몸을 떨며 말했다.

"어마어마하게 떼쟁이에다가 아무도 제어하는 사람이 없대. 툭하면 호위를 따돌리려고 하거나 접시나 음식을 던지기도 한다는 거야."

정말로 끔찍하지 않아? 하고 오루트가 한숨을 내쉬었다.

마스터인 기사의 긍지는 어느 정도로 높을까?

적어도 북빙 산맥 정도는 될 것이다. 그런데 아무리 황손이라고 하지만 아이의 투정을 받아야 하고 음식 세례를 받는다니. 상상만 해도 끔찍했다.

둘이 이야기를 하자 옆 테이블에 앉아 있던 7근위대 남자가 끼어들었다.

"내가 잠깐 삼 황자를 호위했었는데 말이야, 하여간 조심해라. 개처럼 짖어 보라는 말을 하지 않나, 손으로 때리고 발로 걸어차지 않나. 진짜 끔찍해."

"심각한데. 가정교사는?"

시그리드의 말에 남자가 고개를 저었다.

"가정교사 머리카락에 아교를 붙여서 울면서 떠나게 만들었어."

오루트가 "진짜 심하네." 하고 고개를 저었다. 7근위대 남자가 히죽 웃으며 말했다.

"뭐, 잘나신 마스터에 1근위대 분에다가 미인이니 나랑은 다르겠지만 말이야."

그러고는 테이블을 떠났다. 오루트가 눈을 가늘게 뜨고 그 뒷모습을 보며 말했다.

"마스터도 못 되는 게."

혀까지 '베' 하고 내미는 게 도저히 자신보다 연상인 남자라고 보기가 어려웠다. 오루트가 시그리드를 돌아보며 말했다.

"하여간 힘내. 왜 폐하에게 밉보였는지는 모르겠지만."

그 말에 시그리드가 쓰게 웃고 말했다.

"힘낼게."

"1근위대의 이름에 먹칠하는 일은 없도록 해라."

식사를 끝낸 알리타가 말을 던지며 지나갔다. 오루트는 "참 내, 그럼 자기가 대신 해 주든가." 하고 투덜거렸다.

시그리드가 자리에서 일어나며 말했다.

"어차피 하게 될 일 너무 긴장해도 소용없겠지."

"그래, 잘해 봐."

오루트는 자신의 일이 아니기 때문에 시원시원하게 말했다. 시그리드는 고개를 끄덕이고 접시를 들어 퇴식구에 옮겼다.

식당을 나오다가 그녀는 베라무드와 마주쳤다. 베라무드가 걱정스러운 얼굴을 했다가 곧 씩 웃으며 말했다.

"말 안 들으면 엉덩이나 때려 줘."

"고려해 보겠습니다."

싱긋 웃으며 대답하고 시그리드는 근위대실을 떠났다.

와장창―!

도자기가 깨지는 소리가 요란하게 났다. 시그리드는 노크를 하기 위해 들었던 손을 한 박자 멈추었다가 두들겼다.

곧 문이 열리고 창백한 얼굴의 시녀가 시그리드를 맞이했다.

"삼 황자님의 호위를 맡게 된 시그리드 앙케르트나라고 합니다."

"안으로 들라 해라."

안쪽에서 들려온 목소리에 시녀가 얼른 시그리드를 내실로 안내했다.

커다란 창문을 통해 아침 햇살이 가득 들어왔고 방의 가구들은 대부분 작았다. 방의 주인인 삼 황자에게 맞춘 것이리라.

몇 안 되는 어른용 가구에 화려한 옷을 입은 젊은 여자가 비스듬히 앉아 있었다. 시그리드는 그게 누군지 금방 알아보았다.

"황후마마를 뵙습니다."

재빠르게 무릎을 꿇으며 말하자 황후는 "일어나시게." 하고 짧게 명령했고 시그리드는 자리에서 일어났다. 그러며 그녀는 한 걸음 옆으로 빠르게 피했고 뒤에서 발차기를 날린 남자애는 당황한 듯 "어?" 하는 소리를 냈다. 균형을 잃고 비틀거리는 남자애의 팔을 잡아 넘어지는 걸 막고 시그리드가 말했다.

"뵙게 되어 영광입니다, 삼 황자님."

발차기가 실패한 것이 창피했는지 삼 황자가 씩씩거리며 주먹을 휘둘렀으나 시그리드는 살짝 몸을 비트는 것으로 주먹을 피했다.

"너—!"

"황자, 그만하세요."

"어마마마! 하지만 이게!"

"낮 동안 호위를 할 시그리드 앙케르트나고 합니다."

"이딴 계집애가 내 호위라니!"

삼 황자는 발을 굴렀다가 어머니 치마에 몸을 던졌다.

"싫어요! 바꿔 달라고 부탁하세요. 네? 계집애 호위 받기 싫어요."

"부황의 명입니다. 받아들이세요, 아웬."

아웬은 "하지만, 하지만." 하고 몇 번이나 말했지만 황후는 단호했다. 황후가 고개를 들어 시그리드를 보며 말했다.

"앙케르트나 경이라고 했지. 실력이 훌륭하다 들었다. 그 나이에 벌써 마스터라고?"

"황송합니다."

"아들을 잘 부탁하겠네."

"맡겨 주십시오."

공손하게 시그리드는 고개를 숙였다. 다시 고개를 들고 시그리드는 황후를 보았다.

'황태자비마마와 동갑이라고 하셨지.'

정말로 황후는 젊었다. 새까만 머리카락을 꼼꼼하게 틀어 올리고, 화려한 장신구를 꽂고, 짙고 어두운 색채의 중후해 보이는 옷을 입었으나, 그래도 그녀는 젊어 보였다. 머리에 쓰고 있는 황후를 상징하는 작은 티아라가 반짝이고 있지 않았다면, 평범한 귀족 처녀처럼 보였을 것이다. 그녀의 품 안에서 찡얼거리는 삼 황자는 놀랍게도 그녀와 닮아 있지 않았다.

'폐하를 닮았지.'

머리카락 색이 다른 것만으로도 인상이 확 달라져 보인다. 황후가 아들을 살짝 밀어내며 자리에서 일어났다. 조심스럽지만 단호한 동작이었다.

"그럼 이 어미는 이만 가 보겠습니다."

"벌써요?"

"열심히 공부해야지요."

그렇게 말하고 황후는 얼른 다시 허리를 숙인 시그리드를 지나쳐 시녀들을 이끌고 방을 나갔다. 길게 꼬리를 끈 행렬이 문을 나가고 문이 닫히자마자 시그리드는 상체를 옆으로 비틀었다.

챙강—!

삼 황자—아웬이 날린 찻잔이 그녀의 귀 옆을 휙 지나 벽에 부딪혔다. 시그리드가 부서진 자기를 한 번 보고 말했다.

"아깝네요."

"네가 피하니까 그렇잖아!"

"뜨거운 물이 담긴 잔을 잡기에는 제 손이 더 소중해서요."

"이! 건방져, 너!"

"어째서 그렇게 화가 나셨습니까?"

"호위 따위 필요 없어!"

'아, 그런 문제였나.' 하고 시그리드는 고개를 끄덕였다.

"하지만 폐하의 명이니까 어쩔 수 없지요."

"어차피 너도 날 감시하려는 거잖아—!"

"호위지요."

"호위나 감시나."

"제가 황자님을 감시해서 뭘 하겠습니까?"

"그건—"

거기에는 아웬도 말문이 막히는 듯 입을 꾹 다물었다. 시그리드는 충분히 대답을 기다렸다.

"너에게 말할까 보냐!"

아웬은 한참 후에야 외쳤고 시그리드는 "그렇습니까." 하고 고개를 끄덕였다. 아웬은 눈을 찡그리고 시그리드를 보았다. 그러나 곧 교사가 왔음을 시종이 알렸고 아웬은 팩 돌아서서 달려 나갔다. 시그리드는 그 뒤를 따라서 발걸음을 빠르게 했다.

"수업 안 들을 거야!"

"잠깐, 황자님!"

아웬이 교사를 지나치며 외쳤고, 교사는 당황한 얼굴로 그를 잡으려 했으나 실패했다. 시그리드는 교사에게 가볍게 눈인사를 하고 아웬을 따라 방을 나갔다. 한참을 여기저기 숨어 달리던 아웬은 정원으로 빠져나와 숨을 몰아쉬었다.

"이쪽으로 나오면 정원이 있었군요."

"힉?!"

뒤에서 들려온 태연한 목소리에 아웬은 깜짝 놀랐다. 거기에는 헐떡임의 '히읗'도 보이지 않는 시그리드가 서 있었다.

"너, 어떻게!"

"뒤를 따라왔습니다."

"안 보였는데⋯⋯!"

"적당한 거리를 두었지요."

"나 공부 안 할 거야."

아웬이 배에 힘을 주고 말했다. 그러자 이 은발의 여기사는 고개를 기울이더니 대답했다.

"네, 그러시군요."

"어?"

당황한 아웬이 얼빠진 소리를 냈다. 시그리드는 다른 말은 하지 않은 채로 가만히 서 있었다. 아웬이 물었다.

"나 잡으려고 쫓아온 거 아냐?"

"왜 제가 황자님을 잡아야 합니까."

"그야……."

"당연히?" 하고 아웬은 당황했다.

"전 황자님의 호위지, 가정교사도, 교정교사도, 보모도 아닙니다."

"그럼 날 억지로 공부시키지 않을 거야?"

"네."

아웬은 갑자기 맥이 빠졌다. 올해 열세 살이 된 이 소년은 그런 자신을 추스르며 시그리드를 노려보았다. 말은 그렇게 하지만 언제 자신이 방심한 틈을 타서 돌변할지 모른다. 시그리드는 느긋한 어조로 물었다.

"하지만 그 차림으로 나오시면 춥지 않으십니까?"

시그리드의 말을 들으니 그런 것 같았다. 방금까지 뛰어서 더운 것 같았는데, 가만히 서 있는 데다가 바람이 부니 추워졌다.

"망토 내놔."

"이건 제 망톱니다."

"……뭐라고?"

"전 호위지 황자님의 보모가 아니지 않습니까?"

"명령이야! 망토를 내놔!"

"거절하겠습니다."

"이익—!"

아웬은 손을 뻗어 시그리드의 망토를 잡으려고 했으나 그녀는 사뿐히 그걸 피했다. 결국 한참 이리저리 황소처럼 시그리드의 망토를 향해 돌진하던 아웬은 진이 빠져서 털썩 주저앉았다.

"너 어마마마랑 아바마마에게 말해서 목을 베라고 할 거야! 창 끝에 네 목을 매달아 주마!"

"그건 불유쾌하군요."

"무서우면 얼른 망토를 내놔."

"거절합니다. 제가 망토를 드릴 수도 있습니다. 그러면 전 황자님의 보모가 되는 셈이니, 이제 황자님을 잡아다가 가정교사 앞으로 데려가야 하겠죠."

그 말에 아웬이 눈을 찡그렸다. 한참 숨을 헐떡이더니 아웬이 자리에서 일어나며 말했다.

"그럼 됐어."

'어라?' 하고 시그리드는 약간의 놀라움을 느꼈다.

'논리가 통하는군.'

어린애 장난 같은 논리지만, 그래도 그게 통하다니.

아웬은 엉덩이를 털며 다시 성안으로 들어갔다. 시그리드는 말없이 그 뒤를 따랐다. 그가 말썽을 부리며 돌아다니는 걸 지켜보던 시그리드가 조용히 말했다.

"황자님."

"왜?"

"제 호위 시간은 이제 끝입니다."

"뭐?"

그가 놀라 그녀를 돌아보았다. 시그리드가 창밖으로 시선을 힐끗 던지고 말했다.

"해가 지고 있습니다. 교대 시간입니다."

아웬은 그 말에 아무 말도 하지 않고 다시 자신의 방으로 돌아갔다. 시그리드는 오늘 하루 종일 말썽 피우는 황자의 뒤에서 시녀와 시종을 비롯해 모든 하인 하녀들에게 '도대체 안 말리고 뭐 하는 거야?' 하는 눈총을 받았으나 속눈썹 하나 까닥하지 않았다.

피곤한 얼굴로 인수인계를 받는 기사에게 인사하고 시그리드는 조용히 방을 나왔다.

황궁에서 나와 근위대로 걸어가는데 검은 그림자가 보였다. 시그리드는 보폭을 살짝 좁혀서 속도를 늦췄다.

빛 쪽으로 나온 얼굴은 뜻밖이었다.

"모리스?!"

"안녕."

"어쩐 일이야? 몸은 괜찮아?"

시그리드가 활짝 웃으며 그에게로 달려갔다. 모리스가 고개를 끄덕였다.

"덕분에 많이 좋아졌다. 그보다 너는 괜찮아?"

"응?"

"삼 황자님 호위라며?"

그가 눈을 찌푸리며 목소리를 낮췄다.

"어떻게 알았어?"

놀란 시그리드가 되묻자 모리스가 피식 웃으며 말했다.

"네 소식이라면 금방 알지. 제2기사단에서 가장 출세한 사람이니까. 소문이 빨리 돌거든."

"정말?"

"그래, 그리고 마리쉐즈와 로웬그린이 있고."

"아아."

시그리드는 납득해 고개를 끄덕였다. 사교계의 정보통을 무시하면 안 된다. 어떤 때는 귀족 남자들 사이에서보다 여자들 사이에서 소문이 더 빨리 돌기도 하니까.

"어땠어?"

걱정스럽게 묻는 말에 시그리드는 배시시 웃었다.

"괜찮았어."

"정말?"

"응."

시그리드가 고개를 끄덕였다. 그녀가 앞을 집게손가락으로 가리키며 말했다.

"걸으면서 말해도 될까? 나 일단 근위대에 돌아가야 해서."

"어, 물론이지."

모리스와 시그리드는 나란히 걷기 시작했다.

"황자님은 고집이 장난 아니라고 하던데. 말썽도 그런 말썽쟁이가 없다고."

"응, 말썽은 많이 부리시더라. 지나가는 하녀들 물통에 돌을 던지기도 하고, 밀가루를 쏟기도 하고."

"정말? 너는? 괜찮았어?"

"처음에는 나도 공격하셨는데 나중에는 날 무시하시더군."

"무시?"

모리스는 의아해서 물었고 시그리드는 짤막하게 자신이 한 일을 설명했다. 모리스는 침음을 내뱉었다.

자신은 절대로 불가능한 일이다.

그렇게 사방팔방 말썽을 피우고 돌아다니는 삼 황자를 어떻게든 잡아서 스케줄대로 움직이게 하려고 애쓸 테니까. 아니, 그 전에 그가 말썽을 피우면 자기가 여기저기 사과를 하고 다닐 것 같다.

"시그는 대단해……."

호위만 할 뿐이니까 다른 일에는 손가락 하나 까닥하지 않겠다니.

맞는 말이기는 하지만 너무 냉정한 것 같았다.

'하지만 또 굳이 따지자면 틀린 말도 아니니까.'

"대단한 건 아닌걸."

시그리드는 어깨를 으쓱했다. 모리스가 한숨을 쉬며 말했다.

"그래도 다행이야. 난 절대로 생각하지 못할 방법인걸."

"그런가?"

갸웃하며 시그리드는 모리스를 힐끗 보았다. 그때 보았을 때보다 혈색도 훨씬 좋아 보이고 상태도 평시와 같아 보였다.

"모리스는 어때? 괜찮아? 형님이랑은……."

"음……. 뭐 그냥저냥."

모리스는 말을 흐렸다. 근위대 건물로 다가가니 연무장에 사람들이 몇몇 보였다.

"시리."

벽에 기대 서 있던 베라무드가 상체를 일으키며 그녀를 불렀다. 베라무드의 눈이 힐끗 그녀의 옆에 나란히 서 있는 모리스를 향했다.

"대장님."

시그리드가 가볍게 인사를 해 보였다. 베라무드가 씩 웃으며 물었다.

"어땠어? 첫 호위는."

"견딜 만했습니다."

"그래?"

"네."

"그럼 다행이고—"

말을 끌며 베라무드가 노골적으로 모리스를 바라보자 시그리드가 "아." 하고 소개를 했다.

"이쪽은 제2기사단에 있는 제 친구 모리스 데포레스트입니다. 모리스, 이쪽은 내 상사이자 친구인 베라무드 루나틸이야."

"이름은 들었습니다, 루나틸 경."

"저도 마찬가지입니다, 데포레스트 경."

둘은 웃는 얼굴로 마주 인사를 했다. 그러나 서로가 서로를 경계하고 있는 건 놓지 않았다. 두 사람이 의혹이 가득한 눈으로 싸늘하게 웃으며 악수를 끝마치자 시그리드가 말했다.

"딱히 보고할 일은 없는 것 같은데, 가서 퇴근 체크만 하고 업무 종료하겠습니다."

"어어."

베라무드가 고개를 끄덕여 시그리드가 모리스를 돌아보았다.

"잠깐만, 금방 다녀올게."

"응."

시그리드가 후다닥 근위대 건물로 들어가자 베라무드가 말했다.

"제2기사단이시라고요."

명백하게 깔보는 어조였다.

"네, 그렇습니다."

모리스는 부드럽게 그의 뾰족한 말을 흘려보내며 빙긋 웃었다. 베라무드는 입을 다물었다.

좋은 사람.

이런 타입은 껄끄럽다. 베라무드는 시비 거는 걸 관두기로 했다.

"부음은 들었습니다. 유감입니다."

"아뇨."

베라무드의 말에 모리스는 놀라 짧게 대답했다가 고개를 저었다.

"괜찮습니다. 감사합니다."

베라무드는 입을 다물고 기다리는 자세를 취했다. 모리스는 잠시 머뭇거리다가 말했다.

"루나틸 경도 어렸을 때 아버지를 잃었다고 들었습니다

만……."

"그랬죠, 하지만 형님이 계셨으니까."

"그건 좀 부럽군요."

형제 사이가 가까운 건 모리스에게는 부러운 일이었다. 그 말에 베라무드가 피식 웃고 모리스를 보며 말했다.

"잘난 형을 둔 것도 쉬운 일은 아니라서 말입니다."

"아……."

모리스는 말끝을 흐렸다. 그가 묘한 웃음을 머금고 말했다.

"피붙이 사이는 쉬운 게 아니군요."

"피붙이라서 더 그런 거겠죠."

대답하는데 시그리드가 후다닥 뛰어 나왔다. 베라무드가 조금 전의 일이 없었던 양 금방 웃음을 머금고 말했다.

"근위대원은 뛰는 거 금지야~"

"뛰지 않았습니다. 경보했을 뿐이죠."

시그리드가 지지 않고 대꾸했다.

"그럼 전 오늘은 이만 가 보겠습니다."

그녀가 정중하게 인사하자 베라무드가 손을 가볍게 팔랑여 가라는 표시를 했다. 시그리드는 연무장을 향해 아쉬운 시선을 한 번 주고 모리스에게 말했다.

"가자."

"그냥 가도 괜찮아?"

모리스가 걸으며 작게 속삭였다.

"일은 끝났는걸."

시그리드는 가뿐하게 대답했고 모리스는 힐끗 베라무드를 돌아보았다가 걸으며 물었다.

"루나틸 경은 괜찮아?"

"음?"

"친구라고 해서 뭔가 부당한 걸 요구하거나 하지는 않아?"

"전혀."

"그래."

모리스는 다행이라고 생각하면서도 어딘가 찜찜해지는 걸 느꼈다.

"근위대는 어때?"

"아— 분위기 좋아. 오러 사용자들이 있으니까 확실히 대련할 때도 봐주는 게 없어서……."

시그리드가 씩 웃으며 말했다.

"그래도 내가 이기지만."

물론 상대방 역시도 실력이 늘어서, 시그리드가 중점 공략하는 약점을 그들도 알아채서 슬슬 그쪽으로는 공략이 어려워지고 있지만 말이다. 반대로 '엇?' 하고 찔러 들어올 때도 있어서 시그리드 자신 역시 실력이 올라가는 점이 좋았다.

모리스는 그래? 하고는 말했다.

"나 1기사단 시험 보려고."

"정말?"

"응."

"모리스 정도면 될걸."

시그리드가 그의 등을 응원의 의미로 가볍게 두들겼다. 모리스는 소리 내어 가볍게 웃고 말했다.

"네가 말하니까 진짜로 될 것 같아."

"된다니까?"

시그리드가 장담했다. 모리스는 고개를 끄덕였다. 그가 힐끗 시그리드를 보고 말했다.

"그때 말이야."

"응?"

"……저번에 제대로 감사 인사도 못 한 것 같아서. 안 좋은 모습만 잔뜩 보이고."

시그리드는 의아해져서 고개를 갸웃하며 물었다.

"안 좋은 모습?"

"어— 음, 씻지도 않고 더러운데 널 끌어안았다거나."

말하며 모리스는 귀 끝이 화끈거리는 것 같았다. 그런 모리스에 비해 시그리드는 "아아—" 하고 시원하게 고개를 끄덕이며 말했다.

"괜찮아. 설마 그것 때문에 온 거야?"

"그것만은 아니고, 아까 얘기했다시피 삼 황자님과 일한다고 해서 온 거야. 다행히도 좋아 보이지만."

"딱히 나쁠 것도 없었는걸."

담담하게 말하는 시그리드를 보고 모리스는 다시 웃었다. 그가 손을 뻗어 시그리드의 손을 잡았다.

딱딱한 건틀릿이 먼저 느껴졌지만, 그럼에도 그녀의 손가락이 날렵하다는 건 알 수 있었다.

"……?"

시그리드는 손을 빼지도 묻지도 않았다. 그저 의아한 미소를 보내며 그와 손을 마주 잡았다. 모리스가 말했다.

"저녁은 내가 살게. 오늘 고생했으니까."

"그렇게 고생은 하지 않았지만, 거절은 하지 않을게."

시그리드는 명랑하게 대답했다.

"좋아, 맛있는 데로 데려가 주지."

모리스의 장담에 시그리드는 웃었다.

두 사람의 모습은 멀리서도 정답게 보였다. 나스가 노을 사이로 사라지듯 걸어가는 두 사람을 보며 은근슬쩍 베라무드에게 속삭였다.

"손 놓고 계시다가 당하는 거 아닙니까?"

"안 당해."

베라무드가 딱 잘라 말했다. 나스는 변함없는 표정과 웃는 것처럼 보이는 실눈으로 베라무드를 보며 말했다.

"그렇게 말씀하시는 분이 꼭 당하더군요."

"아니, 그게 아니라 쟤는 뉘앙스라는 걸 못 읽거든."

베라무드가 폭언이라고 해야 할지 알 수 없는 발언을 했고 나스는 눈썹을 추켜올렸다가 고개를 끄덕였다. 부관인 자신도 그 정도는 알 수 있다.

"직접적인 고백이 아니면 안 된다는 거군요."

"그렇지."

"그가 할지도 모르잖습니까?"

"아니, 안 할걸."

"왜죠?"

"황실 2기사단이니까. 남자는 섬세하다고? 자존심에 죽고 산다고?"

"바보 같은 말이라고 생각하지만 틀린 것도 아니군요."

나스가 고개를 끄덕이고 말했다.

"그럼 저랑 한번 하시겠습니까?"

"뭘?"

나스가 툭툭 검을 두들겨 보였고 베라무드가 "아." 하고 대답했다.

"나 지금 좀 조절 안 될지도 모르는데."

"그래서 하자는 겁니다."

"좋아. 얼 경은 훌륭한 부하로군."

"다른 부하들이 내일 출근 못 하게 되는 것보다는 낫죠."

"그 정도는 아닌데……."

중얼거리며 베라무드는 휘파람을 불어 이목을 집중시키고 손가락으로 가볍게 나가라는 시늉을 해 보였다. 그는 길게 숨을 내쉬며 마음을 가라앉혔다.

나스의 특기는 쾌속검, 그러면서도 낭창한 검을 써서 변칙적인 공격을 위주로 한다. 흥분되어 덤벼 봐야 상처만 입을 뿐이다. 베라무드는 씩 웃었다.

'흥분해서 공격해 봐야 상처만 입을 뿐이라.'

그 웃음을 보고 나스는 검을 뽑으며 중얼거렸다.

"뼈는 부러트리지 말아 주시죠."

그 중얼거림을 들은 베라무드가 말했다.

"훌륭한 부관에게 휴가를 줄 수는 없지."

"그 말을 들으니 적당히 긁혀서 한 달 쉬는 것도 괜찮겠다는 생각이 드네요."

나스의 말에 베라무드는 그저 웃을 뿐이었다.

대련은 나스의 패배로 끝났으나, 상처는 없었고 나스는 좀 아쉽다고 생각했다.

*　　　*　　　*

알케르토는 모리스의 말에 "어?" 하고 되물었다.

"황실 기사단?"

"그래."

"그래……?"

막 대련을 끝낸 터라 알케르토는 숨을 가다듬었다.

제2기사단 연무장은 텅 비어서 두 사람밖에 없었다. 시그리드에게서 이야기를 듣고 난 뒤 그는 술도 유희도 끊고 검에 몰두하고 있었다. 처음에는 알케르토가 검 때문에 술을 안 마신다는 말을 듣고 비웃는 사람들이 태반이었다. 알케르토는 그런 비웃음이 싫었고 왠지 창피하고 쑥스러웠다. 그래서 '술을 마시고 놀까—' 하는 생각도 했지만 다시 생각을 다잡았다.

—알케르토는 다른 선택지가 있어?

시그리드의 그 당혹스러운 어조가 역력한 질문을 생각하면서 말이다. 그리고 모리스는 그런 알케르토를 비웃지 않았고, 둘은 성실하게 검술에 임했기 때문에 그나마 마음이 편했다.

적어도 친구가 없는 건 아니니 말이다.

"나도 해 볼까……?"

알케르토가 중얼거리듯 말해서 모리스는 수건을 그에게 던지며 물었다.

"뭐라고?"

"나도 시험 봐 볼까……?"

알케르토가 수건으로 땀을 닦아 내며 큼큼 헛기침을 했다.

"물론 아직 부족하겠지만, 1기사단 말이야……."

"해 봐. 둘이 같이 시험 보면 되겠네."

모리스가 시원스럽게 대답했다. 알케르토가 "그럴까?" 하다가 한숨을 푹 내쉬며 말했다.

"떨어지면 어쩌냐? 민망하게."

"그럼 또 연습해서 도전해야지."

모리스는 간결하게 답했다. "그런가." 하고 알케르토가 땀이 식으면서 몰려오는 추위에 몸을 부르르 떨었다. 아직 봄이 되려면 먼 듯싶었다.

"그러고 보니 시그는 괜찮은가?"

"뭐가?"

"삼 황자님 호위라고 했잖아. 일주일이면 다들 학을 떼고 나오던데."

"시그는 잘하고 있는 것 같던데?"

"그래? 그럼 다행이고."

알케르토는 가볍게 답했다. 알케르토가 힐끗 모리스를 보고 물었다.

"데포레스트 자작이 정식으로 작위 받으러 올라온다고 하던데."

"그런 소식은 또 어떻게 들었어?"

"이 바닥 젊은이들이 듣는 소식이 뭐 있겠어?"

"난 참석 안 할 거야."

모리스의 말에 알케르토는 "그러냐." 하고는 캐묻지 않았다. 자신 역시 가족사는 딱히 밝히고 싶은 것이 아니었으니 말이다. 알케르토가 말했다.

"들어가자. 몸 다 식겠다."

"한 번 더 하고 들어가."

모리스의 말에 알케르토는 "어—" 하고 망설이다가 고개를 끄덕였다.

"기사단 시험 보기로 했으니까 열심히 해야겠지."

알케르토가 가볍게 관절을 돌리며 말했다. 그가 힐끗 먼 궁 쪽으로 시선을 돌리며 말했다.

"시그도 열심히 하고 있을 테니까 말이야."

그리고 그의 말대로 시그리드는 열심히 호위를 하는 중이었다.

호위한 지도 슬슬 일주일이 넘어가자 시그리드가 자신을 잡을 생각이 없다는 걸 알게 된 아웬은 도망 다니는 것도 그만두었다. 그래도 여전히 가정교사는 괴롭혀 수업에서 도망치고는 했다.

"황자님."

"왜?"

"심심하지 않으십니까?"

시그리드의 말에 아웬이 휙 그녀를 돌아보았다.

"왜?"

"아뇨, 하시는 일이 없으시니까요."

그러니까 말썽을 더 부리는 게 아닐까 시그리드는 나름대로 추측해 보았다. 아웬이 퉁명하게 말했다.

"그래서 네가 뭐 해 줄 거야?"

"아뇨."

시그리드가 냉큼 대답해서 아웬은 눈을 찌푸렸다. 시그리드는 시선을 창문으로 돌렸다. 궁에는 안 쓰는 방이 많았고, 여기는 그중 하나였다. 안 쓰는 방이니 당연히 난로에 불도 없었고, 차가운 공기가 방 안을 가득 채우고 있었다. 겨울 햇빛만이 유일한 온기였다. 그 투명한 햇빛 사이로 먼지가 춤추는 것이 보였다. 시그리드는 조용히 숨을 내뱉었다. 햇볕에 뚜렷하게 흰 숨이 만들어졌다가 사라졌다.

"여기 이러고 계시면 심심하잖습니까? 정원에라도 나가시죠?"

"춥잖아."

"여기도 춥지요."

"네가 가정교사를 쫓아내면 돌아가지. 너도 춥잖아?"

"전 그렇게 춥지 않습니다."

"왜?"

"오러 사용자니까요."

"……그거 진짜야?"

"오러 사용자냐는 말, 말입니까?"

"그래, 여자가 검을 잘 쓸 리가 없잖아."

"진짜입니다."

"보여 줘 봐."

시그리드는 순순히 손을 내밀었다. 햇빛 속에서도 뚜렷하게 타오르는 불꽃같은 주홍빛 오러가 보였다. 아웬은 눈을 휘둥그레 뜨고 침을 꼴깍 삼키며 말했다.

"만져 봐도 돼?"

마리쉐즈의 질문과 똑같아 시그리드는 저도 모르게 친구를 생각하며 미소 짓고 말했다.

"물론입니다."

아웬의 아이다운 작은 손가락이 조심스럽게 오러를 어루만졌다. 하지만 오러는 잡히는 것이 아니다. 연기를 쥐는 것처럼 오러는 그의 손가락 사이로 피어올랐다.

"안 잡히네."

"원래 그렇습니다."

말하고 시그리드는 손을 접었다. 아웬은 아쉬움이 가득한 눈으로 그녀의 손을 보았다. 아웬이 중얼거렸다.

"진짜구나⋯⋯. 난 가짜 줄 알았는데⋯⋯."

"가짜로 마스터를 사칭할 수 있는 사람이 있다면 저도 꼭 보고 싶군요."

오러를 어떻게 가짜로 만들어 낼지가 일단 관건이었다. 아웬이 "그런가." 하고 시그리드를 힐끗 보았다가 말했다.

"나도 쓸 수 있을까?"

"뭘 말입니까?"

"오러."

"노력하면 가능하실 수도 있지요."

"그게 뭐야."

투덜거리다가 아웬이 히죽 웃으며 손을 내밀었다.

"오러 코어를 내가 받으면 되겠네. 오러 코어를 내—"

"안 됩니다."

시그리드가 그의 손을 잡으며 말했다. 거기에는 아무리 아웬이라고 해도 흠칫할 만한 뭔가가 있었다. 시그리드가 잡은 손에 힘을 주며 다시 차갑게 말했다.

"안 됩니다."

"나, 나도 알아!"

아웬은 방어적으로 외치며 손을 빼려고 했으나 시그리드는 꿈쩍도 하지 않았다.

"이거 놔!"

아윈의 말에 시그리드는 그제야 "아." 하고 손을 놓았다. 아윈이 제 힘에 휘청하는 걸 다시 시그리드가 붙잡아 세웠다.

"괜찮으십니까?"

"어."

아윈은 시그리드에게 항의하지 못하고 작게 말했다. 시그리드가 말했다.

"오러 코어는 제가 노력해서 얻은 겁니다. 가지고 싶으시면 황자님도 노력하세요."

"그게 있으면."

아윈은 힐끔 창을 보았다가 이어 말했다.

"어마마마도……."

중얼거리고 아윈이 시그리드에게 말했다.

"가르쳐 줘."

"네?"

"검."

"그건 제 소관이 아닙니다."

그 말에 아윈이 후다닥 방문으로 달려가며 말했다.

"어마마마께 부탁할 거야."

시그리드는 눈썹을 모았지만 별말 없이 그 뒤를 따랐다. 아윈은 황후궁까지 전속력으로 달렸다. 달리는 황자와 그 뒤를 쫓는 호위를 본 시종들은 평상시와 다름없는 모습에 별 신경을 쓰지 않았다. 황후궁에 들어가 아윈이 알현을 청하자 시녀가 곧 대답을 들고 돌아왔다.

"죄송하지만, 황자님. 오늘 마마께서는 머리가 아프셔서 만나 뵙지 못하신다고 합니다."

"그런……!"

아웬이 울상을 지었다. 그러자 시녀가 머리를 조아리며 말했다.

"죄송합니다, 황자님. 마마께서 나아지시면 연락을 취하도록 하겠습니다."

"다시 한 번 어머님께 부탁드려 주게."

아웬이 힘주어 말하자 시녀는 곤란한 얼굴을 했다가 곧 고개를 숙여 보이고 물러났다.

"어마마마께서는 정말 아프신 거야."

아웬이 소리 높여 말해서 시그리드는 의아한 눈으로 그를 바라보았다. 아웬이 빨개진 얼굴로 말했다.

"평소에는 만나 주신다고."

"당연히 그러시겠죠."

시그리드가 평이하게 대답하자 아웬은 왠지 상처 입은 얼굴을 하며 고개를 돌렸다.

'내가 뭘 잘못했나?'

의아하게 생각하는데 시녀가 다시 돌아왔다. 이번에도 대답은 '안 된다.'였다. 아웬은 풀이 푹 죽었다가 갑자기 시녀에게 달려들었다.

"네가 어마마마를 잘 모시지 못하니까 이런 거지!"

"아이고, 황자님!"

시녀가 놀라 어쩔 줄 몰라 했다. 아웬은 시녀의 머리를 잡아당기고 발로 그녀를 걷어찼다. 시그리드는 그 상황을 눈을 깜박이며 바라보았다. 그러다 순간 그녀가 슥 아웬의 목덜미를 잡아 들었다. 시녀는 바닥에 쓰러져 울고 있었고 아웬이 발버둥 치며 말했다.

"뭐야! 놔! 호위면 호위답게 호위나 해!"

"탁자에 부딪치십니다. 하실 거면 가구에서 좀 떨어져서 저쪽 한가운데서 하십시오."

시그리드의 말에 아웬은 "이익―" 하고 그녀를 돌아보았다가 발버둥을 멈추었다. 소동에 달려온 시종들이 어쩔 줄 모르는 얼굴로 쓰러진 시녀를 다독이며 아웬을 바라보았다.

"……가자."

아웬은 그들을 노려보다가 발을 돌렸고 시그리드는 그 뒤를 따랐다. 방금 그런 패악질을 부려 놓고도 축 늘어진 작은 어깨가 이상했다. 아웬이 걷다 말고 우뚝 멈춰 섰다.

"어머님은 날 싫어하시는 게 아냐."

"그렇군요."

"몸이 안 좋으신 거야."

"알겠습니다."

아웬은 시그리드를 올려다보았다. 그의 입술이 살짝 벌어졌다가 꾸욱 다물어졌다. 시그리드는 말없이 기다렸다. 아웬이 물었다.

"어마마마께서 날 싫어하시는 걸까?"

"모르겠습니다."

그 말에 아웬의 눈에 눈물이 글썽 고였다. 그가 손을 뻗어 시그리드의 옷자락을 잡았다. 그의 눈에서 눈물이 뚝뚝 흘러내렸다.

"다들, 다들, 거짓말만 하고— 으흑, 흑—"

"거짓말이요?"

"어, 어머니가 날 싫, 으흑, 할 리, 없다고, 윽, 흑—"

"하지만 사실은 싫어하시는 거야.", "미워하시는 거야." 하고 아웬은 엉엉 울기 시작했다. 기사의 옷자락을 잡고 엉엉 울고 있는 황자와 그 황자를 달래지도 않는 기사의 모습은 참 기묘한 것이었다. 한참을 울고 나서 아웬이 손등으로 슥슥 눈물을 닦으며 말했다.

"넌 좋아. 거짓말하지 않으니까."

"할 필요가 없지요."

"다들 좋은 말만 하면 내가 모를 거라고 생각해."

"그런가요?"

아웬은 고개를 끄덕였다. 주변에는 온통 달콤하고 부드러운 말만 해 주는 사람투성이다.

'괜찮아요.', '그럴 리가 없지요.', '자식을 미워하는 부모가 있을 리가요.', '황후마마는 황자님을 사랑하신답니다.', '공부를 열심히 하시면—', '훌륭한 사람이 되면—'

그런 달래는 말들은 분명히 배려와 위로였지만, 아웬에게는 얄팍하게만 느껴졌다.

"넌 그런 말도 하지 않고, 솔직하니까 좋아."

아웬이 다시 단호하게 말했다. 오히려 가장 싸늘하게 대해 주
는 사람을 신뢰하게 되다니, 참 묘한 일이었다. 시그리드 역시
의아했지만 그날부터 아웬은 시그리드의 말이라면 듣게 되었
다. 아니, 듣는다기보다는 그녀의 의견을 받아들인다고 해야겠
지만 말이다.

"공부할까?"

"해 두시는 게 좋지 않을까요."

"왜?"

"나중에 할 일이 없으실지도 모르니까요."

하는 대화를 두 사람은 아무렇지 않게 나누곤 했다. 남들이
들으면 기함할 만한 대화를 하고 나서 아웬은 시그리드의 의견
에 찬성했다. 확실히 공부해 두지 않으면 앞으로 뭘 해야 할지
알 수가 없다.

아웬은 학습 진도가 형편없어서 기초부터 다시 시작하게 되
었지만, 가정교사는 황자가 얌전히 수업을 듣는 것만으로도 감
격하는 눈치였다. 게다가 시그리드 역시 본의 아니게 황자와 함
께 수업을 듣게 되는 만큼 평소에 부족한 인문 소양을 강제로 채
워 넣게 되었다.

시그리드가 아웬을 대하는 태도는 여전했지만, 아웬이 시그리
드를 병아리처럼 따른다는 건 금방 궁 안에 퍼져서 근위대원들
은 대체 어떻게 그녀가 삼 황자를 공략했는지 궁금해했다.

"딱히?"

시그리드는 갸웃하며 그렇게 대답해 줄 수밖에 없었다.

그런 시그리드가 황후를 다시 보게 된 건 그녀가 아웬의 호위를 맡게 된 지 이 주가 약간 넘었을 때였다. 아침에 호위를 하러 가니, 첫날처럼 황후가 이미 와서 기다리고 있었다. 그리고 황자는 그녀의 옆에 딱 달라붙어 있었다. 시그리드가 들어가 인사하자 아웬이 즐겁게 말했다.

"시그리드, 어서 와."

"강녕하셨습니까, 황자님. 뵙게 되어 영광입니다, 황후마마."

황후는 시그리드가 격식을 갖추는 것도 무시하며 아웬을 보고 말했다.

"요즘 학업에 열중하고 있다고 들었습니다."

"아, 네, 네."

아웬이 뺨을 붉히며 공손하게 대답하자 황후가 무심한 어투로 말했다.

"이제 와서 공부를 한다고 해도 따라잡겠습니까?"

"그— 열심히 하고 있습니다."

"가정교사를 너무 힘들게 하지 마세요. 황자는 어리석어 남들보다 열 배는 더 노력해야 하는데 그 힘든 길을 갈 수 있을지 모르겠군요."

아웬이 고개를 푹 숙였다. 황후는 우울한 눈으로 고개 숙인 아들을 보았다가 다시 표정을 바꾸며 시그리드에게로 고개를 돌렸다.

"앙케르트나 경."

"네, 마마."

"황자의 호위가 힘들면 이야기하세요. 언제든 바꿔 줄 테니까. 생각해 보니 마스터가 삼 황자의 호위라니 너무나 낭비입니다."

"어마마마!"

아웬이 저도 모르게 소리쳤다. 그가 황후의 치맛자락을 잡으며 말했다.

"저는 시그리드가 좋습니다. 바꾸지 말아 주세요."

황후의 손이 가볍게 아웬의 머리를 쓰다듬고 내려와 뺨을 문질러 주고 그의 손을 자신의 치마에서 떼어 냈다.

"어리광 부릴 나이는 지나지 않았습니까?"

아웬의 얼굴이 창백해졌다. 그가 이를 악물고 말했다.

"어마마마는……."

황후의 검은 눈동자가 아웬을 바라보았다. 아웬이 내뱉듯 말했다.

"어마마마는 절 싫어하시는 거지요."

황후는 살짝 입을 벌렸다가 웃으며 말했다.

"도대체 무슨 말을 하는 건지 모르겠네요. 어미는 바빠서 이만 가 봐야겠습니다."

그녀는 자리에서 일어나 방을 나갔고, 아웬은 인사도 하지 않은 채 의자에 그대로 앉아 있었다. 쥐어짠 말이 가볍게 튕겨져 나와 아웬은 어떻게 반응해야 할지 알 수 없었다. 가슴이 욱신거렸다.

방 안은 조용했다. 시녀들이 황자의 눈치를 살폈다. 시그리드가 자리에서 일어나 무릎을 가볍게 털고 말했다.

"황자님, 기승하실 줄은 아십니까?"

"어……?"

아웬이 젖은 속눈썹을 들어 올려 시그리드를 보았다. 시그리드가 희미하게 미소 지으며 다시 말했다.

"말 타실 줄 아십니까?"

"아니……."

"그럼 가르쳐 드리겠습니다."

"정말?!"

아웬이 자리에서 벌떡 일어났다. 시그리드가 고개를 끄덕였다.

"네, 물론입니다. 이리 오세요."

아웬은 후다닥 달려가 시그리드의 손을 덥석 잡았다. 얼결에 손이 잡힌 시그리드는 그걸 뿌리치지는 않았다. 그녀 역시 분위기는 구별할 수 있었고, 이 황자가 나름 불쌍하게 생각되었던 것이다.

'태자비 전하의 말은 무슨 뜻이었을까?'

단지 그것 하나가 궁금했다. 아이가 생기니 황후마마를 이해할 수 있게 되었다고, 그녀는 그렇게 말했다. 시그리드가 보기에 황후와 아웬의 관계는 방치하는 어미와 그로 인한 관심을 얻기 위해 애쓰는 아이. 그렇게 보였다.

'하지만 황태자비 전하가 아이를 방치하실 것 같이 보이지는 않는데.'

그럼 그 말은 무슨 뜻일까.

시그리드는 어떤 말을 태워 줄 거냐고 묻는 아웬에게 대답하며 마장으로 향했다.

*　　*　　*

루나틸 공작 부인인 르뒈레는 과자를 들고 내실로 들어가며 눈을 찌푸렸다. 하지만 그녀의 입과 찌푸린 눈도 웃고 있어서 그녀가 일부러 그러고 있다는 건 쉽게 알 수 있었다.

"맙소사, 삼촌을 그만 괴롭히렴."

그 말에 베라무드에게 매달려 낄낄거리던 아이들이 "하지만—" 하고 그에게 더 달라붙었다. 베라무드는 마치 술통을 던지듯 하나씩 목덜미를 잡아 푹신한 소파 위로 가볍게 아이들을 던졌고 좋다고 깔깔거리는 애들을 두고 손을 털었다.

"어머니 말씀은 들어야지."

"죄송해요, 항상."

르뒈레의 말에 베라무드가 고개를 저었다.

"아닙니다."

"자, 간식 시간이니까 얌전히 과자를 먹으렴. 도련님은 안쪽에 준비해 뒀어요."

"감사합니다."

깍듯하게 인사하고 베라무드는 "이잉, 삼촌—" 하고 아쉬워하는 조카들에게 씩 웃어 주고는 안으로 들어왔다.

"어라? 형? 언제 왔어."

"좀 전에."

라비스가 손으로 앞자리를 가리켜 권했다. 베라무드는 조심스럽게 의자에 앉았다. 새하얀 테이블에는 정갈하게 다과가 차려져 있었다. 시종이 건네준 물수건으로 손을 닦고 베라무드가 물었다.

"어때? 수도는."

"'언제나 마찬가지지.'라고 말하고 싶은데 그렇지가 않네."

라비스가 찻주전자를 들어 동생의 잔을 채워 주고 자신의 잔을 채웠다. 유백색 찻잔의 금테가 수색을 비추듯 반짝였다. 라비스는 잔을 들며 마치 새하얀 냅킨처럼 담담한 목소리로 말했다.

"폐하와 전하의 대립은 악화 일로를 걷고 있고, 친위대는 곧 발족식을 할 것 같은데, 근위대의 인원들이 꽤 빠져나간 데다가 심지어 알맹이들도 빠져나간 게 문제지. 남은 오러 마스터는 얼마 되지도 않는데, 남은 근위대원들은 마치—"

"세리오스의 편 같지."

"그래."

라비스가 걱정스러운 눈으로 동생을 보았다. 베라무드의 양쪽 눈 색과 전혀 다른 호박색 눈동자가 그를 바라보았다.

"난 그 근위대의 수장인 네가 걱정이다."

"괜찮아, 설마 죽이시기야 하겠어."

"그건 모르는 거지. 난 근위대를 그만두라고 권하고 싶은데."

라비스의 말에 베라무드가 찻물을 내려다보았다가 형을 바라보며 물었다.

"그건 가주로서의 명령이야?"

"아니야."

"그럼 충고는 고맙지만 거절할게, 형."

라비스는 한숨을 내쉬며 말했다.

"세리오스와 네가 가까운 건 알지만, 네 친형은 나야. 베라무드 루나틸."

"그야 나도 알아."

'정말로 아는 거야?' 하는 얼굴로 라비스는 베라무드를 바라보았다. 베라무드가 장난스럽게 말을 던졌다.

"질투하는 거야, 형?"

"조금은."

돌아온 대답에 놀란 것은 오히려 베라무드였다. 그가 당황해 "어?" 하고 되묻자 라비스가 희미하게 미소 지으며 말했다.

"내 동생이 나보다 사촌 매형을 더 좋아하는 것 같으면 당연히 질투하지."

"아니, 그게—"

당황해서 버벅거리다가 베라무드는 머리를 긁적이고 말했다.

"형은 그런 거 안 할 것 같아서."

지금 라비스의 말은 농담이었겠지만, 베라무드는 의외였다. 형이 그런 농담을 던질 거라고는 생각도 못 했다. 항상 흑백이 명확하고 냉정하며 공작가의 가주로서 조금도 부족함이 없는 사람, 그게 형이었다.

어렸을 때는 멋대로 형에게 열등감을 가졌었고, 그게 희미해진 지금도 과거의 기억 때문인지 형이 좀 껄끄러웠다. 그것마저도 아마 자신 멋대로의 생각일 테지만. 동생의 반응을 지켜본 라비스가 말했다.

"네가 천재라서 다행이야."

"어? 내가 무슨 천재야, 천재는. 천재라는 건 오히려—"

살짝 미간을 모았다가 베라무드가 말했다.

"시그리드 앙케르트나 같은 경우를 말하는 거지."

"아, 그 여자 마스터라는? 하긴 스물에 벌써 마스터라면 미래가 기대되기는 하지. 하지만 너도 천재라고 생각해."

"에이."

베라무드는 손사래를 쳤다. 갑자기 형이 왜 이렇게 자신을 띄워 주는지 알 수 없었다. 뭔가 일을 시키려나 했지만, 그것도 아닌 것 같았다. 민망해져서 차만 연신 마시는데 라비스가 입을 열었다.

"루디날 황자와 연락이 되지 않는다고, 전하께서 걱정하시던데."

"어? 아아, 얘기 들었어. 그런데 오히려 봄 되면 눈사태가 많이 나서 연락 두절이 종종 있는 일이라고 하더라고."

"만약에 루디날 황자를 찾는 수색팀이 조직된다면 넌 빠졌으면 좋겠다."

베라무드가 슥 눈썹을 추켜올리자 그가 입을 열기 전에 라비스가 먼저 말했다.

"물론 이것도 명령은 아니야. 하지만 루디날 황자의 실종이 사실이라면 우연일 리는 없다고 생각해. 그러니까 베라무드, 위험한 곳에는 발을 딛지 마라."

베라무드는 대답 대신 한 번 어깨를 으쓱해 보였다. 라비스는 그를 가만히 보았다가 한숨을 내쉬었다. 그리고 미소를 지으며 물었다.

"그래서? 요즘 마음에 드는 아가씨는 없어?"

느닷없는 화제 전환에 베라무드는 차를 뿜을 뻔했다. 그가 냅킨으로 허겁지겁 입가를 닦고 물었다.

"갑자기 그건 또 뭔 소리야?"

"슬슬 너도 짝을 찾을 나이가 아닌가 싶어서."

"아직 놀고 싶은 나이입니다."

"너도 루나틸 가문의 사람이잖아. 내가 작위를 준다는 것도 다 거절하고……. 네 가정을 꾸려야지."

"루나틸 가야 형님이 잘 잇고 계신데요, 뭐. 저야 형님 덕에 느긋한 한량으로 있으렵니다."

그 말에 라비스가 눈을 가늘게 뜨고 그를 본 다음 말했다.

"마음에 드는 아가씨가 없다면 내가 준비할 테니까."

"네?"

"안 그래도 후보군을 추려 놨다."

"싫습니다."

"그럼 마음에 드는 아가씨가 있어?"

"그, 네."

대답하자 라비스가 눈썹을 슥 추켜올렸다. 베라무드가 머뭇 거리며 말했다.

"진짭니다."

"진지하게 생각하고 있는?"

그 말에 베라무드는 잠시 말을 멈추었다가 고개를 끄덕였다.

"네."

"누군데?"

"안 가르쳐 드려요."

베라무드의 말에 라비스가 눈을 가늘게 떴다가 다시 웃었다.

"알겠다. 그러면 일단 보류는 하마. 하지만 그 아가씨를 좀 봤 으면 좋겠구나."

그 말에 베라무드는 말없이 눈을 굴렸고 라비스는 더 이상 추 궁하지 않았다. 베라무드는 "저녁 드시고 가세요."라는 형수의 상냥한 권유를 물리치고 도망치듯 자신의 집으로 돌아왔다.

'결혼 추궁이라니……!'

'평생 그런 일은 당하지 않을 거라고 생각했건만.' 하고 베라 무드는 한숨을 푹푹 내쉬었다. 아버지는—루나틸 공작은 두 아 들을 사랑해 주었지만, 베라무드에게는 확실하게 '넌 형을 보좌 해야 하며, 여차하면 스페어가 되는 존재'라고 주입시켰다. 즉, 대귀족가의 둘째란 형이 일이 생겼을 때를 위한 대용품이며 형 이 무사히 가주가 되고 난 후에는 큰 필요가 없는 존재였다.

'뭐 형이 워낙 훌륭해서 딱히 아버님이 살아 계셨을 때도 필요하지는 않았지만.'

그래서 어차피 그런 인생, 느긋하게 마음대로 살아 보자고 마음을 고쳐먹었건만, 결혼 권유라니.

'결혼이라…….'

그 단어와 함께 떠오른 것은 시그리드의 얼굴이다. 베라무드는 신음을 흘렸다.

'너무 먼 얘기지.'

베라무드는 그렇게 생각하며 관자놀이를 문질렀다. 그보다는 지금 다른 쪽이 더 중요하다.

'아흐트슈비에츠라…….'

친위대가 조직되면 늦든 빠르든 숙청이 벌어질 것이 뻔했다.

1근위대 전원에게도 권유가 들어온 모양으로 반절 정도 되는 인원이 빠져나갔다.

'뭐, 황제와 황태자인 데다가, 현 황후에게는 무능한 아들까지 있으니.'

현재 권력을 쥐고 휘두르고 있는 것은 황제 측인 것이다. 그들을 뭐라고 할 수는 없었다. 베라무드는 근위대에 남은 인물들을 생각하며 눈을 감았다.

자신의 책임 하에 있는 사람들이다.

어떻게든 다치는 일 없이 무사하게 지켜야 한다. 세리오스는 이런 말을 하면 콧방귀를 뀌겠지만 말이다.

—한 명도 희생시키지 않으려다가 몽땅 죽는 것보다는 희생을
　최소화하는 쪽으로 생각하는 편이 낫다.

이게 세리오스의 지론이었다.

'말이 쉽지.'

베라무드는 그렇게 생각하며 한숨을 푹 내쉬었다.

그가 세리오스에게 호출을 받은 것은 정확히 사흘 후였다.

베라무드가 집무실에 도착하자마자 세리오스는 단도직입적으로 말했다.

"루디날을 구하러 가 줘."

베라무드는 살짝 입을 벌렸다가 다물었다. 대답 대신 그는 옆에 서 있는 피엔샤 후작을 향해 가볍게 인사해 보였다.

"올라오셨는지 몰랐습니다."

"조용히 올라왔으니까."

"그럼 우툴루는 두고 오셨겠군요."

싱긋 웃는 그의 말에 피엔샤는 대답하지 않았다.

그 덩치를 숨기기는 불가능에 가까우니 분명히 최측근만 데리고 조용히 움직였겠지.

연합의 수장이면서도 몸을 아끼지 않는다는 점이 서부 귀족답다고 해야 할까. 베라무드가 어깨를 으쓱하고는 가까이 다가갔다.

"좋은 소식을 들고 오신 것 같지는 않군요."

"루디날의 실종 뒤에 누군가가 있는 것 같아."

세리오스가 초조하게 말했다. 베라무드는 "누군가?" 하고 설명을 요구하는 얼굴로 피엔샤 후작을 바라보았다.

"북부에는 몇몇 우리와 긴밀한 연락망을 가진 사람들이 있네."

베라무드는 가볍게 고개를 까닥했다. 그 역시도 아는 이야기다. 건방지다고 할 수 있는 제스처였지만 피엔샤 후작은 말을 이어 갔다.

"루디날 황자님께서 사라지신 곳은 북부에서 첫 번째 영지인 탈론령을 지나신 후네. 탈론 영주인 아탈룬 자작은 황자님께서 떠나시고 나서 눈사태가 일어났다고 말했지. 하지만 내가 들은 이야기는 좀 달라. 눈사태 같은 건 없었다는군. 그리고 아탈룬 자작이 황자님에게 길잡이를 붙여 드렸다고 하고."

"그렇군요."

베라무드는 대답하고 세리오스를 보았다. 세리오스가 초조한 얼굴을 하고 말했다.

"만약에 루디날이 북쪽 황야를 헤매고 있는 거라면…… 호위병이 있으니까 아직 살아 있을 가능성이 높아. 아탈룬 자작이 루디날을 습격하거나 하지 않았다면 말이야. 만약에 그렇다고 해도 손을 놓고 있을 수는 없어. 물론 정식으로 사람을 파견하는 건 불가능해. 왜냐면 이건 개인적인 루트로 들어온 정보고, 폐하께서는 승인하지 않으실 테니까."

"특히 서부 귀족의 의견은 말이죠."

피엔샤가 거들었다.

베라무드가 묘하게 웃고 물었다.

"그래서 지금 나 혼자 단독으로 북쪽으로 가서 루디날을 찾아오라는 거야?"

"죽었다면. 적어도 그거라도 알고 싶어."

"세리오스."

"너라면 괜찮을 거라고 믿어."

세리오스가 힘주어 말했다. 피엔샤 후작이 차갑게 말했다.

"저라면 이 황자님을 포기하겠습니다. 눈앞에 있는 기사를 잃을지도 모르는 상황에 처하는 것보다는 말입니다."

"난 베라무드가 할 수 있다고 믿소."

절대적인 신뢰.

세리오스가 강한 어조로 말했고 피엔샤는 그저 한쪽 어깨만 으쓱해 보였다. 베라무드는 씩 웃어 보였다.

"알았어, 맡겨 둬."

"고마워."

"그 말은 다녀오면 포상이랑 함께 해 주시죠, 전하."

베라무드의 말에 세리오스는 고개를 끄덕였다. 피엔샤 후작이 이어 말했다.

"하지만 왜 루디날 황자님을 노리는지 알 수가 없습니다. 물론 그분은 태자 전하의 측근이기는 합니다만⋯⋯."

하지만 큰 능력을 나타낸 적도 없고, 두각을 드러낸 적도 없었다. 물론 황족이라는 것만으로도 가치는 한없이 올라가지만, 상대가 황제라고 한다면 의문이 생기는 것이었다.

"안 그렇습니까."

피엔샤는 여전히 미심쩍은 기분이었다.

'착실하게 손발을 잘라 나가는 것인가?'

손발이라고 하니 다른 생각이 떠올라 피엔샤는 입을 열었다.

"아흐트슈비에츠가 발족한다면서요."

"서부까지 소문이 벌써 퍼졌소?"

"황제파의 자제들은 전부 다 가담했다고 들었습니다."

"건국사에 나오는 전무후무한 무력 단체에 이름을 올리고 싶지 않은 젊은이가 있겠소?"

"손 놓고 계실 겁니까? 이대로 있으면 루디날 황자님만으로 끝나지 않을 텐데요."

"반대는 하고 있지만, 언제나 그렇듯이 받아 주시는 것 같지는 않군."

"전하를 믿어도 될지 모르겠군요."

'하는 일마다 다 막히는 당신을 믿어도 될지 모르겠다.'는 뜻을 담고 있는 말을 피엔샤가 냉랭한 어조로 말했고 세리오스가 피식 웃었다.

"황태자파는 아흐트슈비에츠에 들어가지 않았지."

세리오스가 집게손가락으로 책상을 일자로 내리그으며 말했다.

"폐하께서 원하시는 대로. 그래, 판은 짜졌네. 공격해 오실지도 몰라. 그렇지. 그리고 나도 각오가 되어 있다네."

세리오스는 간단하게 말했지만 피엔샤 후작은 그게 간단한 말이 아니라는 것을 잘 알고 있었다. 그래서 그가 세리오스를 바라보며 묵직한 어조로 물었다.

"승률은 어느 정도로 보십니까?"

"시작도 하지 않은 싸움의 승패를 먼저 이야기할 정도로 어리석지는 않네."

세리오스가 숨을 깊게 들이마시고 베라무드를 돌아보며 말했다.

"그래서 루디날이 중요해. 그 녀석이 시찰을 떠난 중요한 이유도 그거니까. 여기서 너구리 같은 귀족을 상대하는 것보다 직접 보는 게 중요하니까. 믿고 맡길 사람이 너밖에 없어."

"띄워 주지 않아도 갈 거야."

"그런 거 아니야."

세리오스가 미간을 찌푸렸고 베라무드는 "그래?" 하고 미소 지었다. 피엔샤 후작은 두 주종이 하는 이야기를 들으며 '믿을 수가 없군.' 하는 얼굴을 했다.

서부의 딱딱한 분위기에서는 절대로 있을 수 없는 일이었다.

"그럼 계단이라도 굴러야겠군. 낙마를 하거나……."

베라무드가 중얼거렸다. 세리오스가 말했다.

"전염병 같은 거라고 해. 문병 안 오게."

"내 평판은 상관없는 거야?"

"언제 너에게 괜찮은 평판이 있었냐."

"너무하네."

베라무드는 투덜거렸다.

시그리드는 명패를 걸다가 나스를 돌아보며 물었다.

"서부 독감이라고요?"

베라무드가 서부 독감에 걸려 장기 휴가를 청했다는 말을 듣고 그녀는 의아해졌다. 나스가 고개를 끄덕이고 되물었다.

"그래, 넌 괜찮은 건가?"

"네? 네."

서부에 다녀온 지가 벌써 한 달 전인데 갑자기 무슨 독감이란 말인가.

"잠복기가 긴 병이라고 하더군, 혹시 모르니까 자네도 당분간 쉬도록. 황자님께 옮기기라도 하면 곤란하니까 말이야."

"그렇군요, 알겠습니다."

시그리드는 고개를 끄덕였다.

자신은 치료사가 아니니 분명히 모르는 병도 많겠지. 그나저나 서부 독감이라니—

"심하시답니까?"

"꽤 중한 상태신가 보더군."

나스가 고개를 끄덕였다. 그가 한숨을 폭 내쉬고 말했다.

"덕분에 결혼 준비도 미뤄지고 말이지. 한 달 내내 업무에 치이게 생겼으니……."

"힘내십시오."

"김빠지는 응원이로군."

"그렇습니까."

시그리드는 진지하게 고민한 뒤에 나스에게 손을 내밀었다. 의아해하며 나스가 그 손을 마주 잡자 악수하듯 그 손을 힘주어 잡으며 시그리드가 그의 눈을 보고 말했다.

"힘내십시오."

나스는 피식 웃었다.

"이제 좀 응원 같은데."

"다행이군요. 진심이니까요."

시그리드의 말에 나스가 고개를 끄덕였다. 생각해 보면 시그리드가 진심이 아닌 말을 하는 일은 없다.

"그럼 황자님께 들러서 사정만 설명하겠습니다."

"그래. 아, 그리고 말인데."

"네."

"호위를 그만해도 된다고 명령이 내려왔다네."

"폐하께서 직접 말입니까?"

"그래."

"……알겠습니다."

"그렇게 기뻐 보이지는 않네. 삼 황자님과 사이가 좋다는 게 사실인 것 같군."

시그리드가 희미하게 웃고 말했다.

"편애란 받는 쪽에서는 꽤 기분 좋은 것이더군요."

그 말에 나스는 "확실히." 하고 고개를 끄덕였다. 이어서 나스가 말했다.

"8근위대의 다르를 만나서 같이 가게. 자네가 조퇴하면 대신 임무를 맡아 줄 거야."

"알겠습니다."

시그리드는 깍듯이 인사하고 1근위대실을 나왔다. 중간에 8근위대에 들러서 시그리드는 다르와 만나 황자궁으로 발을 옮겼다.

"시그리드!"

그녀가 문을 열자마자 후다닥 아웬이 뛰어나와 그녀에게 매달리듯 안겼다. 다르는 옆에서 눈을 휘둥그레 떴다. 아웬이 그를 한 번 힐끗 보고 시그리드의 손을 잡아당기면서 말했다.

"오늘 숙제 잘해 놨어. 정리해 놓은 거 시그리드도 볼래?"

"황자님, 할 말이 있습니다."

아웬의 얼굴이 딱딱하게 굳었다.

"뭔데……?"

"당분간 다르 경이 절 대신해서 황자님의 호위를 할 겁니다."

아웬의 얼굴이 일그러졌다. 그가 뭐라고 한 소리 하려다가 꾹 참고 물었다.

"당분간?"

"제가 서부에 다녀온 것은 아시지요?"

"응."

"같이 서부에 갔었던 근위대장님이 서부 독감이라는 병에 걸리셨다고 합니다. 잠복기가 길어 제가 걸렸을지도 모르는데 옮을지도 모르니까 황자님과 함께 있을 수 없습니다. 병에 걸리지 않았다는 게 확실해지면 그때 뵙겠습니다."

"정말이지?"

"네."

"다시 오는 거지?"

"네."

아웬은 시그리드를 잡은 손에 힘을 꽉 주었다. 한참 그러고 있다가 아웬이 손을 놓으며 작게 숨을 토해 냈다.

"그럼 알겠어."

"네."

시그리드는 아웬에게 정중히 인사하고 다르에게 말했다.

"그럼 황자님을 잘 부탁드립니다."

"걱정하지 마십시오."

다르의 인사를 받으며 시그리드는 황자궁을 나왔다. 다시 근위대로 돌아가니 근위대실은 비어 있었지만 출석 명패들은 촤르르 걸려 있어서 새삼 시그리드는 이들의 성실성을 느꼈다.

대장의 패가 걸려야 할 맨 오른쪽이 비어 있고 대신 [휴가]라고 적힌 패가 걸려 있는 걸 보자 왜인지 허전했다.

'매일 보던 얼굴이 안 보여서 그런가?'

—안녕, 시리. 오늘도 미인이네.

듣던 대사를 안 들으니 이상하다.

'병문안을 갈까.'

옮는 병이라니 안 가는 게 맞을 테고, 손님맞이도 안 할 테지만 그래도 문병 선물 정도는 넣어 놓고 싶었다. 전에 자신이 비번이라고 했을 때 그는 득달같이 찾아오지 않았는가.

생각하고 시그리드는 자신의 패를 뺐다.

문병 선물은 뭐가 좋을까 고민하다가 시그리드는 과일 바구니를 샀다. 계절이 계절이니만큼 가격은 어마어마하게 비쌌지만 딱히 다른 선택지가 보이지 않았다. 자신의 상상력의 빈곤함을 한탄하며, 그녀는 다음에 마리쉐즈에게 좋은 문병 선물 목록 같은 걸 받아야겠다고 생각했다. 한 손에 과일 바구니를 들고 경쾌하게 말을 달려 시그리드는 베라무드의 집 앞에 도착했다.

말을 말구종에게 맡기고 시그리드는 노커를 두들겼다.

잠시 후 단정하게 차려입은 시종이 나와 곤란한 얼굴로 말했다.

"죄송하지만 손님은 받고 있지 않습니다."

"그렇군. 그럼 베라무드의 친구인 시그리드가 왔다 갔다고만 전해 줘. 여기 선물도 있으니까."

시그리드가 바구니를 내밀며 말하자 시종은 바구니를 받아들고 잠시 시그리드를 바라보다가 말했다.

"안으로 잠깐 들어오시겠습니까?"

"괜찮은가?"

"말의 몸이 식지 않게 한 바퀴 돌려 갔을 겁니다. 그사이에라도."

"아아, 알겠네."

시그리드가 고개를 끄덕이고 안으로 들어갔다. 시종은 그녀에게 현관 근처에 있는 의자를 빼 주고 과일 바구니를 들고는 사라졌다. 문 하나 안이지만 그래도 안이 훨씬 따뜻해서 시그리드는 가볍게 팔을 쓸었다.

"시그리드 님."

시종이 그녀를 불러 시그리드는 고개를 들었다.

"베라무드 님께서 부르십니다만, 들어오시겠습니까?"

"아, 응."

시그리드는 자리에서 일어났다.

"상태는 괜찮으신 건가?"

"네."

시종은 고개를 끄덕였고 시그리드는 '괜찮다니 다행인데.' 하며 뒤를 따랐다. 방 앞까지 안내한 시종은 손잡이를 살짝 돌려 열어 준 후 물러났다.

'감염될까 봐 안 들어가는 건가?'

'그리고 난 들어가라고?' 의아해하면서도 시그리드는 문을 열고 안으로 들어갔다. 방문을 닫고 그녀는 쭉 방 안을 돌아보다가 베라무드를 발견하고 의아한 얼굴을 했다.

"왜 누워 계시지 않고요?"

침대에 앉아 있는 그를 향해 걸어가다 시그리드는 멈춰 섰다. 베라무드가 "어라?" 하고 팔을 벌리며 웃었다.

"나 아프다고 해서 울면서 달려온 거 아니었어?"

"아닙니다. 게다가 왜 무장은 하고 계십니까?"

베라무드는 팔을 내리고 말했다.

"일이 생겨서."

"무슨 일입니까?"

"관심 있어?"

"네."

시그리드의 즉답에 놀란 건 오히려 베라무드였다. 그가 눈을 깜박이다가 '흐음—' 하고 웃었다.

"별로 관심 없을 줄 알았는데."

"당신의 일이라면 관심 있습니다."

이 말에 그는 두 번째로 놀랐다. 베라무드가 화사하게 웃었다.

"그건 기쁜데."

시그리드는 잠시 그의 웃음을 멍하니 바라보다가 정신을 차리고 말했다.

"비밀 임무라도 맡으신 건가요?"

"응, 비슷해. 루디날 황자님이 실종되어서 그분을 찾으러 가는 거지."

"혼자 말입니까?"

"단독 행동이 편해."

"같이 가죠."

"어?"

"같이 가죠."

"그—"

"같이 가죠."

세 번 같은 말을 반복하는 시그리드에게 베라무드는 저도 모르게 밀렸다. 그녀가 말했다.

　"바로 출발하실 겁니까? 준비할 시간을 주시면 감사하겠는데요."

　"잠깐, 시리."

　"네."

　"같이 갈 필요 없어."

　"전 있습니다."

　말했다가 시그리드는 눈을 찡그리고 되물었다.

　"혹시 방해됩니까? 임무를 말해 주셔서 같이 가도 괜찮을 거라고 판단했지만, 만약에 제가 함께 가는 게 싫으신 거라면."

　"싫지는 않는데."

　"알겠습니다. 그러면 출발을 적어도 새벽으로 미뤄 주시면 감사하겠습니다."

　"왜?"

　"네?"

　"왜 같이 가는데? 이건 근위대장으로서 임무도 아냐. 상을 받을 수도 없어. 폐하와는 분명히 척지게 될걸. 네게 이득은 없어, 시그리드."

　"전 당신을 좋아합니다."

　베라무드는 순간 숨 쉬는 법을 잊어버렸다. 시그리드는 자신이 내뱉은 말이 재미있다는 듯 웃으며 다시 말했다.

　"저도 좋아하게 될 줄은 몰랐는데요. 하여간 그러니까 위험한 곳으로 혼자 가게 두고 싶지는 않습니다."

여러 가지 생각을 하게 해 주었다. 본인은 모르겠지만 내 편을 들어 주었다. 이러니저러니 말하고, 라이벌이라고 투덜거리지만 시그리드는 베라무드가 좋았다.

새삼 깨달아 그녀는 고개를 끄덕였다.

'사람의 일이란 건 참 모르는 거야.'

베라무드가 뭐라고 하기도 전에 시그리드가 "아." 하고 활짝 웃으며 말했다.

"이거네요, 베스트 프렌드."

베라무드는 복부를 한 대 맞은 사람처럼 신음 소리를 내뱉더니 양손으로 얼굴을 가리고 푹 고개를 숙였다.

"베라무드?"

의아해하는 그녀의 물음에 베라무드가 중얼거렸다.

"아니, 뭐랄까 타격이 커서. 아니, 그게, 어. 그러네. 좋네. 좋지, 베스트 프렌드. 응."

중얼중얼하는 그를 보고 시그리드는 '왜 그럴까?' 하고 그를 바라보다가 말했다.

"그럼 같이 가는 거지요?"

"……응."

아까와 달리 순순한 대답이었다. 시그리드는 미소 짓고 말했다.

"그럼 준비하고 어디서 볼까요?"

"새벽 두 시에. 3구역 마지막 가로등 앞에서 보자."

"알겠습니다."

대답하고 시그리드는 방을 나섰다. 그 뒷모습을 슬쩍 보고 베라무드는 푹 한숨을 내쉬었다.

"절친, 그래 절친."

많이 오기는 왔다만, 원하는 목적지는 아니다.

"그래도……."

시그리드가 같이 가 준다니 순수하게 기뻤다.

이득이나 의무와는 상관없이 '좋아하기 때문에' 함께 위험을 감수해 주겠다는 말은 친구로서 들어도 상당히 달콤한 말이었다.

그녀는 거짓말을 하지 않기에 더욱.

"별로 위험한 임무가 되지 않았으면 좋겠는데……."

중얼거리며 베라무드는 가늘게 한숨을 내쉬었다.

*   *   *

베라무드는 새벽 성문가에 서서 묘한 기분을 맛보고 있었다.

'꼭 도망치는 연인 같은데.'

시그리드가 언제쯤 올까 초조하게 기다리며 그는 왼 눈을 가볍게 눌렀다. 눈을 가린 안대가 시야를 가리는 게 불편했다. 하지만 애꾸눈이 오드아이보다는 눈에 훨씬 덜 띈다.

오드아이를 그대로 드러내고 다니는 것은 '저는 베라무드 루나틸입니다.' 하고 써 붙이고 다니는 것과 마찬가지였다. 그는 가볍게 숨을 내쉬었다. 달빛에 흰 입김이 부서지듯 사라졌다.

'형님, 화내시려나.'

루디날 실종 수사에 관여하지 말라고 말했는데, 이렇게 당당히 관여하고 있으니 말이다. 하지만 어쩌겠는가?

'믿고 있다는데 말이지.'

베라무드는 히죽 웃었다.

"벌써 나와 계십니까?"

조용한 목소리가 상념을 깨서 베라무드는 고개를 들었다. 시그리드가 빠른 걸음으로 다가왔다. 그녀의 옷차림은 도저히 기사라고 볼 수 없는, 평범한 여행자―그것도 허름한― 차림이었다. 베라무드는 변복하는 기사들은 그녀에게 한 수 배워야 하는 게 아닐까 생각하며 말했다.

"머리카락. 가렸네?"

"제 머리카락은 너무 눈에 띄니까요."

"그렇지."

베라무드는 고개를 끄덕였다. 금발이 화려하고 최고라고 하지만, 자신은 은발이 훨씬 더 좋았다. 새벽의 달빛 같고, 요정 같지. 시그리드가 머리를 푼 모습은 분명히 황홀할 거라고 그는 장담할 수 있었다.

아니, 이게 아니라.

은발은 확실히 희귀하고 눈에 띈다. 그 점까지 고려해서 시그리드는 머리카락을 전부 꼼꼼하게 귀를 덮는 방한용 모자 안에 넣고, 그 위에 다시 후드를 뒤집어쓰고 있었다. 만약 그녀의 머리가 대머리라고 해도 사람들은 모를 것이다.

"가자."

베라무드가 그녀에게 손가락을 까닥했다.

3구역 안으로 들어간 지 얼마 되지 않아, 희미하게 악취가 났다. 그나마 겨울이니까 이 정도지. 베라무드는 능숙하게 성벽 쪽으로 붙어 빗물 배수구의 허술한 틈을 찾아냈다.

시그리드가 중얼거렸다.

"이런 곳이 있다니, 수도 기사단은 뭘 하는 걸까요?"

"덕분에 우리도 잘 나가잖아? 좀 봐줘."

둘은 날렵하게 구멍을 빠져나갔다. 아니, 덩치가 큰 베라무드는 좀 아슬아슬하기는 했지만 말이다. 베라무드가 물었다.

"뭐라고 말하고 나왔어?"

"네?"

"저택에 말야."

"아, 저도 서부 독감이 옳은 것 같아서, 요양을 떠나겠다고 했습니다."

"요양?"

"네, 지방으로 한 달 정도 갔다 올 테니까 걱정하지 말라고 했죠."

"서부에 괴질이 돈다는 소문이 돌까 무섭군."

베라무드의 중얼거림에 시그리드는 "아." 하고 눈을 찡그렸다.

"거기까지는 생각 못 했는데요."

"괜찮아, 어차피 나도 이용해 먹은 이유고. 동부 감기라는 것도 이상하잖아?"

"그건 그렇습니다만."

"아, 그리고 이제 존대는 그만둬. 이상하니까."

"그래."

너무 태연하게 나온 대답에 오히려 명령한 베라무드 쪽이 시그리드를 돌아보았다. 그녀가 갸웃하며 물었다.

"왜?"

"아니—"

베라무드가 중얼거리자 시그리드가 후드를 벗었다. 달빛 아래 동그랗고 단정한 이마가 드러났다. 그 아래 쭉 뻗은 눈썹과 눈이라도 없은 듯 반짝이는 속눈썹, 그리고 직시하는 주홍색 눈동자. 압도적인 일몰이 이런 색이겠지.

"놓는 게 싫으시다면—"

"아니, 아니, 아니, 아냐. 아니, 그게 아니라."

멍하니 그녀를 보다가 베라무드는 고개를 격렬하게 저으며 손을 뻗어 그녀의 후드를 도로 씌워 주었다.

"안 벗는 게 낫겠다."

"그렇지? 이러고 입만 다물고 있으면 키 작은 남자로 보일걸."

의기양양한 그녀의 말에 베라무드는 "그런가." 하고 대답했다.

'큰일이다.'

아까 그 '좋아합니다.'가 꽤 충격적이었나 보다. 시그리드가 저렇게 예뻤나? 이제 둘이서 같이 여행해야 하는데 큰일이다.

내가.

베라무드는 신음을 삼키고 걸음걸이를 빠르게 했다. 시그리드가 그 뒤를 재빨리 따라붙으며 말했다.

"그래서 어디로 가?"

"일단은 알펜소로. 거기서 승합 마차를 탈 거야."

"여행 마차는 처음이야."

"꽤 여러 번 갈아타야 할 테지만 말야. 중간에 수레를 빌릴 생각이야."

"아아, 그렇군."

시그리드는 그렇게 말하고 베라무드를 힐끗 올려다보았다. 왼 눈의 안대가 이질적이다.

"괜찮아?"

"응?"

"안대 말야. 사각이 생길 텐데."

"어쩔 수 없지. 그렇다고 양 눈 다 드러낼 수는 없잖아."

"불편하네."

"그렇지."

"하지만 난 예쁘다고 생각해."

"어?"

베라무드가 하나 남은 푸른 눈으로 그녀를 돌아보았다. 시그리드가 눈을 찡그리고 말했다.

"아, 이런 말은 실례인가?"

"아니, 딱히……."

"그런가."

시그리드는 싱긋 웃고 베라무드를 바라보았다. 사실 그녀의
표정은 후드의 어둠 속에 가려져서 잘 보이지 않았다. 베라무드
의 시선에서 보이는 건 턱 아래쪽. 그러니까 입꼬리를 보고 그녀
가 웃는 걸 알 수 있었다.

"게다가 눈이 좋은 건 부럽다고."

시그리드가 투덜거렸다. 베라무드는 하하 가볍게 웃었다. 그
녀가 말했다.

"나만 자꾸 신기술 들키잖아. 나중에 네 것도 보여 줘."

"그래, 그래."

베라무드가 가볍게 대답했다.

둘은 부지런히 걸었고, 동이 트고 나서 얼마 지나지 않아 알펜
소에 도착했다. 수도를 가기 전에 들러야 하는 주요 마을 중 하
나인 이곳은 교통의 요지로 꽤 번성해 있었다. 베라무드는 최대
한 목적지 방향으로 가는 승합 마차를 찾아 흥정하고 돈을 지불
한 뒤에 마차에 올랐다. 마차는 정원보다 좀 더 많은 사람을 태
웠기 때문에 둘은 딱 달라붙어야만 했다. 시그리드가 자신의 가
방에서 두툼한 육포를 꺼내서 베라무드에게 내밀었고 베라무드
는 그걸 받아 들며 기시감을 느꼈다.

"그러고 보니 시리, 먹는 건 잘 챙기는구나."

"중요하니까. 나도 요즘에서야 먹는 게 중요하다는 걸 깨달았
어."

"그래?"

"응. 보급은 신경 썼었지만, 나 자신을 보급하는 문제에 대해서는 별로 그렇게 관심이 없었었어."

"그렇게 안 보이는데……."

"물과 감자, 물과 빵만 먹었던 적도 있으니까."

"……그건 심했다……. 아니, 월급이 적은 것도 아니잖아?"

베라무드가 저도 모르게 낮게 속삭이자 시그리드가 고개를 끄덕이며 말했다.

"예전에 난 좀 강박증적이었어서."

"강박증?"

시그리드는 주변을 슥 살폈다. 새벽 마차의 손님들은 대부분 꾸벅꾸벅 졸고 있었지만 그렇다고 해도 소리 내서 말할 수는 없다. 그녀는 고개를 돌려 베라무드의 귓가에 바싹 속삭였다.

"기사는 이래야 한다는ㅡ"

"!!"

베라무드가 반대쪽으로 몸을 확 빼다가 마차 벽에 부딪쳤다. 쿵 하고 꽤나 아픈 소리가 나서 시그리드는 놀랐다.

"베라……?!"

풀 네임을 부를 수는 없어, 그녀는 이름을 반쯤 부르다가 멈췄다. 베라무드가 신음을 내며 자신의 귀를 문질렀다. 정신이 번쩍 들었다.

"아니, 괜찮아."

"왜 그래?"

"갑자기 속삭여서."

시그리드는 눈을 찡그리며 "그게 뭐?" 하고 낮게 말했지만 베라무드는 아무런 대꾸도 하지 않고 뒤통수를 문질렀다. 그는 헛기침을 하며 화제를 전환했다.

"빵과 물만 먹는 게 훌륭한 사람이야?"

"아니, 사치하지 않는 게?"

"빵과 물은 평범도 아니고 빈곤인데? 그러니까 이렇게 말랐지."

"아냐, 그래도 요 몇 달간은 잘 먹고 있어. 살찐 거야."

시그리드가 말하자 베라무드는 "그러고 보니." 하고 물었다.

"너 집도 최근에 산 거라고 했지?"

"아? 응."

"그럼 그 전에는 어디서 산 거야?"

"3구역."

"……."

그는 할 말을 잃었다. 그 위험한 동네에서 여자 혼자 살았다고? 할 수만 있다면 멱살을 잡고 달달 흔들어 주고 싶었다. 도대체 제정신이야? 하고 외치면서.

이쯤 되니 자세히, 아주 자세히 과거의 이야기가 궁금해졌다. 베라무드는 시그리드 앙케르트나에 대해서 속속들이 궁금해졌고, 앞으로 둘이서 함께할 여행 기간 동안 거기에 집중하기로 마음먹었다.

"3구역 어디?"

"오늘 지나왔던 곳 중에서, 그 창문이 없는 집 있었지? 그거 끼고 오른쪽으로 돌면 굴뚝 세 개 달린 3층짜리 건물 있거든? 거기."

3구역 외곽도 아니고, 중심가다. 게다가 3층이라니. 3구역의 3층짜리 건물이라면 부실함의 극치일 거라는 건 보지 않아도 알 수 있었다.

"집값이…… 쌌겠네……."

"어. 월 400케르브 정도?"

"그거 내가 한 끼 식사로 종종 날리는 금액인 거 같은데."

그 말에 시그리드는 대답 없이 웃기만 했다. 베라무드는 허름한 집을 상상해 보려고 애썼지만, 그도 역시 귀족가의 도련님인지라 가난에 대한 상상력은 빈궁했다. 그는 한숨을 내쉬었다.

"그래도 창문이 있었어."

"당연하지?!"

"그전에는 없는 곳에서 살았거든. 그런데 역시 사람은 창이 없으면 안 되겠더라고."

베라무드는 신음을 내뱉었다.

"대체 왜……."

"그냥, 가난하게 사는 게 옳다고 느껴졌었어. 청렴한 나, 여기에 푹 빠져 있었다고 해야 하나."

그것뿐만이 아니라 여러 가지가 그랬다. 극단적으로 자신을 몰고 갔던 과거를 떠올리며 시그리드가 말했다.

"스스로 생각해서 판단한 적이 없었던 것 같아. 그냥, 다른 사람의 시선이 항상 무서워서……. 엄청 신경 안 쓰는 척하면서도 또 엄청 신경 썼었어. 모순이라고 하나?"

베라무드는 중얼거리는 듯한 시그리드의 말에 귀를 기울였다.

"그래서 요즘은 스스로 여러 가지 생각해서 행동하고 있는데, 힘들 때도 많지만…… 즐거워."

그녀가 손을 뻗어 베라무드의 허벅지를 툭툭 두들기며 말했다.

"이렇게 너도 도우러 오고 말야."

이렇게 될 줄 누가 알았겠어? 내가 가장 미워하던 사람이 이제는 내 베스트 프렌드라니. 인생은 진짜 어떻게 될지 알 수 없다.

베라무드가 손을 뻗어 그녀의 손등 위에 덮듯이 자신의 손을 얹고 깍지를 꼈다. 시그리드가 의아해져 그를 돌아보니 베라무드가 웃었다.

평소와는 다른, 약간의 수줍음이 묻어나는 소년 같은 웃음.

"와 줘서 기뻐."

어라? 이 사람 이렇게도 웃는구나.

시그리드는 허를 찔린 기분이었다. 어쩐지 속이 간질간질하다. 그러고 보니 예전에도 이런 적 있지 않았나? 없었나?

이유는 모르겠지만 어쩐지 그의 얼굴을 보기가 부끄러워져서 그녀는 시선을 휙 아래로 내렸다. 잡은 손을 바라보니 그의 손이 크다는 걸 알 수 있었다. 완전히 자신의 손이 가려져 보이지 않는다. 깍지 낀 손가락은 단단했고……. 어째서일까? 둘 다 장갑을 끼고 있는데도, 그의 손이 뜨겁다는 걸 알 수 있었다.

손가락을 꼼지락거렸지만 베라무드가 손을 뺄 기미는 보이지 않았다. 결국 그녀가 베라무드를 돌아보았지만 그는 눈을 감고 마차 벽에 머리를 기대고 있었다.

'자나……?'

그리고 보니 졸리다. 시그리드는 작게 하품했다. 밤새 걸었으니 사실 피곤할 만도 했다. 그녀는 눈을 감았다.

베라무드는 어깨에 무게가 느껴져 슬쩍 실눈을 떴다. 보니 시그리드가 어깨에 기대어 잠들어 있었다. 그는 희미하게 웃고 자세를 살짝 바꾸어 그녀가 편하게 기대게 해 주었다.

사람들이 타고 내릴 때마다 깼다가 다시 잠들었다가, 점심 먹으러 멈춘 곳에서 간단한 식사를 했다. 그렇게 저녁때까지 마차를 탔던 둘은 마지막 정류장에서 내렸다.

통금에 아슬아슬한 시간이어서 둘은 서둘러 여관을 잡았다. 여관이라고 적혀 있기는 했지만, 여관이라는 이름에 좀 모자라는, 여인숙 같은 곳이었다. 가정집과 비슷한 구조인데 방 두 개를 여행자용으로 빌려주고 있었다.

베라무드가 방에 들어와 놀랍다는 듯 말했다.

"침대가 없네."

"없네. 하지만 매트리스는 있으니까."

"굉장하군."

베라무드가 그렇게 말하고 태연해 보이는 시그리드를 향해 말했다.

"설마 네 예전 방에도 침대가 없었다는 말은 하지 말아 줘."

"침대 정도는 있었어."

시그리드가 웃음을 터트렸다.

"그거 다행이네."

베라무드는 가슴을 쓸어내렸다. 당연히 벽난로는 없었다. 방에 화로뿐인 걸 확인한 시그리드가 화로에 불을 붙였다.

그렇다고 해도 외풍이 너무 심해서 공기가 따뜻해지지는 않았지만 말이다. 베라무드가 고개를 저었다.

"창문을 열지 않는다고 화로 때문에 질식하지는 않겠네."

"그러게."

대답하고 둘은 짐을 벗었다. 시그리드가 가벼워진 어깨를 몇 번 돌리고 스트레칭을 했다. 식당도 따로 없어서 주인에게 저녁 식사—한 가지 메뉴뿐인—를 주문하자 얼마 지나지 않아 좋게 말해 '단출한' 저녁 식사가 배달되었다.

베라무드는 이음매가 부실해 보이는 의자에 조심스럽게 앉았고 시그리드 역시 다리 한쪽이 덜컥이는 의자에 앉았다. 베라무드가 식사를 보며 웃었다.

"식사는 그렇다고 쳐도, 이 돈에 적어도 가구에는 신경을 써 주면 좋겠는데 말야. 이거 설마 부서지면 내가 물어내야 하는 건가?"

"내가 못을 박아서 고쳐 줄 테니 걱정 마."

"믿음직스럽군."

대답하고 베라무드는 나무 스푼을 들어 안의 내용물이 미심쩍은 수프를 휙 저었다. 그가 진지한 얼굴로 물었다.

"이거 설마 껍질 붙은 무야?"

"이건 당근 꼬리."

시그리드가 스푼으로 길쭉한 뭔가를 건져 내어 보여 주었다. 베라무드가 중얼거렸다.

"설마 자기들 요리하고 남은 걸로 우리 걸 만들어 주는 건가?"

"아, 껍질 있는 감자. 아니면 껍질에 붙은 감자인가?"

두 번째로 시그리드가 건더기를 들어 보여 주었다. 둘은 서로 마주 보았다가 웃음을 터트렸다. 그닥 우습지 않은 일인데도 웃음이 나왔다.

킥킥거리며 베라무드는 수프를 입 안으로 집어넣었다. 딱딱한 검은 빵도 수프 안에 전부 집어넣었다. 딱 허기가 가실 정도의 양이었다. 식사를 무르고 둘은 살얼음이 낀 물을 받아 적당히 씻었다.

베라무드가 "이 매트리스에는 분명히 벌레가 있겠지." 같은 대사를 중얼거리는데 시그리드가 말했다.

"같이 잘까?"

"……어?"

"같이 자면 서로의 체온 때문에 더 따뜻하니까……."

"양심적으로 사양해야 하는데, 비양심적으로 '그러자.' 하고 말하고 싶은 마음이 드는걸. 그래도 역시 양심을 지켜서 사양할래."

"무슨 양심?"

시그리드가 의아해져서 묻자 베라무드가 자신의 가슴에 손을 얹으며 말했다.

"그런 게 있어. 이쪽에서 자. 난 문가에서 잘 테니까."

시그리드는 의아해하면서도 자신의 몫의 매트리스에 앉았다. 매트리스라고 해도 두툼한 천 사이에 볏짚을 넣은 것이었다. 오랫동안 안의 짚을 갈지 않아 매트리스는 납작해져 있었다. 둘은 옷을 벗지 않고 망토를 입은 채로 누워서 이불을 덮었다. 그래야 추위에서 좀 벗어날 수 있으니 말이다.

＊　　　＊　　　＊

아르카나는 인내심이 한계에 도달했다.

더는 참을 수가 없었다. 아니, 참는 한계를 넘어섰다. 결국 그는 스승의 멱살을 잡을 기세로 으르렁거렸다.

"만약 오늘도 회의를 한답시고 마냥 기다리라고 한다면, 전 당장에 저 문을 박차고 들어가겠습니다."

스카드는 아르카나의 기세에 한숨을 내쉬며 말했다.

"앉아 봐라."

"못 앉습니다."

"내 목이 아프니까 앉아."

아르카나는 자리에 털썩 앉으며 스카드의 손에서 물 담뱃대를 빼앗았다. "어어?" 하고 스카드가 손을 뻗는 것을 피하며 아르카나가 연기를 한껏 들이켜곤 길게 내뱉었다. 새하얀 연기가 둘 사이에 운무처럼 번졌다.

"납득할 만한 이야기가 있습니까?"

"너에게는 하지 않았던 이야기인데 말이다."

"뭔가요?"

"낙오자라는 게 있다."

"낙오자?"

듣기만 해도 기분 나빠지는 단어에 아르카나는 눈을 찌푸렸다.

"너처럼 밖으로 나도는 마법사를 이르는 말이지."

아르카나는 그 말에 딱딱한 얼굴을 한 다음 담뱃대를 아예 입에 물었다.

"설명해 보시죠."

평소에 담배라고는 입에 대지도 않는 사람의 모습이라기에는 너무 익숙해 보였다. 스카드가 "이놈아, 그 담배 비싼 거야." 하고 투덜거렸다. 스카드가 쿠션에 푹 몸을 기대며 말했다.

"마법사는 오러 사용자나 마찬가지야. 노력이라고도 하고, 재능이라고도 하지. 그러니까 오러 사용자들처럼 우리도 나서자, 하고 말하는 사람들이 있었어."

"그게 왜 낙오자죠?"

"너 오러 사용자랑 싸우면 이길 수 있겠냐?"

느닷없는 물음이었지만 아르카나는 생각에 잠겼다. 그의 비교 대상은 시그리드였으나 그녀와 싸우는 건 잘 상상이 가지 않았다.

"글쎄요."

"그럼 네가 오러 사용자보다 더 잘났다고 생각하냐?"

"아닙니다."

아르카나는 고개를 저으며 대답했다.

"근데 꼭 그런 놈들이 나온단 말이지. 하여간 옛날에 그런 놈들이 있었다. 그 녀석들은 쉽게 마력을 늘리는 방법을 알아냈지. 오러 코어를 흡수하는 거야."

"코어를…… 말입니까……?"

놀란 아르카나가 중얼거렸다. 스카드가 손을 저으며 말했다.

"물론 계획 단계에서 무산됐지만 말이야. 물론 나도 마법사역시 오러 사용자처럼 밖으로 나가서 여러 일을 할 수 있다고 생각하지만—"

스카드는 가볍게 한숨을 내쉬었다.

"하여간 그런 일이 있은 후로 마법사들은 더 안으로 움츠러들었지. 하지만 아직도 그런 꿈을 버리지 않는 놈들이 밖에는 있고. 게네들을 그렇게 부른다."

"첫 번째 마법사부터 이렇게 탑을 만들고 처박힐 생각을 했으니 말이죠."

아르카나는 한숨을 내쉬었다. 모든 마법사의 시조가 좀 더 외향적인 사람이었다면 좋았겠지만, 과거는 바꿀 수 없는 법이다.

"하지만 그것 역시 과거죠. 그리고 밖에 그런 마법사가 있다면 더욱더 우리 역시 밖으로 나가야 한다고 생각합니다."

아르카나는 단호하게 말했다. 그는 다시 깊게 담배를 들이마시고 내뱉었다.

"그럼 전 결판을 지으러 가야겠군요."

그가 휙 하고 담뱃대를 던지자 스카드가 그걸 붙잡고는 씩 웃었다.

"행운을 빈다, 제자야."

"행운 말고 실질적으로 지원을 해 주시면 더 좋겠는데 말이죠."

아르카나의 한탄에 스카드는 그저 웃을 뿐이었다.

〈다음 권에 계속〉